Gerhard Bachleitner

Nachlass bei Lebzeiten

Ein letales Rhizom

I

Herstellung und Verlag:
BoD - Books on Demand, Norderstedt
ISBN 978-3-7412-9759-5

I

TETRALOGIE DER AUSSENSEITER

EIN ANDERES ANDERSEN-MÄRCHEN
S. 9

DAS BILDNIS DES DORIAN GRAY
S. 49

DER RABE VOM SEE
S. 140

IN DER LUSTKOLONIE
S. 164

ANHANG
S. 215

Vorwort

Der Titel *Ein letales Rhizom* impliziert eine wertende und eine strukturelle Aussage. "Letal" läßt an eine tödliche Krankheit denken, Rhizom meint eine bestimmte vegetative Wurzelwuchsform und findet sich bei französischen Philosophen im übertragenen Sinne als Bezeichnung für eine Denk- und Argumentationsform. Das erstere Attribut wurde in manchen Phasen dieses Lebens und dieser Autorschaft tatsächlich in einem emphatischen Sinne verstanden, und in vielen der folgenden Erzählungen und Reflexionen erscheint der Tod als zentrales Motiv. Insgesamt betrachtet läßt sich die vorliegende Werksammlung jedoch auch neutral als Spiegelung jener philosophischen Einsicht lesen, die das Leben als Sein zum Tode bestimmt hat.

Rhizomatische Form hat dieses Werk unabsichtlich, aber auch ungehindert angenommen. In den Erzählungen dieses ersten Bandes hat sich die Verschränkung wie von selbst ergeben, und in den diskursiv-philosophischen Texten der folgenden Bände erfordert eine Problemannäherung sinnvollerweise ohnehin Multiperspektivität. Im übrigen erleichtert die rhizomatische Form die Texterstellung, weil keinem vorgefaßten Ziel zugearbeitet werden muß, sondern immer nur so viel angelagert und verknüpft wird, als jeweils nötig und verantwortbar erscheint.

Ein anderes Andersen-Märchen

Hans Christian Andersen hatte einen jüngeren Bruder, Hans Parvus getauft. Er selbst deutete das H.P. jedoch gewöhnlich als Hans Pauper.
Hans Christian sperrte ihn in den Kleiderschrank ein und ließ ihn nur heraus, wenn sie beide unbeobachtet waren. So blieb der arme Mensch den Zeitgenossen und auch der forschenden Nachwelt verborgen. Daß der kleine Hans nicht am sozialen Leben teilnehmen konnte, führte freilich zu immer wiederkehrenden Streitgesprächen.
"Es ist schlimm genug, daß ich meine Visage mit dir teilen muß," jammerte Parvus etwa, "und jeden Tag mein Spiegelbild leibhaftig vor Augen habe. Wie soll da etwas aus mir werden?"
"Ich muß mit oder trotz dieser Visage unter die Leute, mich beliebt machen und Geld verdienen, vergiß das nicht," wies ihn Hans Christian zurecht.
So übte der Dichter zwar Macht über seinen Bruder aus, doch half ihm das in seinen eigenen Angelegenheiten trotzdem nicht.
Als Hans Christian wieder einmal sein trauriges Dasein beklagte, das auch seinen Märchen oft einen traurigen Ton verleihe, schlug der kleine Hans zurück.
"Weshalb beklagst du dich, daß dir keine Frau zu willen sei? Du vermerkst doch jeden Geschlechtsakt rot in deiner Kladde?"
Hans Christian: "Das will nichts heißen. Es sind vorgestellte Geschlechtsakte," gestand Hans Christian seufzend zu, "und vielleicht nicht einmal das. Ein Organ will sich betätigen - oder betätigt werden -, doch wie unendlich weit ist der Weg von einem solchen Gefühl zu einer ausgearbeiteten Choreographie mit einem anderen, fremden Wesen eigenen Rechts! Ich muß mir auch die Liebe erdichten."
"Oder aus den Fingern saugen," vergröberte HP patzig diese Selbstdarstellung.
"In meinem Bildungsgang war nicht vorgesehen, Liebe zu erlernen,"
"Deshalb hast du einschlägige Studienreisen nach Paris unternommen, weg vom prüden, protestantischen Kopenhagen in den Sündenpfuhl der Liebe."
"Immerhin gehört dies auch zum bürgerlichen Habitus. Ich folgte nur den Konventionen meines Standes."
"Du bist ein larmoyantes Glückskind des Schicksals, Hans Christian, denn du hast es wenigstens versuchen können und die Gelegenheit aufgesucht. Bei mir ist überhaupt nicht abzusehen, wie ich auch nur

zu einem Geschlechtsakt gegen Entgelt kommen könnte, geschweige, daß sich mir ein anderer Mensch von sich aus zuwenden möchte."
"Ach HP, Du baust Dir unnötige Hürden auf. Das ist schließlich nur ein Geschäftsakt. Nachdem du mit einer von ihnen handelseinig geworden bist, sorgt sie schon für den Rest."
"Aber warum markierst du jeden *Erfolg* mit einem Kreuz im Kalender, wenn der Erfolg schon garantiert ist?"
"Ich trage im Haushaltsbuch ja auch die größeren Einkäufe ein."
"Aber Hans Christian, du kannst in diesen fremden Kammern doch nicht wirklich das finden, was sich deine Fantasie vorstellt. In Wirklichkeit bist du schwul, weil du ja erst einmal deinen eigenen Körper erwerben müßtest, ehe du ihn gegenüber dem anderen Geschlecht einsetzen könntest, und das lernt sich nur mit einem gleichartigen."
Hans Christian war leicht zusammengezuckt, was Parvus nicht entging und ihm signalisierte, daß sich sein Bruder durchschaut fühlte. Anmerken ließ er sich jedoch nichts, sondern griff mit dem Werkzeug seiner Einbildungskraft seinem tatsächlichen Leben weit voraus.
"Armer HP. Es ist ein wunderlich Ding um die Liebe. Wirklich sind nur die Eltern-, Geschwister-, Gottesliebe, vielleicht auch, wie nach uns ein Philosoph sagen wird: die Fernstenliebe. Die erotische Liebe ist ein Popanz. Er wird um so größer, je weiter man von ihm entfernt ist. Je näher man ihm kommt, desto geringer wird er, und wenn man vor ihm steht, erkennt man ihn kaum noch, so unscheinbar ist er geworden, so gewöhnlich wie ein Pflasterstein in der Straße oder ein Grashalm auf der Wiese."
"Um so schlimmer, Hans Christian. Dann leide ich Phantomschmerzen um ein Phantomglück."
"Es ist kein Glück, sondern Vollzug der Zugehörigkeit."
"Es ist immerhin jenes Glück, um dessentwillen Engel und Meerjungfrauen auf ihre Unsterblichkeit verzichten."
"Das bilden sich die Menschen ein. Sie mußten ja der Vertreibung aus dem Paradies auch etwas abgewinnen. Wie du dich erinnerst, datiert die Fleischeslust erst seitdem. Man will Proselyten machen."
"Auf mich sind sie dabei aber nicht gestoßen."
"Du bist ja auch kein Engel, HP."
"Mein Heiligenschein erdrückt mich. Siehst du nicht das goldene Wagenrad über meinem Haupte?" Parvus machte eine übertriebene Armbewegung, die Hans Christian belustigte.

"Wenn ich boshaft wäre," erwiderte er amüsiert, "könnte ich dich auf mein Märchen über den Engel verweisen. Dort finden das tote Mädchen und der tote Knabe tatsächlich zusammen, wenngleich erst im Himmel. Und nicht die Meerjungfrau ist unsterblich, sondern die Menschen haben eine unsterbliche Seele."
"Ja, was für ein Hohn. Und noch ein Phantom. Wenn ich ebenfalls boshaft wäre, würde ich aus der Bibel zitieren, oder vielmehr dem Symbolum Nicaeum: Et incarnatus est, auch er hat Fleisch angenommen, wollte leibhaftig lebendig sein."
"Na, was aber auch für ein Fleisch: de Spiritu Sancto. Es ist übrigens nicht überliefert, daß er Sex gehabt hätte."
"Kazantzakis hat es behauptet (oder vielmehr: wird es behauptet haben)."
"Der hat wohl auch *et homo factus est* mit *und er ist schwul geworden* übersetzt."
"Sei nicht albern, Hans Christian, als Grieche war er für die Vulgata nicht zuständig. Aber er fand das Interesse für Maria Magdalena etwas auffällig."
H.C. war seinem Bruder etwas unterlegen, was Bildung anging. Kein Wunder, denn während HP immerzu lesen konnte, mußte Hans Christian seinen Trieben nachgehen und an seinem Ruhme arbeiten. Allerdings lernte er viele Leute kennen und machte auch genügend menschliche Erfahrungen, daß er nicht nur seine Literatur damit speisen konnte, sondern seinem verkümmerten Bruder Belehrungen erteilen konnte.
"Man bekommt nie die Konstellation, die einem die eigene Fantasie vorspiegelt. Das sind Fata Morganen, und dein Unglück ist, daß du daran festhältst." fuhr er bei nächster Gelegenheit, vor dem Spiegel des Kleiderschrankes stehend, fort, während HP zum Fenster hinaussah. Dieser drehte sich um und zeigte einen gequälten Gesichtsausdruck.
"Aber was habe ich davon, wenn ein Anderer als ich Anderes erlebt? Man kann eine Rolle spielen, gewiß, und als Autor kann man sich eine andere Welt ausdenken, aber man kann nicht als Anderer empfinden. Was nicht auf eigene Rechnung geht, geht mich nichts an."
"Und weil das so ist, lebst du im Wandschrank, HP."
"Nach uns wird einer eine verborgene Tür darin entdecken, und sie wird ins Königreich Narnia führen."
"Du bist gut unterrichtet, HP, aber dann weißt du auch, daß es dort keine Menschen mit Unterleib gibt. Ich kenne auch jemanden, der

eine Kleiderpuppe in den Schrank stellen wird, die das einzige Wesen sein wird, an das er seine Gefühle richten kann."
"Weißt du, was? Ich bin die Kleiderpuppe. Ich bin aus Styropor, formstabil, geschmacksneutral, biologisch nicht abbaubar."
"Soll ich dir eine Styroporin besorgen (oder nennt man das Styroporeuse?), mit Loch. Es wird aber schrecklich quietschen."
"Wie kommt es, daß du in deinen Märchen herzzerreißendes Unglück schildern kannst und als Mensch einen so kranken Ehrgeiz entwickelst? Als ob ich dir im Wege stünde. Du könntest mich wenigstens bedauern, wie deine zahllosen armen und verwaisten Kinder."
"Das will ich auch stets, denn du bist ja mein armer Bruder, aber wie ich schon sagte: man bekommt nie die Konstellation, die einem die eigene Fantasie vorspiegelt. Ein Elend, das sich rhetorisch zu behaupten weiß, ist nicht mehr bedauernswert, sondern wird Gegenstand einer Auseinandersetzung. Was glaubst du, warum ich meine Erlebnisse in Paris suche? Natürlich, das Angebot ist unvergleichlich viel besser als in Kopenhagen."
"Und nicht auszudenken, wie schnell hier die Runde machen würde, welches Werkzeug du wie eingesetzt hast", warf HP hämisch ein.
"Vor allem aber," überging Hans Christian den Einwurf, "halte ich mich in einer Fremdsprache auf. Ich muß nicht verstehen, was die Dienstleisterinnen sagen, und alles, was sie mir sagen können, mag unwahr oder falsch verstanden sein. Meine Vorstellung wird so jedenfalls am wenigsten beeinträchtigt."
"Grauenhaft. Ich hasse dich und deinesgleichen. Du hast es dir eingerichtet, deine Bedürfnisse an das Marktangebot angepaßt. Ich aber bleibe stets ausgeschlossen."
"Eingeschlossen, um genau zu sein."
"Genau, und du bist noch egoistisch genug, als mein Totengräber aufzutreten. Warum erschlägst du mich nicht gleich ganz? Das wäre ehrlicher."
Hans Christian fand es an der Zeit, den aufgebrachten Bruder etwas zu beruhigen. "Ich behaupte ja nicht, daß ich mir auf meine Weise Liebe verschaffen kann. Aber zumindest bin ich unterwegs und kann - für großes Geld in Scheinen - wenigstens das Kleingeld der Liebe bekommen, ein offenes Ohr und ungeteilte, obschon befristete Gegenwart."
Verachtung schnaubend erwiderte HP: "Einander zu lieben, kann doch nur heißen, sich von jemandem berühren zu lassen, der einem

wert ist. Du betreibst genau das Gegenteil. Sperr mich wieder in den Wandschrank. Für heute habe ich genug."
Und Hans Christian sperrte seinen armen Bruder wieder in den Wandschrank.

2

Eines ferneren Tages - und dies war keines der von ihm erfundenen Märchen - ging es mit dem Leben des Hans Christian Andersen zu Ende. Seines Bleibens war hier länger nicht, und seiner Liebe oder seines Begehrens danach war niemand mehr bedürftig. HP vergoß eine Träne über den Tod als menschliches Schicksal und grausame Laune der Natur, keine jedoch über den Bruder, der ihm gegenüber ja stets bevorzugt gewesen war. Der Rummel bei Aufbahrung und Beisetzung ging ihm gehörig auf die Nerven, zumal in der Hitze des Augustanfangs, an dem man üblicherweise nicht starb, und froh war er, als der Geschichtenerfinder, der seinen Nachnamen trug, unter der Erde lag.
Behaglich nahm Parvus die Wohnung für sich in ungeteilten Besitz, ohne freilich Nennenswertes zu verändern. Er setzte sich in Hans Christians Lehnstuhl und blickte auf die Photographie, die Hans Christian von sich zuletzt hatte anfertigen lassen und an die Wand gehängt hatte. Im Bücherschrank standen Hans Christians Bücher mitsamt den vielen Übersetzungen. Parvus verstand diesen Erfolg nur teilweise. Die meisten Werke hatte er mit Hans Christian besprochen und viel an ihnen auszusetzen gehabt. Sein Bruder hatte sich aber selten etwas sagen lassen, und dem Erfolg schienen diese Mängel keinen Abbruch zu tun. "Merkt ihr denn nicht, wie umständlich das erzählt wird, wie gewunden die Handlung vor sich geht?" wollte Parvus den Lesern zurufen, "und dann wieder schlampt er und schaut nur noch darauf, rasch fertig zu werden, weil ihn das Sujet selbst schon langweilt. Alle seine Konstruktionen wirken gezwungen, ausgedacht, schief, unnatürlich, und er kann nur Märchen schreiben, weil er nie zu einem vollständigen Menschen herangewachsen ist, der mit seinesgleichen gleichrangigen Umgang gehabt hätte. Weil er selbst keine Person ist, kann er auch keine Person schildern und sie mit anderen in Verkehr bringen, und wenn er mal menschliche Fundamentalzustände trifft, hat er einfach sein Ego und dessen Mängel verlängert. Stört euch denn nicht, wie grausam und böse er immer wieder ist - wenn er gut ist -, weil er

grausam und böse sein muß, von keiner liebenden Hand je berührt, ein Torso von einem Menschen? Glaubt ihr denn, ein solcher Krüppel, den man erst zu einem solchen gemacht und dann auch noch zu erschlagen vergessen hat, müsse sich nicht rächen?"
Hans Christian hatte sogar - Parvus wußte es wohl, weil er bei dem betreffenden Beisammensein gelauscht hatte - seinen Freund Chamisso um seinen Schlemihl-Stoff bestohlen. Dieser konnte sich nicht mehr wehren, denn er moderte schon seit Jahrzehnten in der Erde Berlins. Parvus fiel jetzt aber auf, daß Hans Christian mit seinem Schattenmärchen eigentlich die gegenwärtige Konstellation hellsichtig vorausgeahnt hatte. Er selbst, Parvus, war der Schatten, den sein bisheriger Herr so lange von oben herab behandelte, bis dieser ihn überflügelte und in der Gesellschaft diskreditierte. Am Ende verlor der Herr sein Leben, und der Schatten blieb übrig. Auch Hans Christian hatte sein Leben verloren, und Parvus war der Überlebende. Auf ihn strahlte das Licht der Sonne, während der Bruder in der lichtlosen Unterwelt verdämmerte. Parvus sah sein Leben jetzt erst wirklich beginnen.
Er durfte und konnte für sich selbst sorgen und atmete die Luft der Freiheit. Das nötige Geld hatte er vorher im noch gemeinsamen Haushalt bereits beiseite geschafft - schon deshalb, damit es nicht dem offiziellen Erben Collin in die Hände fiel, der es nun wirklich nicht brauchte. Im gesellschaftlichen Umgang hatte er freilich keine Erfahrung und hielt sich schon viel darauf zu Gute, überhaupt die Wohnung zu verlassen und durch einige Straßen Kopenhagens zu spazieren.
Das Tageslicht traf ihn wie ein Keulenschlag, als er aus dem Hause trat, und er zog sich den Hut tiefer ins Gesicht. Er meinte den Energieschwall der Sonne wie eine wuchtige Welle auf seinem Körper zu spüren. Und wieviele Details dadurch ausgeleuchtet wurden! Wer wollte oder sollte das alles so genau wissen? Jetzt begriff er immerhin besser, weshalb die berühmten Autoren der Zeit, die er zuhause gelesen hatte und welche die Wirklichkeit realistisch wiedergeben wollten, Dickens, Hugo, Balzac, Tolstoi usw., soviele Einzelheiten schilderten. Die Sonne brachte alles an den Tag.
Scharf schaute er sich die Passanten an, die ihm darob verwundert nachblickten, denn sie kannten ihn nicht und waren nicht gewohnt, in Frage gestellt zu werden. Tatsächlich fragte jeder seiner Blicke den Anderen, wer er sei und wozu er lebe, wie er zu der gesittet einhertrippelnden Gattin an seiner Seite und dem im Matrosenanzug

albern präparierten Knaben neben sich gekommen war oder wie er die Erbauung, die ihm gerade in der Kirche zuteil geworden, wieder in seine übliche, übrige und üble Niedertracht überführen werde.
Die Gemüseweiber auf dem Markt befremdeten ihn ebenfalls. Was hatte ein Kohlkopf damit zu tun, daß ihn die eine Bäuerin für 12, die andere für 10 Öre verkaufen wollte? Parvus fühlte zwischen sich und der Natur eine Phalanx geifernder Händler gestellt. Die Kohlköpfe brauchten auch keine Verteidiger, Mäzene oder Laudatoren. Sie bedurften überhaupt keiner Worte, sondern waren genug, indem sie waren, was sie waren.
Im Hafen beschaute er sich die mächtigen, mittleren und mickrigen Schiffe, eine bunte Sammlung von Riesenspielzeug verschiedener Bauart, aber alle wie seit den Urzeiten des Menschengeschlechtes dem Zweck dienend, Landbewohner und Frachten übers Wasser zu bringen. Parvus bewunderte die vielgliedrigen Takelagen, in denen die Seeleute jedem Fetzen Segeltuch einen eigenen Namen zu geben wußten, und er bewunderte die christliche Seefahrt überhaupt, weil sie einen so erfolgreichen Verbund aus den Naturgesetzen, dem Fahrzeug und einer dieses betreibenden Mannschaft darstellte. An Land gab es freilich noch einen vierten Beteiligten, das finanzierende Geld. Es war kein Zufall, daß man den abstrakten Staat gerne als Staatsschiff verbildlichte. Wohin aber wollte es unterwegs sein? Und wer mußte das Deck schrubben?
Parvus ertappte sich bei dem Wunsch, auf einem der Schiffe mitzufahren, um mehr von der Welt zu sehen. Verführerisch war der Gedanke, daß es nur einiger Wochen Zeit bedurfte, um in einem anderen Erdteil und eine andere Kultur zu gelangen. Die Vielgestalt der menschlichen Verhältnisse war keine Einbildung, sondern auf dem Wasserwege erreichbar und erfahrbar. Daß es nicht einmal vierhundert Jahre, fünf Menschenleben, her war, seit man alle Meere zu befahren gewagt hatte, gab ihm freilich zu denken. Dieser Wagemut und Drang zum Unbekannten war dem Menschen nicht angeboren. Heute jedoch schien Fernweh normal und unvermeidlich geworden zu sein. Jeder Staat verschaffte sich Kolonien, und in der Gegenrichtung wanderten viele Eurpäer aus, teils aus Not, teils aus Geschäftssinn. Die Welt war in Bewegung geraten - und er sollte auf Dauer in dem hübschen, aber langweiligen Kopenhagen sitzen bleiben?
Die Klänge der verschiedensten Sprachen, die er oft nicht einmal identifizieren konnte, streiften sein Ohr, von Reisenden oder

Matrosen gesprochen, gesittet oder leidenschaftlich, ruhig oder erregt, melodisch oder scharfkantig. Wozu dieser Aufwand an Verschiedenheit? Schon zu Babels Zeit hätte man Einheitlichkeit vorgezogen. Aber die Klage war müßig und falsch. Wozu hatte der Schöpfer hunderte von Wasservogelarten und nacktsamigen Pflanzen in die Welt gesetzt? Linnaeus hatte den Überfluß und die Ordnung der Natur schon vor hundert Jahren so eindrucksvoll aufgeblättert, ohne auf diese Frage aber wirklich eine Antwort zu geben.

Und war nicht schon innerhalb der eigenen Sprache die Unterschiedlichkeit so groß, daß man sich nur allzu oft mißverstand? Kinder verstanden die Erwachsenen nicht, der Bauer mißverstand den Grundherrn, der Kleriker den Krieger, der Ingenieur den Dichter. Auch in Hans Christians Märchen wütete das Unverständnis. Sogleich fiel Parvus die Meerjungfrau ein, die ihre falschen Erwartungen vom Menschengeschlecht bitter büßen mußte. Ihm wurde jetzt auch klar, wie bequem sich Hans Christian eine Liebschaft gedacht hatte. Hier im Hafenbecken, so hatte er sich sicherlich ausgemalt, möge ein williges Weib auftauchen und ihn begehren. Sie sei seines unsterblichen Geistes bedürftig, da selbst nur bloßes Naturwesen. Und den moralischen Pferdefuß dieser Phantasie hatte er ihr in Gestalt eines Fischschwanzes angedichtet, Fleisch gewordenes Scheitern, Leib gewordene Verfehlung.

Das Hafenmilieu war natürlich etwas anrüchig, doch das war immer und überall so. Hier konzentrierten und exponierten sich männliche Bedürfnisse. Als Attraktion in einer Hafenbar wäre die Meerjungfrau sicher ein großer Erfolg gewesen, deutete Parvus das Märchen um. Sie hätte jeden Kapitän haben können und wäre mit ihm zur See gefahren, wenn sie lange genug an Land gewesen wäre. Ja, wenn man am richtigen Ende anfinge, an der leiblichen Existenz und nicht am Wahngebilde der Seele, käme man auch zu wirklichem Glück.

Hier, als Fremder unter Fremden, als Verschiedener unter Verschiedenen, sah Parvus auch für sein Leben noch den Weg in ein bescheidenes Glück. Da er aber weder Seefahrer war noch ein auswärtiges Reiseziel hatte, eröffnete ihm diese Empfindung keine leichtere Zukunft. Er mußte erst einmal hier in Kopenhagen seinen Platz finden, und hier war er ratlos, weil ihm der gesellschaftliche Umgang bislang verschlossen gewesen war. Vielleicht sollte ich mich als Südseerückkehrer einführen, dachte er, ein Geschäftsmann, den es in die Heimat zieht, um dort am heimeligen

Herd und im Hafen der Ehe Ruhe zu finden. Aber sie werden mir den Überseemenschen nicht abnehmen, wandte er gegen sich ein. Diese weltläufigen Gestalten haben eine charakteristische Überlegenheit an sich, eine Sicherheit im Anspruch auf Wertschätzung und Liebe, die man nicht spielen kann. Ich habe in meinem Leben noch kein Ziel erfolgreich verfolgt, wurde er sich mit Schrecken bewußt. Die unfreiwillige Klausur in der symbolischen Welt hatte ihn behindert und beschädigt.

Ausweg sah er vorerst keinen, doch nahm er sich vor, Exkursionen wie die heutige fortzusetzen, um vielleicht mal auf der Uferpromenade oder in einem Park eine zufällige Bekanntschaft zu machen. Er müßte in jedem Falle etwas unternehmen und das Lebensgefühl seiner Gefangenschaft hinter sich lassen. Auf dem Heimweg begann er die Passanten auch schon mit wohlwollenderen Blicken zu betrachten: es waren alles Leute, mit denen er zumindest formal schon auf gleicher Stufe stand und denen er sich bei Bedarf in jedem gewünschten Grade erklären konnte.

3

Schon einige Tage, nachdem er seine Spaziergänge im Tageslicht angefangen hatte, bemerkte Parvus im Spiegel eine Veränderung in seinem Gesicht. Die Haut schien durchsichtig zu werden, sich beinahe aufzulösen. Dies beunruhigte ihn, und nachdem er beim ersten Anblick noch eine Salbe aufgetragen hatte, wagte er es später nicht mehr, die Haut auch nur zu berühren, aus Angst, sie könne ihm unter den Fingern zerfallen. Die Finger selbst, seine beiden Hände, waren freilich ihrerseits in der Auflösung begriffen, ohne daß ihre Beweglichkeit im Geringsten beeinträchtigt gewesen wäre. Er getraute sich jedoch kaum noch, irgend einen Gegenstand kräftig anzufassen.

Allmählich machten sich rote Striemen in seinem Gesicht bemerkbar, so daß er sich auf den Spaziergängen den Hut immer schräger und schützender auf den Kopf setzte. Mit einigem Schrecken wurde ihm vor dem Spiegel dann klar, daß es sich bei seinen Entstellungen um die durchscheinenden Muskelstränge handelte. Die Haut auf seinem Gesicht und den Händen löste sich unaufhaltsam ab. Hervortrat das rote Fleisch der Muskeln, das die Knochen umkleidete, das Geflecht der Sehnen, das pulsierende Geäder der Arterien und Venen und die Steuerungsinfrastruktur der Nervenbahnen. Weshalb sein Inneres nur an diesen Stellen nach

außen trat, wußte er nicht, vermutete aber, daß es eine Folge des Tageslichtes sein müsse. Vielleicht hatte der ultraviolette Anteil des Sonnenlichtes seine Haut, die dem aus irgend einem pathologischen Grunde nicht standhalten konnte, weggebrannt. Sicherlich war er zu lange im Wandschrank verweilt und des Lichtes entwöhnt worden. Sein Organismus hatte sich zurückentwickelt und ermangelte nun eines natürlichen Schutzes gegen das Licht des Tages, das manche mit dem Licht der Wahrheit ineins setzten.
Er war dadurch aber erneut gesellschaftsunfähig geworden. Niemand wollte sein Inneres sehen, jedenfalls nicht so, wie es sonst nur ein Chirurg zu sehen bekäme. Ein unvorbereiteter Augenzeuge seiner Erscheinung konnte zweifellos nur erschrecken, denn Parvus sah zerfallen, wenn nicht gar wie ein lebender Toter aus. Pathologen mochten so ihre Leichen für die Studenten der Medizin präparieren. Parvus selbst war anfangs ja auch erschrocken, gewöhnte sich aber allmählich an den neuen Zustand, als er bemerkte, daß keine unmittelbare Lebensgefahr davon ausging. Im selben Maße nahm seine Verwunderung zu, daß ein anatomisch richtiger Zustand seiner Inwendigkeit abstoßend sein müsse. "Was ist daran falsch, zu zeigen (oder zu sehen), was auch sonst immer schon dagewesen und notwendig gewesen war?", fragte er sich, "wollen die Menschen nicht mit ihrer Menschennatur bekannt werden?"
Ihm wurde dann aber klar, daß diese Menschennatur durchaus nur allgemein zu haben war. Seine Physiognomie war mitsamt der Haut verloren gegangen, und damit hatte sich auch die süße Illusion der Person verflüchtigt. Man konnte ihn nur noch anhand des Türschildes vor seiner Wohnung identifizieren, doch da er früher ja auch schon nicht in Gesellschaft anzutreffen gewesen war, kannte man die Person nicht einmal, die jetzt verloren war. Doppelt unmenschlich mußte er also seinen Mitmenschen erscheinen. Er selbst fühlte sich freilich sehr ungerecht behandelt. Elefantenmenschen oder andere Mißgebildete mochten sich mit Tüchern maskieren, um ihre Umwelt nicht mit einer Entartungsanatomie des Menschlichen zu quälen. Er aber trug nichts anderes als eine Enthüllungsanatomie, nichts anderes als sein wahres Inneres zur Schau, die Voraussetzungen dessen, womit man sonst gedankenlos wie mit der vermeintlichen Sache selbst hantierte. Nur ein Vorhang war die Haut, ein trügerischer Überzug, der schönen Schein hervorrufen wollte.
Auf seinen Spaziergängen fing er immer mehr und immer erstaun-

tere Blicke der Entgegenkommenden auf. Bürgerliche Ehepaare zeigten sich befremdet, der Mann angewidert, die Frau fast entsetzt, die Kinder gruselten sich und fragten ihre Eltern ungeniert, was der Mann habe. Wenn Parvus eine junge, reizende Dame sah, auf einer Parkbank, vor einem Hutgeschäft, ihren Hund ausführend oder mit ihrem kleinen Bruder an der Hand auf dem Weg zum Tivoli, wandte sie sich bestenfalls beschämt ab und entfernte sich so taktvoll wie möglich. Die Gassenjungen, sobald sie ihn erspäht hatten, verfolgten ihn und riefen ihm Schmähungen nach: Vogelscheuche, Menschenfresser, Vampir. Sie griffen sich in den Mund, zogen die Lippen auseinander und verzerrten ihr Gesicht zur Fratze. Sie ahmten seinen verhuschten Gang nach, und weil er anfangs vergeblich versucht hatte, zu ihnen zu sprechen - worauf sie gar nicht gehört hatten -, imitierten sie auch seine vermeintliche Sprachunfähigkeit, gurgelten rohe Laute hervor und stellten sich, als ob mit größter Mühe einen Satz äußern wollten, ohne ihn aber herauszubringen. Parvus wurde allmählich klar, daß er in der Öffentlichkeit nicht mehr gelitten war. Man ertrug seinen Anblick nicht und wünschte seine Person hinweg - weil es keine Person mehr war.
Tatsächlich - man sah nicht mehr, wer er war, sondern nur noch, was er war, eine Ansammlung funktionaler Konstruktionselemente. Wer ihn anschaute, anzuschauen wagte, hatte den Eindruck, als wolle er auf einer Uhr die Uhrzeit ablesen, bekäme statt dessen aber nur das Räderwerk präsentiert, das zwar in irgend einer logisch korrekten Weise auch die richtige Uhrzeit darstellte - oder vielmehr sogar erst herstellte -, sie aber gerade in dieser offengelegten Herstellung dem Blicke verbarg. Wenn Parvus sprach, sah man seine Gesichtsmuskeln sich bewegen, und seine Worte zerfielen vor den Augen des Betrachters in die Laute, die zu ihrer Übermittlung nötig waren. Es war, als liefe ähnlich wie die Braille-Zeile für Blinde hier ein phonetisches Alphabet mit, mit lauter Einzelheiten, die man gar nicht wissen wollte.
"So, wie ich aussehe," dachte Parvus, "sehen vielleicht auch die Gedanken in der Werkstatt des Gehirns aus, bevor sie nach oben an die hochmögende Herrschaft weitergereicht werden, bekleidet, kostümiert, maskiert, camoufliert. Niemand will sie roh sehen. Aber die Gedanken sind es doch, die uns denken - so wie es die Worte des Dichters sind, die eine Welt erschaffen. Wir sind nur, wozu uns diese Gedanken den Stoff geben. Und der Knecht ist in Wirklichkeit der Herr, weil der Herr ohne ihn hilflos wäre und von ihm alles Lebenswichtige bereitgestellt bekommen muß. Trotzdem bleibt der Knecht

ein Knecht und gelangt nie auf die Höhe des Menschseins, trägt kaum einen Namen, wird sofort nach seinem Verschwinden vergessen." Parvus kannte natürlich den deutschen Philosophen, der manche Wahrheit so klug erkannt hatte, diese Einsichten aber in ein Gebäude aus trügerischem Optimismus gesteckt hatte. Als sei er der Nachmieter von Leibnizens barockem Palast aus Vernunft und Schöpfungsglaube. Näher lag Parvus der traurige Pessimismus seines Landsmannes Sören, der, dabei sein eigenes Leben verzehrend, den Graben zwischen Glauben und Natur unüberwindbar aufgerissen hatte.

"Ich bin die nackte Natur," versetzte sich Parvus in Sörens Denkbewegungen, "und werde daher mißachtet. Ich bin eine natura naturata, aber keine natura naturans, eine Natur als Mangel, aber nicht als Eigenwert, Wille oder Trieb. Ich bin mehr als ein Tier und weniger als ein Mensch. Ich bin die Natur, die in sich zu erkennen der Mensch sich weigert. Und indem er mich ablehnt, macht er mich handlungsunfähig und lebensunfähig. Vielleicht bin ich das Gegenstück zu Sörens Verführer."

Und noch eine unangenehme Überraschung erlebte, wer sich mit Parvus unterhielt. Die Faszination von der ewig gültigen Mechanik, dem naturgesetzlich vorgegebenen Hebel- und Räderwerk, die man sich von einer Gliederpuppe, einer Marionette, erfüllt dachte, zerstob in der Wirklichkeit. Die zweckgerichtete Bewegung der Apparatur erzeugte keine Schönheit, keine Anmut und führte schon gar nicht durch die Rückseite wieder ins Paradies zurück, sondern führte lediglich ins langweilige Maschinenhaus. Die Worte waren aus Lauten gebildet, und unterhalb der Laute gab es nur mehr den Lautbildungsapparat. Die Gedanken wurden aus Worten gebildet, aber der Geist, der die Gedanken bildete, war nicht mehr der Rede wert.

4

Man wollte ihn also nicht sehen, wie er war, immer gewesen war. Er konnte vorerst das Haus nicht mehr verlassen, sondern mußte die Hilfe einer Bediensteten in Anspruch nehmen, die für ihn einkaufen sollte. Er legte sich auf die Lauer und verschaffte sich, hinter der Gardine durchs Fenster schauend, einen Eindruck, welche Mägde in den Nachbarhäusern Dienst taten. Zuerst wählte er nach Attraktivität und Vitalität, aber als er eine solche Magd gefunden hatte, fiel ihm ein, daß sie ihn ja gar nicht sehen durfte oder schlimmer noch, nicht würde sehen wollen. So hielt er nach Abgeklärtheit und Sachlichkeit

Ausschau. Als er eine zuverlässig erscheinende Person gefunden zu haben vermeinte, fiel ihm ein, daß es nicht gut anging, sie durchs Fenster gleichsam anonym anzurufen und herbeizitieren zu wollen. Er verfiel darauf, einen Boten auszuschicken, und dachte an einen der vielen Knaben, die sich spielend auf den Straßen herumtrieben oder von ihren Eltern mit kleinen Geschäften beauftragt wurden. Parvus glaubte, daß Kinder, wenn sie noch an Märchen glaubten, zumal an diejenigen von Hans Christian Andersen, auch auf allerlei Ungeheuer und menschliches Leid gefaßt sein müßten. Er, Parvus, wäre dann einfach eine lebende Märchenfigur. So rief er eines Tages einen Knaben an, der gerade nahe seinem Hause vorbeiging, streckte eine alte Zeitung aus dem Fenster und bat ihn, ihm das aktuelle Exemplar dieser Zeitung zu beschaffen. Er selbst sei leider krank und könne das Haus nicht verlassen. Für den Botendienst werde er auch etwas bekommen. Der Knabe, dessen Name Morten war, schaute zunächst etwas verwundert, ergriff dann die Zeitung, die Parvus mitsamt dem Geld auf das Fensterbrett gelegt hatte, und sagte zu, eine neue zu besorgen. Er lernte in der Schule gerade lesen, konnte den Titel der Zeitung auch schon entziffern, aber im Rest der Bleiwüste ging er noch unter. Er wußte auch schon, wo es Zeitungen zu kaufen gab und konnte tatsächlich das gewünschte Exemplar besorgen. Für das kleine Bewußtsein der kleinen Person war das ein durchaus aufregendes Ereignis.
Inzwischen fragte sich Parvus, ob er den Kleinen nach seiner Ankunft einlassen oder ihn am Fenster abfertigen sollte. Letzteres wäre sicherer, und vielleicht hätte der Knabe auch Scheu, zu einem Fremden in die Wohnung zu gehen. Andererseits verlangte es Parvus nach Gespräch und menschlicher Anteilnahme. Auch wollte er sehen, ob die von seinem Bruder erdachten Märchen wirklich so wirkten, wie es der Erfolg in den Buchhandlungen zu glauben nahelegte. Die oft traurigen Geschichten wurden eifrig gekauft und sicherlich auch gelesen. Was konnten die Kinder, denen sie vorgelesen wurden, von der Hinfälligkeit und Niedertracht des menschlichen Lebens wissen? Und sollte man es ihnen so sagen? Wie würden die Mütter die bösen Schicksale aus- oder umdeuten? Und was hielten die Kinder von jenem Manne, der diese Geschichten erdacht hatte? Würden sie wissen wollen, wer er gewesen war und welche Sehnsüchte ihn wirklich geplagt hatten?
Es läutete an der Türe. Parvus, der sich aufs Sofa gelegt hatte, rief, sie sei offen zum Eintreten, und zog sich die Decke weit über den

Kopf. Morten öffnete langsam die Türe, betrat die Wohnung und fand seinen Auftraggeber auf dem Sofa liegen. "Danke, Morten," sagte Parvus mit etwas gespielter Kränklichkeit, "Dein Botenlohn liegt auf dem Tisch. Ich bin leider so krank, daß ich dir nicht gegenübersitzen kann. Aber wenn es dir nichts ausmacht, kannst du dich gern in den Sessel dort setzen." Morten wollte nicht unhöflich sein und setzte sich in den Sessel, nachdem er die Zeitung hingelegt und das schöne Geldstück an sich genommen hatte. Die fremde Wohnungseinrichtung beschäftigte ihn viel mehr, als ihn die kaum sichtbare Gestalt des Kranken auf dem Sofa hätte beunruhigen können. Krankheit war ein häufiger Zustand in jener Zeit, und weil die Medizin kaum etwas gegen natürliche oder zufällige Zerstörungen des Leibes aufzubieten hatte, wurde auch allenthalben sichtbar gelitten.

Parvus entschuldigte sich nochmals für seinen Zustand und kam auf Mortens Interesse an den Einrichtungsgegenständen zu sprechen. Daß jemand etwas so aufmerksam betrachtete, worauf er selbst schon lange keinen Gedanken mehr verschwendete, bereitete ihm Freude und vielleicht auch Genugtuung. Andererseits langweilte es ihn, jetzt jeden Gegenstand und jedes Kunstwerk zu erläutern, denn er fühlte sich keineswegs als Museumsführer. Und was hätte der Knabe schon davon gehabt, zu erfahren, daß hier eine Replik eines Murillo aus dem 17. Jhdt. hing und dort ein Kupferstich des Forum Romanum, dessen Bauwerke oder vielmehr Ruinen 2000 Jahre alt seien. Was waren für ein Kind 2000 Jahre? Was waren sie selbst für Erwachsene? Nicht mehr als 40 oder 50 Generationen.

Parvus fragte den Knaben nach seinen Schulerlebnissen, seinem genauen Wohnort und seiner Familie. Von sich teilte er ebenso beiläufig einige Äußerlichkeiten mit, die Vertrauen erwecken sollten. Schließlich fragte er Morten, ob er Geschichten kenne, Märchen, die ihm vielleicht seine Mutter vorlese. Tatsächlich bekam der Knabe Märchen vorgelesen oder vorerzählt und las auch selbst welche, freilich in meist vereinfachten und gekürzten Versionen.

"Ich bin der Bruder von Hans Christian," erläuterte Parvus dem Knaben seine Stellung zum Autor der verbreiteten Märchensammlungen, "aber man kennt mich nicht, und jetzt lohnt es sich wohl auch nicht mehr, mich zu kennen. Wenn man dich fragt, brauchst du meinen Nachnamen nicht zu erwähnen. Du brauchst mich damit übrigens auch nicht anzureden. Ich bin einfach Hans Parvus."

Morten fand diese Erklärung und Regelung ganz in Ordnung und war beflügelt von der Aussicht, einige Fragen zu verschiedenen Märchen stellen zu können, die er nur teilweise verstanden hatte. Parvus bemerkte für sich zufrieden, daß er eine tragfähige Konstellation für seine Bedürfnisse eingerichtet hatte und ihm das Kind als Bote und Gesprächspartner erhalten bliebe, soweit es die vorrangigen familiären Verpflichtungen zuließen. Er setzte das Gespräch auch nicht zu lange fort, um in diesem kleinen Leben nicht gleich eine Revolution zu verursachen, sondern schickte Morten bald nach Hause. Allerdings bemühte er sich, den Erwartungshunger auf Geheimwissen eines Märchenonkels - als den sah sich Parvus realistischerweise - einerseits zu dämpfen, um kein Gerede in der Stadt hervorzurufen, andererseits aber aufrecht zu erhalten, um das Kind zum regelmäßigen Wiederkommen zu bewegen.

5
Beim nächsten Besuch horchte ihn Parvus daher vorsichtig aus, was er zuhause erzählt habe und wie es aufgenommen worden sei. Man schien ihn für eine Art Lehrer im Ruhestand zu halten, denn welcher ernsthafte Mann würde sich sonst näher mit Kindermärchen beschäftigen? Damit war Parvus einverstanden. Dem Kind aber wollte er die Hinfälligkeit der Literatur aus dem entgegengesetzten Blickwinkel begreiflich machen. Die Literatur und die Phantasie waren nicht deshalb unterlegen, weil das reale Leben so viel wichtiger und besser war, sondern so erfolgreich und lebensgestaltend sie sein mochten, mußten sie doch an entscheidenden Stellen immer wieder an den nichtliterarischen Seiten des Lebens gemessen werden.
"Die Märchen meines Bruders," führte Parvus also aus, "und die Bücher der anderen Dichter können beliebig lange gelesen werden und in Gebrauch bleiben, überleben also ihren Autor, der irgendwann einmal stirbt." Daß auch die Sprache nach einigen Jahrhunderten verschimmelt war und aus dem Verkehr der Gegenwart gezogen wurde, verschwieg Parvus, um nicht zuviele Komplikationen ins Spiel zu bringen. Er verkündete jedoch den Tod der Literatur, der unvermeidlich sei, weil ihr Schöpfer sterblich sei. "Hans Christian liegt auf dem Friedhof. Deshalb gibt es keine weiteren Märchen mehr." Hans Parvus wollte seiner Binsenweisheit Nachdruck verleihen und schlug Morten vor, dieses Ende der Literatur selbst aufzusuchen. Er solle zu Hans Christians Grab gehen, für den Toten vielleicht, wenn ihm danach sei, ein Gebet sprechen, und daran denken, was von jenem Menschen übrig geblieben sei, in dessen Worten er sich aufhalte, wenn er seine Märchen höre.

Natürlich mußte er ihm den Weg genau beschreiben, zwar nicht zum Friedhof selbst, der Morten bekannt war, aber die Lage des Grabes, das sonst nicht leicht zu finden gewesen wäre. Der später aufgestellte Grabstein mit dem eingemeißelten Zitat stand noch nicht, und das für neue Gräber charakteristische Kranzgebirge war mittlerweile sicherlich entfernt worden. Parvus zeichnete ihm einen Lageplan und legte Morten den Grabbesuch auch insofern nahe, als er, Parvus, sich selbst ja keinen Augenschein verschaffen könne. So schickte er den Knaben weg.

Beim nächsten Besuch fragte er zunächst auch nach diesen Äußerlichkeiten und erhielt die gewünschten Details berichtet. Dann näherte sich Parvus dem Gefühl des Kindes angesichts der Vergänglichkeit des menschlichen Lebens. "Hast du Hans Christian einen Gruß - von mir oder von dir - übermittelt?"
Morten hatte vor der Gestaltlosigkeit des Grabes die Literatur erst einmal vermißt. Die farbigen, meist auch farbig ausgemalten Figuren aus den Büchern waren dort weit weg. Nur stumpfe Erde lag da, wie sie überall auf Wegen und in Gärten lag. Er habe sich aber vorgestellt, daß der Tote im Grab erfreut sein müsse, wenn er, Morten, durch den jüngeren Bruder Parvus einen so wichtigen Überlebenden und kundigen Fortsetzer gefunden habe.
Parvus staunte ein wenig, merkte dann aber, daß das Kind weniger über seine Person sagen, sondern einen Anhaltspunkt am Leben finden wollte. Daß der Leib der Literatur sterblich war und in diesem Grab gerade vermoderte, war dem Kind noch nicht ganz bewußt.
"Ich will meinen Bruder nicht fortsetzen," warf Parvus ein, "sein Werk ist seine Sache, und auch, wenn ich sein Leben geteilt habe, ist mein Leben immer noch meine Sache. Ich kann nicht einfach das sein, was er zu leben versäumt hat."
Morten fühlte sich von einem kalten Hauch der Fremdheit angeweht, wie er ihn schon auf dem Friedhof verspürt hatte. Etwas ganz anderes als dasjenige, worumwillen er hingegangen war, hatte er dort vorgefunden. Und jetzt bekam er es mit einer vermutlich unerfreulichen Konkurrenz zwischen Brüdern zu tun, die er nicht erwartet hatte und auch nicht für erfreulich und wünschenswert hielt.
"Ein fremdes Leben läßt sich nicht fortsetzen," beharrte Parvus unangenehm, "vielmehr muß das eigene wahrgenommen und gefunden werden. Wohl auch erfunden".
Für Morten war Leben natürlich noch nichts eigenes, sondern ein ihn zuverlässig umgebendes Gehäuse. Daß man Arbeit und Gefahr

dabei haben müsse, es auszuüben, und dann doch nur im Tod enden könne, mißfiel ihm gründlich.
"Was ist der Tod?", stellte er den aus seiner Sicht alten Herrn zur Rede.
Parvus war nicht überrascht von dieser großen Frage dieses kleinen Menschen. "Schön, daß du mir zutraust, das zu wissen, Morten," lobte er den unbefangenen Fragesteller, der ihn aufmerksam ansah. "Ich weiß auch tatsächlich mehr als jeder andere davon, ausgenommen natürlich unseren toten Freund Hans Christian. Erinnerst du dich, wie er im Märchen vom Mädchen mit den Schwefelhölzern den Tod beschrieben hat?"
"Ja," sagte Morten, "aber im Grab liegt das Mädchen nicht."
"Ganz recht," erwiderte Parvus, "den Tod, der in den Gräbern liegt, hat mein Bruder nicht darstellen wollen oder können. Statt dessen läßt er einfach die Großmutter erscheinen, und beide schweben dann zu Gott. Als ob es so etwas gäbe!"
"Ich möchte schon auch einmal fliegen können," wandte Morten ein.
Parvus stutzte ein wenig und änderte sein Gesprächsziel. "Ach ja," meinte er nachsichtig, "das wirst du schon noch, vielleicht nimmt dich mal ein Naturforscher in einem Ballon mit. Oder vielleicht baut dir ein genialer Erfinder Flügel an deine Arme, mit denen du dich in die Luft erheben kannst. Aber du wirst wahrscheinlich rasch Angst bekommen, denn die Luft hat keine Balken, und du weißt, daß du sofort tot bist, wenn du herunterfällst."
Damit hatte Parvus von der kindlichen Fantasie auf die ursprüngliche Frage zurückgelenkt, wollte sich aber auch mit ihr nicht näher beschäftigen. "Der Tod, nach dem du gefragt hast, ist etwas ganz Fremdes, so fremd, daß ich dir das gar nicht sagen kann. Schau, Morten. Du weißt noch gar nicht, was Leben ist. Du fängst gerade erst damit an, und niemand weiß, wie weit du damit kommen wirst, zu welchem Menschen du einst heranwachsen wirst. Alles, was ich dir jetzt sage, wirst du in 10 Jahren vergessen haben - und das ist für mich, wie du dir denken kannst, keine schöne Aussicht. Warum mache ich mir die Mühe dann?" Morten wollte widersprechen, aber Parvus ließ ihn nicht zu Wort kommen.
"Immerhin wirst du dich an meine Person erinnern, das ist gewiß, und was später dein Ich sein wird, wird in diesen Gesprächen den ersten Lichtstrahl der Aufklärung empfangen zu haben überzeugt sein. Aber um dich nicht ganz im Unklaren zu lassen," sprach Parvus wieder vom Tod, "kann ich dich auf einen einfachen Sachverhalt aufmerksam machen, der dir auch jetzt schon einleuchtet. Der Tod

ist ganz verschieden, je nach dem, von welchem Leben aus er erreicht wird. Jeder Mensch ist anders - und ich bin besonders anders, wie du weißt -, und später wirst du dich noch wundern, wie schrecklich anders Menschen sein können. Jetzt bist du vielleicht der Meinung, deine Mutter und beispielsweise deine Lehrerin oder deine Tante seien nicht besonders unterschiedlich, nur daß sie dir unterschiedlich nahe stehen. Wenn du eine Schulklasse mit Mädchen auf der Straße bei einem Unterrichtsgang in den botanischen Garten siehst, werden sie für dich ziemlich gleich ausschauen und dir bloß wie ein Haufen gackernder Hühner vorkommen. In 10 Jahren aber wirst du sie völlig verschieden wahrnehmen.

Man sagt zwar, der Tod mache alle Menschen gleich, aber das stimmt nicht. Er läßt sie so ungleich, wie sie bis dahin schon waren, oder macht sie noch ungleicher. Der eine wird 80 und stirbt im Schlaf, den nächsten holt die Schwindsucht mit 23. Ein anderer wird von Cholera mit 32 dahingerafft, wieder ein anderer fällt mit 45 als Dachdecker vom Dach. Eine Frau stirbt mit 28 im Kindbett, eine andere mit 57 an der Zuckerkrankheit, eine dritte vergiftet ihren ungetreuen Gatten und wird hingerichtet. Der Tod ist die Ernte des jeweiligen Lebens, ohne daß dem Betreffenden bewußt ist, was er vorher gesät hat."

Parvus ließ dem Knaben etwas Zeit zum Nachdenken, kümmerte sich aber ansonsten wenig darum, daß er ihn geistig teilweise überforderte. Werden wir nicht alle vom Leben überfordert, hatte ihm einst sein Bruder auf eine Vorhaltung geantwortet, und Parvus hatte sich diese bequeme Einstellung angeeignet.

"Willst du einen Apfel?" griff er dann seine Rede von der Ernte auf: Der Knabe nickte und hatte mit diesem Gespräch seine Fassungskraft erschöpft und seine Neugier gestillt.

6

Parvus hatte den Knaben für den anderen Tag bestellt, wieder die Zeitung besorgen lassen und setzte sich, nachdem er einen gelangweilten Blick auf die Titelseite geworfen hatte, zu einem Gespräch mit dem Knaben hin. Er fragte ihn nach seinen Erlebnissen in der Schule und tastete vorsichtig ab, wie er das erste Zusammentreffen mit ihm, der Ungestalt, verarbeitet hatte. Für den kleinen Menschen war alles noch ein Abenteuer, und deshalb verging seine Zeit auch langsam. Seine eigenen Kräfte waren gering im Vergleich zu den Anforderungen der Welt, so daß er auch für jeden neuen festen Bezugspunkt von außen dankbar war. Daß ein so offenkundig kluger

Mensch wie Parvus allein, ohne Familie und Dienstboten sein Leben fristen mußte, beeindruckte den Knaben nicht wenig.
Dies war unversehens der Anlaß, der Parvus zu diesem Gespräch führte und Morten eine weitere Aufgabe bescherte. Parvus sprach davon, daß er sich mit Nahrung versorgen (lassen) müsse, weil er nicht selbst auf den Markt gehen könne. Die Zubereitung der Speisen könne er sich wohl zutrauen, in aller Einfachheit und Frugalität natürlich. An Fleisch werde er sich nicht heranwagen, sondern auf Gemüse und Brot beschränken. Er brauche Butter, Käse, Fisch, gelegentlich Getränke, um nicht immer nur Wasser oder Tee trinken zu müssen, und müsse selbstverständlich auch mit Brennholz für den Herd und den Ofen versorgt werden.
Morten staunte, was alles für die Aufrechterhaltung eines Lebens im Alltag nötig war und hätte sich von der Vielzahl dieser Aufgaben überfordert gesehen. Parvus beruhigte ihn aber sogleich mit der Erläuterung, daß er, Morten, nur die Verbindung zu einer Magd herstellen solle, welche die gewünschten Besorgungen ausführen solle. Nachdem er seine Bereitschaft erklärt hatte, beschrieb ihm Parvus das weitere Vorgehen, und Morten fühlte sich wichtig, bei einer sozusagen lebensentscheidenden Aufgabe mitwirken zu dürfen. Allerdings beunruhigte ihn ein wenig die Vorstellung, eine fremde Frau ansprechen und in den passenden Worten das Anliegen vortragen zu sollen. Von ihm hinge letztlich ab, ob Parvus sein ohnehin eingeschränktes Leben überhaupt fortsetzen könne.
Parvus ging während des Gesprächs immer wieder einmal ans Fenster, um zu sehen, ob die in Aussicht genommene Magd zufällig vorbeikäme, und Morten erzitterte bei den Gedanken, daß er den Auftrag vielleicht schon gleich würde ausführen müssen. Er müßte darauf gefaßt sein, daß sie sein Anliegen nicht richtig verstünde oder ihm nicht glaubte, oder daß er umgekehrt auf Einwände stieße, die er nicht beurteilen konnte, oder daß sie sich einfach nur schwer verständlich ausdrückte, weil sie vom Land kam und Dialekt sprach. Parvus beruhigte ihn, er werde ihm einen Zettel mit der Adresse mitgeben, damit er etwas in der Hand habe.
Die beiden hatten Glück, Parvus sah die Magd auftauchen und sich beiläufig mit einer anderen unterhalten. Er sagte Morton nochmals den Wortlaut seiner Wünsche vor und schickte ihn hinaus. Durch das Fenster beobachtete er, wie sich das Kind der bezeichneten Person näherte, ihre Aufmerksamkeit gewann und auf den Zettel verwies. Die andere Magd, die wohl zu ihren Geschäften eilen mußte oder vielleicht auch nur die Gelegenheit ergriff, das Gespräch zu

beenden, verabschiedete sich, und Morten setzte seine Instruktionen fort. Nach mehreren Wortwechseln setzten sich die beiden in Richtung des Hauses in Bewegung, und Parvus legte sich auf das Sofa, um mit abgewandtem und tunlichst verhülltem Gesicht die Ankunft der Magd zu erwarten.
Morten führte sie herein, die stehen blieb und bereits wußte, daß sie einen kranken Auftraggeber vor sich hätte. Parvus erklärte, daß er sehr krank sei, ihr deshalb seinen Anblick ersparen wolle, aus dem gleichen Grunde aber ihre Hilfe benötige. Sie möge ihm alle paar Tage einige Dinge besorgen, weil er das Haus nicht verlassen könne. Die Magd hatte Krankheit und Tod genug in ihrem Leben mitbekommen und wunderliche Herrschaften dazu.Sie war einverstanden, bedang sich lediglich aus, daß die Bedienung ihrer jetzigen Herrschaft Vorrang habe und Parvus' Aufträge in günstig gelegenen Zwischenzeiten erledigen werde. Da sie den Zusatzverdienst gut brauchen könne, war sich Parvus sicher, daß die Magd, die übrigens Maren hieß, sich hinreichend um seine Belange kümmern werde.
Er trug ihr dann auch schon eine erste Besorgung auf, womit Mortens Besuch ebenfalls beendet war. Während sie von ihren Einkäufen zurückkehrte, wurde ihr allmählich klar, daß sich hier ein einsamer älterer Herr selbst zu versorgen gedachte. Dies war doch etwas ungewöhnlich, denn üblicherweise zogen in solchen Fällen Verwandte in die Wohnung, eine Schwester, Tante, Base oder vielleicht eine Studentin vom Land, die von Verwandten in Pflege gegeben wurde. Maren zweifelte ein wenig an Parvus' Fähigkeiten, sich sinnvoll zu ernähren, aber da er ohnehin krank war, spielte das wohl keine große Rolle. Allerdings wunderte sie sich, daß sie nichts aus der Apotheke zu bringen hatte.
Nachdem sie die bestellten Waren aus ihrem Korb ausgepackt und auf den Tisch gelegt hatte, hörte sie von ihrem weiterhin abgewandt auf dem Sofa liegenden Auftraggeber weitere Erklärungen, zunächst die Wiederholung seiner vorigen Rechtfertigung. Seine Hände und sein Gesicht seien unansehnlich, so daß er ihr nicht persönlich gegenübertreten könne. Er werde sich aber beim nächsten Mal eine Maske über das Gesicht ziehen - dies war die Frucht seiner Überlegung während der Einkäufe, wie er die unvermeidlichen Begegnungen für beide Seiten erträglich gestalten konnte. Die Maske werde aus Leinwand sein, bemalter Leinwand um genau zu sein, nämlich aus einem im übrigen wertlosen Gemälde seines verstorbenen Bruders. Er werde sich Löcher für die Augen hineinschneiden, und seine

Stimme werde zweifellos verändert klingen, aber er nach wie vor die Person sein, die sie jetzt vor sich habe.
Die Magd fand den Plan so wunderlich wie den Menschen, erbot sich, ihm in seiner Krankheit zu helfen, nahm aber hin, daß er ihrer dafür nicht bedurfte, und ging weg, nachdem sie ihren voraussichtlich nächsten Besuch angekündigt hatte.
Als es dann soweit war, trat ihr Parvus tatsächlich mit dem Gesicht des verblichenen Hans Christian Andersen entgegen, und wenn die echten Augen nicht so viel tiefer als die von der Nase vorgewölbte Maskenhaut gelegen wären, hätten sie wahrscheinlich gut zum Bild gepaßt. Parvus hatte ihr erklärt, daß er in Wirklichkeit so ähnlich wie sein Bruder auf dem Bild aussähe, und dies hatte ihr völlig eingeleuchtet, weil sie darunter die naturgegebene Ähnlichkeit zwischen Geschwistern verstand. In diesem Arrangement verkehrten die beiden also miteinander und konnte Parvus sein äußeres Leben - abgesehen davon, daß es kein Außen mehr hatte - führen.

7

Parvus verbrachte die Herbsttage damit, vom Dunkel des Zimmers aus auf die Straße zu schauen und das Treiben der Menschen, Tiere und Pflanzen zu beobachten. Die Blätter der Bäume verfärbten sich, weil sie dürr wurden, und fielen herab. Biologisch könnte man diesen Vorgang mit einer sich schuppenden Haut vergleichen, dachte sich Parvus und dachte auch gleich an seine eigene, ihm abhanden gekommene Haut. Bei Bäumen halten die Menschen einen Gestaltwandel für normal, und auch die Raupe, die über die Geranien kriecht, wird gerne im nächsten Frühjahr als Schmetterling begrüßt. Bei den Menschen genügt schon eine andere Hautfarbe oder eine leicht veränderte Lidspalte, um Abwehr auszulösen. Warum konnten sich die Menschen nicht von ihren Meinungen über bestimmte Erscheinungsformen von ihresgleichen freimachen? "Laßt mich scheinen, bis ich werde," verlangte Goethes Mignon vergeblich. Man ließ sie nicht als eine erscheinen, und so blieb ihr nur noch der Tod.
Der Herbst dämpfte auch die akustischen Zumutungen durch "unsere gefiederten Freunde", wie man sich in einschlägigen erbaulichen Wochenschriften auszudrücken pflegte. Parvus las diesen anthropomorphisierenden Schwulst mit Abscheu und ärgerte sich jedesmal über das vielstimmige Vogelgezwitscher, das in aller Herrgottsfrühe - die für ihn eher eine Teufelsfrühe war - stattfand. Mittlerweile zogen die Zugvögel fort, und ansonsten war die Balz erledigt und die El-

ternschaft ebenfalls abgeschlossen. Zu Gesang bestand also kein Anlaß mehr - und selbst zu diesen Anlässen hätte Parvus keinen Gesang anzustimmen vermocht. Ins Straßenbild mischten sich nun mehr und mehr schwarze, ernste Vögel, außer den Amseln die Elstern, Krähen und Raben.
Das waren auch Geschöpfe, die mit einiger Würde zu Fuß gehen konnten. Parvus schaute ihren Erkundigungen aufmerksam zu und machte auch den kleinen Morten, der sich zunächst kaum für sie interessierte, näher mit ihnen bekannt. Der Knabe war sich natürlich nicht im Klaren, inwieweit die Tiere Verhalten an den Tag legten, das auch Bestandteil menschlichen Verhaltens sein konnte. Parvus gewann den Eindruck, daß die von Morten eifrig gelesenen oder gehörten Märchen, in denen so gerne Tiere vermenschlicht wurden, die Wahrnehmung der wirklichen Tiere nicht erleichterte. Es handelte sich dort eher um Menschenfiguren im Tierkostüm. Vielleicht sollte man einfach Stofftiere nähen und den Kindern in diesem Alter zum Spielen geben, kleine Bärchen, Kätzchen, Häschen, einen Frosch oder ein Krokodil. Mit lebenden Haustieren gingen Kinder doch nicht gut um.
An einem trübe endenden Nachmittag zeigte Parvus seinem Schützling einen Raben, der ihm schon seit einiger Zeit aufgefallen war und einen einzelgängerischen Eindruck machte. "Das ist bestimmt ein Hagestolz", erklärte er dem Knaben. "Nicht alle Raben brüten oder ziehen auf, und dieser da geht wohl schon länger seiner eigenen Wege. Sieh nur, wie gut er sich hier auskennt und genau weiß, vor wem oder was er sich in Sicherheit bringen muß und wo es Nahrung gibt. Ich beobachte ihn schon länger, und ich glaube inzwischen, daß er mich auch beobachtet."
"Er ist aber nicht ganz schwarz," bemerkte Morten.
"Du hast recht," bestätigte Parvus, "er hat einen Anzug in schimmerndem Anthrazit an. Du hast diese Sorte Kohlen sicher schon gesehen. Er wirkt edel - oder vielleicht ist er nur etwas ausgebleicht."
"Warum sind denn Vögel überhaupt schwarz?" wunderte sich Morten, "das ist doch keine Farbe?"
"Hm," überlegte Parvus, "das weiß ich eigentlich auch nicht, aber es ist tatsächlich wundersam."
Der erwähnte (oder sollte man sagen: angesprochene) Rabe kam immer näher, als wolle er mitbekommen, was über ihn geredet wurde, und blieb schließlich vor dem Fenster stehen. "Soll ich Euer Gnaden ein Märchen erzählen?" redete ihn Parvus mit komischer Übertreibung an. Morten belustigte sich über die milde Verspottung

des Vogels und Parvus' Mut, mit ihm zu reden. Da der Rabe nichts einzuwenden hatte, erzählte Parvus tatsächlich *Die sieben Raben* in Kurzfassung. Der Rabe ging nicht weg, sondern bewegte sich erst am Ende der Rede wieder, wandte sich ab und ging seinen eigenen Geschäften nach. Morten verfolgte die Lesung mit gespannter Aufmerksamkeit, weil hier dichterische Imagination unmittelbar auf den imaginierten Gegenstand traf und sich mit ihm maß. Er stellte sich mühelos vor, daß auch dieser, "sein" Rabe sprechen und denken könne. Parvus erschien ihm fast wie ein magischer Beschwörer, trotz oder vielleicht wegen seiner grauenvollen Häßlichkeit als Mensch. Dieses Zusammentreffen von Literatur und Wirklichkeit blieb in seinem Gedächtnis haften und sollte ihm als Erwachsenen später eine wichtige Station seiner Entwicklung bedeuten.

8

Beim nächsten Besuch drängte es Morten, das krasse Mißverhältnis zwischen magisch-menschlichen Fähigkeiten und Ächtung durch die Gesellschaft anzusprechen, das ihm beim letzten Zusammentreffen bewußt geworden war. Parvus' Bildung und Einfühlung in Natur und Menschenleben übertraf alles, was ihm bislang an Erwchsenen begegnet war. Deshalb rannte er dagegen an, daß Parvus ein so eingeschränktes, jämmerliches Leben führen mußte. Er wollte ihn aufrichten und hielt sich dabei an einen ihm wohlbekannten Text.
"Denk doch an das häßliche Entlein, Hans. Auch wenn du schlimm aussiehst, bist du doch kein schlechter Mensch. Irgend jemand wird dich schon mögen." Und er stand auf, holte sich das Buch mit dem Märchen aus dem Schrank, schlug es auf und las den Schluß des Märchens mit etwas holperiger Satzmelodie, aber spürbarem Verständnis.
"Ich will zu ihnen hinfliegen, zu den königlichen Vögeln! Und sie werden mich totschlagen, weil ich, der ich so häßlich bin, mich ihnen zu nähern wage. Aber das ist einerlei! Besser, von ihnen getötet als von den Enten gezwackt, von den Hühnern geschlagen, von dem Mädchen, welches den Hühnerhof hütete, gestoßen zu werden und im Winter zu hungern und zu frieren!" Und es flog hinaus in das Wasser und schwamm den prächtigen Schwänen entgegen; diese erblickten es und schossen mit emporgesträubtem Gefieder auf dasselbe los. "Tötet mich nur!" sagte das arme Tier, neigte seinen Kopf der Wasserfläche zu und erwartete den Tod."
"Siehst du," unterbrach ihn Parvus, "niemand will ihn haben."

"Sei nicht ungeduldig," verlangte der kleine Mensch vom großen, "es wird alles gut."

Aber was erblickte es in dem klaren Wasser? Es sah sein eigenes Bild unter sich, das kein plumper schwarzgrauer Vogel mehr, häßlich und garstig, sondern selbst ein Schwan war. Es schadet nichts, in einem Entenhof geboren zu sein, wenn man nur in einem Schwanenei gelegen hat!

"Das häßliche Entlein ist in Wahrheit ein vermeintliches Entlein, Morten. Hans Christian hat geschwindelt. Wenn es meinesgleichen gäbe, wenn ich zu mehreren wäre und wenn wir eine Menschenart bildeten, wäre mir geholfen. So aber bin ich ein Einzelner, und wenn ich in einen Wasserspiegel schaue, blickt mich nicht das Antlitz einer neuen, eleganten Rasse an, sondern eine zerfallene Person."

Morten wußte nichts auf diese, wie so oft zerstörerische Selbsterkenntnis zu erwidern.

"Was glaubst du, Morten," fuhr das Anatomiemodell fort, "wie entsetzt deine Eltern wären, wenn sie wüßten, mit wem du deine Nachmittage verbringst? Mit einem Scheusal, dem jede menschliche Regung versagt ist."

"Vielleicht haben dich die Blicke der Leute zersetzt", phantasierte Morten überraschend direkt. Parvus stutzte, rechnete diese Grausamkeit rasch der kindlichen Unwissenheit und Unerfahrenheit in der condicio humana zu, wunderte sich über das für den Knaben seltene Verb zersetzen, das er freilich am Vortag bei der Erläuterung des menschlichen Ablebens gebraucht hatte, um die ihn Morten gebeten hatte, fand sich aber durch seine forsche Bemerkung doch so zersetzt, als verwandle sich eine Schale Himbeeren plötzlich in Marmelade.

"Vielleicht könnte man sagen, daß ich mich nicht so gut schützen kann, wie die anderen Leute," wandte Parvus ein und entwand Morten damit die vorwitzige Belustigung, mit der er an ihn herangetreten war oder vielmehr ihn über den Haufen hatte rennen wollen.

Parvus hatte das Märchen mehr bewegt, als er Morten gegenüber zugegeben hatte. Selbsterkenntnis könne heilen, wollte Hans Christian wohl damit sagen. Wahrscheinlich hatte er sich selbst zu oft im Spiegel angeschaut und einen Weg gesucht, seine Häßlichkeit weg zu erklären. Als Künstler erklärt man sich dann gern mal zu einem höheren Menschen.

Parvus glaubte der Kunst jedoch nicht, dieser nicht und auch keiner anderen. Er wußte zu gut, wie sie gemacht und womit sie bezahlt wurde. Sein Blick in den Spiegel rief auch bei ihm nur Entsetzen hervor und den Willen, diese Fratze zu zerstören, unbedingt und radikal wegzuätzen. Tatsächlich - es müßte wohl Säure sein, eine fleischfressende Säure. Die stärkste Säure, welche die aufstrebende Wissenschaft der Chemie herzustellen vermochte, war Salzsäure. Es sollte einen Weg geben, sich eine entsprechende Menge davon vom Chemischen Institut der Universität liefern zu lassen, natürlich unter einem gewissen Vorwande. Er wußte, daß er die benötigte Menge nicht von einer Apotheke bekommen könne, oder doch nur unter mißtrauischen und argwöhnischen Fragen. Die Zweckfreiheit der Wissenschaft jedoch würde die Frage nach einem Zweck von vornherein entschärfen.

Er dachte ein wenig nach, setzte sich dann an den Schreibtisch und ergriff Papier und Feder. In diesem Brief schilderte er sich als einen pensionierten Schullehrer, der nun einerseits Zeit und Muße, andererseits aber noch ein freilich nicht allzu schwer wiegendes Forschungsinteresse habe, welches ihn veranlasse, sich an den ihm verschiedentlich empfohlenen Lehrstuhl zu wenden. Immer wieder einmal sei er im Verlaufe literarisch-historischer Studien auf die Alchemisten und ihre ebenso kruden wie ehrgeizigen Versuche gestoßen und habe sich allmählich mit der zum Teil schwierigen Begriffsbildung dieser Arkandisziplin vertraut gemacht. Nun sehe er sich im Stande, gewisse Versuchsreihen nachzuvollziehen, welche in den einschlägigen Schriften hinreichend beschrieben seien, ohne daß doch klar würde, welche Resultate die Reaktion der jeweiligen Stoffe tatsächlich erbracht hätten. Hierüber wolle er Erkenntnisse gewinnen und benötige daher eine bestimmte Menge der Säure. Man möge ihm den Preis nennen und die Lieferung durch einen Boten oder Studenten zustellen lassen. Da er selbst aber öfter in Bibliotheken zu tun habe, möge man ihm Tag und Stunde nennen, damit er seine Bedienstete anweisen könne.
Er gab seine wirkliche Adresse an, unterschrieb aber unleserlich.

Diesen Brief gab er Morten bei seinem nächsten Besuch und trug ihm seine Besorgung auf. Einige Tage später erhielt Parvus eine zustimmende Antwort mit den gewünschten Angaben. Er machte es der Magd dringlich, an dem genannten Tage vor seinem Hause zu

sein, um die Lieferung in Empfang zu nehmen. Zusätzlich bat er Morten, sich ebenfalls, wenn möglich, einzufinden.
Wie angekündigt langte kurz nach der angegebenen Zeit ein Bote mit einem umgehängten Kanister an, den die Magd unschwer als den Gesuchten erkannte. Sie erklärte sich als mit dem Sachverhalt vertraut und bevollmächtigt, nahm den Kanister entgegen und übergab den vereinbarten Geldbetrag. Sie trug den Kanister ins Haus, wo Morten sichtbar und Parvus unsichtbar hinter dem Fenster den Handel verfolgt hatten. Der Magd hatte Parvus ungefähr das gleiche Märchen wie im Brief aufgetischt. Gegenüber Morten hatte er nicht so viel Aufwand getrieben, sondern nur von einer Lieferung von *Scheidewasser* gesprochen. Der Name leite sich daraus ab, daß dadurch reine von unreinen Stoffen geschieden werden könnten.

9

Bei Mortens nächstem Besuch wußte Parvus die Lieferung und deren angebliche Zweckbestimmung mit einigen entschiedenen Sätzen beiseite zu schieben. Er schien gegenüber dem Knaben aber doch eine veränderte Haltung einzunehmen. Morten spürte, daß sich die Stimmung verwandelt hatte, hätte aber nicht sagen können, was nun anders war. Vielleicht leuchtete der Himmel düsterer, vielleicht glänzte die Nacht heller.
Parvus versenkte seinen Blick unaufhaltsam in das Antlitz des Kindes, als wolle er durch ihn hindurchstoßen. Tatsächlich suchte er in dessen künftiges Leben vorzudringen, noch ehe es von dessen Eigentümer selbst auch nur in Angriff genommen ward. Er wollte dessen einstiges Ich voraussahnen, um ihm über den gräßlichen Abgrund der Zeit hinweg etwas mitzuteilen und umgekehrt von ihm Zuspruch zu erhalten. Aber was hätte er ihm schon sagen können, außer, daß der Abgrund gräßlich war und der Zuspruch hilflos blieb? Morten blickte ihn aufmerksam, aber unbewußt an. Parvus drang in dieses Wesen ungehindert ein, weil nur das Gerüst der späteren Person Morten aufgestellt oder vielmehr zusammengeleimt war, noch unbehaust, unbelebt, ungestaltet. Parvus suchte ein ähnlich dichtes Gegenüber wie er selbst, verlor sich aber in des Kindes Offenheit, Vergangenheitslosigkeit, "Unschuld".
"Morten, ich wünschte, du wärest mein Sohn. Dann hätte ich vermutlich einen Grund, weiterzuleben. Aber wie hätte ich dich erzeugen sollen? Ich bin nicht einmal sicher, ob ich es auf die Dauer aushielte,

dich für diese entsetzliche Welt zu bilden, die für dich vielleicht gar nicht entsetzlich sein müßte."
Dem Knaben wurde unbehaglich, von sich in einer Form der Herstellbarkeit reden zu hören. Er hatte das Mysterium seiner Existenz noch nicht in den Blick genommen, also die Frage nach seiner Herkunft noch nicht gestellt. Natürlich hatte er auch keine Ahnung oder Vorstellung von jenem körperlichen Verkehr seiner Eltern, in dessen Verlauf der unerforschliche Zufall der Natur ihn zusammengesetzt hatte. Er wußte nur, daß sich sein Vater und seine Mutter für ihn verantwortlich fühlten und immer schon gefühlt hatten, weil sie ihn von Anfang an bei sich gehabt hatten.
Morten wollte dem "Erzeugnis" widersprechen, scheute sich dann aber doch, weil er spürte, daß Parvus, wie viele Erwachsene bei bestimmten Gelegenheiten, sich mit einer Bestimmtheit äußerte, die keinen Widerspruch zuließ. Er hätte sich von ihm nur eine Zurechtweisung oder mildes Mitleid eingefangen.
"Du mußt dich nicht immer nur quälen," erwiderte der Knabe schließlich, nachdem er die erwähnte Erzeugung als eines der ihm von Parvus oft vorgetragenen Unmöglichkeitsmotive eingeordnet hatte.
Parvus blickte ihn noch durchdringender an und seufzte: "Ach, Kind", nahm die Zumutung aber doch wie den ernsthaften Einwand eines Erwachsenen. "Vielleicht hast du recht," kam er ihm entgegen, "vielleicht sollte mich bereits deine Gegenwart am Leben erhalten. Dein Vater hat wahrscheinlich nicht viel Zeit, sich so eingehend mit dir zu beschäftigen, sondern ist eher bedacht, daß du dich in den Haushalt und in seine Pläne einordnest. Deine Eltern nehmen mir die Organisation deines Lebens ab, so daß ich mich dir unbelastet widmen kann. - Ich glaube," setzte er mit einem freundlichen Lächeln, das ihn nachträglich selbst überraschte - wie es wohl tatsächlich auf seinen Muskelsträngen ausgesehen haben mochte? -, nach einer Pause hinzu, "ich sollte dir wirklich etwas Sinnvolles hinterlassen. Du kannst nichts für meinen Zustand, und ich sehne mich nach jemandem, der mich eines Tages nach meinem Tode neu verstehen und dann vielleicht, mich gekannt zu haben, dankbar sein wird."
Über Morten ging eine Welle vager Worte hinweg, Erwachsenenworte, süß und trotzdem unheimlich dort, wo sie ihn in den Mittelpunkt stellten. Sie erwarteten keine Erwiderung.
"Ich schreibe auf," fuhr Parvus unbeirrt fort, "wer du für mich wärest oder sein könntest, wenn du mein eigener Sohn wärest. Ich schreibe dir einen Brief, den du an dich nimmst, aber erst als Erwachsener öffnen wirst. Darin wird alles stehen, was ein Vater nur je seinem

Sohne mitgeben könnte und weshalb er ihn in diese Welt geholt haben könnte." Parvus wurde unbehaglich zumute, als er merkte, daß er im Irrealis sprach. Er wäre nicht mehr als ein Usurpator fremder Usurpationen, ein Taschendieb, der aus fremden Besitz- oder Besetzungsverhältnissen Nutzen zöge.

"Das ist schön," unterbrach Morten seine bereits wieder dem Abgrund zustrebenden Gedanken, und stellte sich vor, ein aufregendes Geheimnis ausgehändigt und aufgetragen zu bekommen.

Parvus ward durch diese Bemerkung ein wenig zurechtgerückt, und er dachte sich, daß ein Kind doch wohl mehr als einen Vater vertragen könne. Was immer er für den Kleinen empfände und was immer er ihm an Weltwissen weitergeben könnte, würde ihn berechtigen, sich als eine Art Vater zu fühlen.

Er wunderte sich, weshalb er das Bedürfnis nach einem eigenen Kind vorher nie wahrgenommen hatte. Aber was hieß schon "eigenes Kind"? Es konnte ja kein Besitz sein. Vielleicht hatte das alles überdeckende Verhältnis zu seinem Zwillingsbrude seine zwischenmenschlichen Interessen verkümmern lassen. Parvus dachte an die zahllosen, leichtfüßigen oder unversöhnlichen Dialoge mit seinem Bruder zurück, die sein Leben gefüllt hatten, ohne irgend ein sinnvolles Ergebnis zu zeitigen. Es war, als sei er nicht viel mehr als ein Elaborat von Hans Christians Phantasie, ein Wesen, das im Papier zuhause war, beliebig brillant und zu allem fähig, dies aber nur, weil ihm zugleich nichts möglich war.

Parvus hatte den Zusammenhang seines, seines Bruders und Mortens Leben vor Augen, als ob er sein Leben bereits hinter sich hätte. Aus dem Menschenleib erwuchsen bestimmte Handlungsmöglichkeiten, die einen Lebensgang gliedern konnten, und aus der Menschenseele erwuchsen Wahrnehmungen und Wahnvorstellungen von der jeweiligen Person, die für eine begrenzte Zeit *ich* sagen konnte. Parvus durchschaute jeden Menschen besser, als dieser sich selbst verstand - doch der Preis dafür war, daß er selbst nicht mitspielen durfte. Seine Jenseitigkeit konnte er dem Kind sinnvollerweise nicht mitteilen, aber er hatte nun eben keinen anderen Gesprächspartner als ihn und sagte deshalb, was er sagen mußte. Er wollte ihn auf den Tod vorbereiten, denjenigen, auf den er selbst zuging und den, mit dem er, Parvus, ihn konfrontieren würde.

"Morten, ich durchschaue das menschliche Leben so klar, wie das Wasser dort im Kanister ist. Ich weiß alles, was zu wissen sich lohnt. Ich weiß, weshalb mein Bruder hauptsächlich Märchen geschrieben hat, und ich weiß, weshalb er allein geblieben ist. Ich weiß, weshalb

die Mächtigen mächtig sind und weshalb Frauen und Männer zusammenkommen und sich doch nicht verstehen."
"Ich weiß, wie der Tod aussieht und wie zufällig, aber beharrlich, sich das Leben fortpflanzt", und sich seinem Zuhörer in privatem Tone zuwendend fuhr er fort: "und einen so klugen Jungen wie den Morten hervorgebracht hat."
Wieder wurde dem Kind unbehaglich, das sich nicht so nahtlos in den Zusammenhang des Lebens eingefügt sehen wollte, sondern eigentlich vom Himmel gefallen und von Gottes Huld unmittelbar in die Welt gesetzt wähnte.
"Wenn ich einmal nicht mehr bin, nimmst du den Brief an dich, verwahrst ihn, und wenn du eines Tages selbst Frau und Kinder haben solltest, wirst du ihn verstehen. Du kannst dir auch ein paar Bücher nehmen, wenn du bestimmte haben willst. Bildung tut not, du mußt zur Erkenntnis kommen." Unversehens war Parvus in einen aufklärerischen Tonfall geraten, der ihn selbst verwunderte. So albern die Aufklärung als Weltanschauung inzwischen auch geworden war, waren ihre Erträge, die Entwicklung des Individuums zur Bewußtheit, doch unverzichtbar. Parvus hatte jäh eine panische Angst ergriffen, der Knabe könne vorzeitig in stumpfer, bürgerlicher Behaglichkeit enden, ohne Geist zu entwickeln. Zwar vermöchte er keinesfalls soviel Geist zu entwickeln, wie es Parvus durch die krude Ausstoßung aus der menschlichen Gemeinschaft auferlegt war, aber es sollte doch genügen, um ihn an dem außerordentlichen Schicksal vor seinen Augen verständig teilnehmen zu lassen.

10

Parvus nahm den Kanister mit der Salzsäure, öffnete ihn sorgsam und goß langsam die Flüssigkeit in eine große Schüssel, die er auf einem niedrigen Podest bereitgestellt hatte. Für das Werk, das er vorhatte, durfte der Weg zum Boden nicht weit sein. Als er alles ausgegossen hatte, kniete er sich vor die Schüssel und blickte auf den Spiegel der wasserklaren Flüssigkeit. Die Lampe auf dem Tisch warf einen Lichtschein, in dem er seines Antlitzes - oder dessen, was es hätte sein sollen und gewesen war - gewahr wurde.
"So siehst du dich also an, um dich zu vergewissern, ob du derjenige bist, der du nicht mehr sein möchtest," dachte er. "Hat nicht einst zur Jugendzeit der Menschheit Narzissus ebenso ins Wasser geschaut, um denjenigen zu finden, den er lieben wollte/konnte? Und auch ihm ist es schlecht bekommen."

Parvus hielt inne und ging dem neuen Motiv nach. "Aber welch stolze Hybris sich darin ausdrückt: die Menschheit sei eine so schöne und hinreißende Eigenschaft, daß es für sie selbst gefährlich ist, ihrer ansichtig zu werden. - Die Schönheit liege im Auge des Betrachters, behaupten spätere Realisten. und die Psychologen, auch schon bei den Griechen, warnen vor dem Selbstbezug. Erst und nur im Auge des oder der Geliebten solle die eigene Schönheit und Vortrefflichkeit erkannt werden. Wer sich nicht dem Urteil der Gemeinschaft füge und nicht den Weg über Blick und Liebe eines anderen Menschen gehe, sei des Todes."
Parvus beschäftigte diese Einsicht, die ihn über die Jahrtausende hinweg anwehte, so weit, daß er aufstand, im Zimmer umherging und sich dann an den Tisch setzte, um zu sinnieren. Später ergriff er die Feder und brachte einige Gedanken zu Papier und sich danach zu Bett. Sein ursprüngliches Vorhaben sollte mit hinreichender Klarheit ausgeführt werden; unbeantwortete Fragen waren nicht zu dulden.
Narzissus konnte als ungeschickt-naiv entschuldigt werden. Er war nicht genügend mit sich bekannt (gemacht worden). Sein Spiegelbild stellte er sich als jemand anderen vor. Offenbar war es nur ein unglücklicher Zufall, daß er es zu Gesicht bekam, ehe ihm ein realer Mensch vor Augen trat, dessen Schönheit sein Begehren hätte wecken können.
"Wir heutigen Sentimentalisten," dachte Parvus, während er im Bett vergeblich auf den Schlaf wartete, "könnten ihm aber noch eine andere Rechtfertigung zu Gute halten. Dieser erwachende Mensch - wie kommt es, daß ich ihn mir meist wie Michelangelos Adam vorstelle? - war vielleicht mit dem Urteil der Außenwelt über sich nicht zufrieden: Was sagt die Liebe eines anderen Menschen zu mir über mich aus? Sie bebildert doch nur dessen Begehren. Sie ist zwar tätig, kommt aber von außen und bleibt auch dort. Ich aber sehe und kenne mich von innen, und mit diesem Innen möchte ich zugleich meine äußere Erscheinung an mich ziehen. Wer könnte mich daher besser beurteilen als ich selbst?
Ich werde mein Lebtag ich bleiben (müssen), mein Ich. Diesen Käfig werde ich nie verlassen können. Dann will ich aber auch mein eigener Herr sein. Ich ist derjenige, über den hinaus nichts Schöneres gedacht werden kann - mit diesem Programm wirft mich die Natur in die Welt. Wen anders als mich sollte ich also begehren? Ein geliebter Mensch kann mich betrügen. Er kann mich verlassen und seine Liebe mit sich fort nehmen. Er kann vor mir sterben und mich mit

meiner bloßen Erinnerung allein zurücklassen. Stets büßte ich dabei etwas von mir ein. Es geht also nicht anders: ich muß mein eigener Maßstab sein."

Anderntags, nach den üblichen Verrichtungen, wandte sich Parvus erneut der Schüssel mit der wasserhellen Flüssigkeit zu. Der leichte Geruch zart-erbarmungsloser Zerstörungsgewalt zog in seine Nase; die Säure "rauchte". "Harmloses Wasser verschafft uns Heutigen keine Selbsterkenntnis mehr," stellte Parvus etwas betrübt, aber auch ungerührt fest.

"Narzissus konnte sich noch begehren. Ich aber schaue hinein, um den loszuwerden, den ich darin sehe. Das ist ja nicht der Mensch, der ich sein oder den ich haben will. Weil niemand ihn haben will, ist er auch für sich selbst wertlos geworden."

Parvus ärgerte sich, daß er sich doch wieder von seinen Mitmenschen abhängig machte. Falls er je schön gewesen wäre, hatte ihm der Verlust der Haut diese Schönheit genommen. Der Einblick in ihre Konstruktion, jeder Einblick in das Räderwerk der Welt, störte das harmonische Empfinden, und was die Kunst daraus vielleicht an neuen Effekten ziehen konnte, wog die Verluste an Glück nicht auf. Schönheit durch Wahrheit zu ersetzen, war tödlich.

Parvus dachte an die geisteskranken Bilder jenes englischen Naturmalers, von denen er einige in Reproduktionen hatte sehen können, und Hans Christian hatte ihm einmal von einem Ausstellungsbesuch erzählt. Turner hieß der Mann wohl. Man machte es sich wohl zu leicht, diese gestaltlosen Farborgien vom Meer einer insular-maritimen Besessenheit zuzuschreiben und damit zu entschuldigen. Parvus war vielmehr beunruhigt, weil er sich fragte: wie sähe ein solcher Maler einen menschlichen Kopf? Der Maler fand sich keinem Gegenstand mehr verpflichtet.

Parvus war um so mehr beunruhigt, als vor kurzem ebenfalls ein Engländer, ein Naturforscher, die Abstammung der Arten aufgewiesen und die natürliche Zuchtwahl untersucht hatte. Zwar waren die religiös Rechtgläubigen gleich auf die Barrikaden gestiegen, aber Parvus spürte auch hier, daß es nur Rückzugsgefechte sein konnten. Der Zusammenhang alles Natürlichen war bestechend und unabweisbar, die Mechanik des Lebens ein Grundpfeiler der Wissenschaft. Diese konnte nun mehr Sachverhalte als je zuvor zusammenhängend erklären, für die Fabelwesen der Poesie und Märchen blieb kein Platz mehr. Die Kunst verlor ebenfalls das Maß des Menschlichen. In dem Augenblick, als das scheinbare Geheimnis des Menschen offenbar wurde, verlor dieser auch seinen Wert. Par-

vus konnte dies genau an seinem Salzsäurespiegelbild ablesen. Der Anatomiekopf, der sich darin abzeichnete, trug keinen Namen und existierte nicht im Kopenhagen des Jahres 1876. Man hatte genug zu tun, Hans Christians Erbe und Nachruhm zu verwalten. Für einen weiteren Andersen war kein Bedarf. Der Schattenmann Hans Christians fiel ihm wieder ein, aber jetzt fühlte er sich selbst nicht mehr als Überlebender und obsiegender Schatten, sondern sah sich abermals betrogen. Sein Bruder war als Nationaldenkmal gestorben, hochgeachtet und geehrt und trotz allem gelesen. Ihm selbst aber stand nur noch ein ruhmloser, peinlicher Tod auf eigene Rechnung bevor.
"Eine Totenmaske werden sie mir jedenfalls nicht abnehmen (können)", dachte er grimmig und in Erinnerung an die Prozedur, mit der man Hans Christians unansehnliche Züge in Gips konserviert hatte.

11

Am Fenster klopfte es. Parvus hob den Kopf und sah Mortens Mütze über dem Fensterbrett. Er stand auf und ging ans Fenster. Mit wichtiger Miene sah der Knabe zu ihm auf und rief, als Parvus das Fenster geöffnet hatte: "Der Rabe, der Rabe!" Sein Arm wies auf einen nahen Laternenmast, auf dem sich tatsächlich der Rabe niedergelassen hatte und nun neugierig auf Parvus herabblickte.
"Ob er uns etwas zu sagen hat?", begab sich Parvus sogleich in Mortens Wahrnehmungswelt.
"Vielleicht hat ihn dein Bruder geschickt," stellte sich Morten vor, und Parvus staunte. Freundlicher konnte man sich den Tod nicht ankündigen lassen. Eine Gesandtschaft, die wie selbstverständlich Gefolgschaft erwartete. Wie aber konnte der Rabe oder Hans Christian von seiner Absicht wissen?
"Er ist sicher ein kluger Vogel," meinte Parvus beiläufig zu Morten, "ich behalte ihn im Auge. Wenn er zu mir sprechen sollte, lasse ich es dich wissen." Damit wollte er den Knaben verabschieden, der sich nach einiger Zeit, in der nichts geschah, denn auch davonmachte. Parvus beobachtete, im Dunkel des Zimmers vor Blicken geschützt, ruhig den Raben.
"Wenn ich mit dir reden könnte," murmelte er halblaut, "wäre ich wahrscheinlich schon dort, wohin du mich bringen willst. Kann ich dir etwas zu essen anbieten?" wandte er sich mit einer einladenden Handbewegung leicht in Richtung Teetisch. Parvus rechnete aber nicht damit, einen Märchenvogel vor sich zu haben, sondern dachte eher daran, welche Eigenschaften auf dem biologischen Entwick-

lungswege von den Corvidae zu den Hominiden dazugekommen sein mußten.
"Um so viel glücklicher als ich mußt du sein, wie viele Entwicklungsschritte du von mir entfernt bist," redete er ihn an. "Du bist klug, ohne die Bürde eines Ichs mit dir herumschleppen zu müssen." Der Rabe sah tatsächlich auffallend klug auf Parvus herab, als ob er ihn verstünde, und sogar noch so klug, eine Antwort nicht für nötig zu halten.
"Wie kommen wir nur dazu, unser Selbstbewußtsein für einen Fortschritt zu halten, der uns über die die Tiere höbe? Natürlich - weil wir es zu einer Seele aufbauschen und gleich noch einen ewigen und richtenden Schöpfer daraus ableiten. Aber legen wir die pompöse Transzendenz einmal beiseite, bleibt nur noch das animal rationale übrig oder das zoon politikon, von dem Aristoteles gesprochen hat. Ein Tier mit Zusatzqualifikation. Aber geht es uns dadurch besser als einer Milchkuh, einer Hauskatze, einer Stubenfliege oder einem Goldfisch? Selbst wenn man der Bibel oder dem leibhaftigen Menschensohn glauben wollte, nährt doch Gott die Vögel zuverlässig und kleidet sie in königsprächtige Gewänder. Wieviele Menschen leben viel elender oder verhungern!. Was haben wir von unserem Selbstbewußtsein? Das Wissen, daß wir sterben müssen, und eine furchtbar lange Zeit, ehe wir auf eigene Rechnung denken können - was viele Menschen freilich ihr Lebtag nicht schaffen. Ansonsten sind wir auch nur beschäftigt, unseren Alltag zu organisieren, und haben darin den Tieren, die von ihrem Instinkt geleitet werden, nichts voraus.
Und auch die Sozialnatur des Menschen ist ärmlich und fehlerhaft. Welcher Staat hätte es je auch nur annähernd mit der Klugheit und Gerechtigkeit in einem Bienenstock oder einem Ameisenstaat aufnehmen können? Welche Armee wäre je so perfekt in Formation vorgegangen wie ein Fischschwarm? Welche menschlichen Auswanderer hätten das Zeug, sich ohne Kalender rechtzeitig zu versammeln und ohne Kompaß in andere Erdteile zu reisen, wie die Zugvögel, die dann auch wieder rechtzeitig zurückkommen?
Unser Selbstbewußtsein hat uns Wissen gebracht, aber nicht so viel, daß unser Leben wesentlich sicherer wäre, als das der Tiere. Wieviele Kinder sterben früh, wieviele Mütter im Kindbett, wieviele Schiffe scheitern und reißen die Seeleute in den Tod, wieviele Opfer fordern in jedem Jahrhundert, Pest, Cholera, Syphilis, schwarze Pocken, Malaria! Nur, daß uns zumeist noch ein Pastor salbungsvolle

Worte am Grab nachruft - die wir nicht mehr hören und die nur für die Hinterbliebenen zusammengelogen werden.
Statt dessen verschafft uns das Ich noch das zweifelhafte Vergnügen, das Sterbenmüssen noch ganz anders zu verstehen. Es kann in so unleidliche Verhältnisse geraten, daß es von sich aus das Leben beenden muß. Das ist dann ein doppeltes Müssen: als Verdikt der Natur und als selbstgefälltes Urteil. Und was der Absurdität die Krone aufsetzt: die Leute, die nur einfach sterben müssen, halten sich für frei, erklären aber den, der doppelt sterben muß, zum Verbrecher. Das nenne ich mal eine Gefängnispsychose!
"Du hast Gelegenheit, die letzten Minuten eines Menschen mitzuerleben, für den es hienieden keinen Ort und keine Aufgabe gibt," fuhr Parvus mit leicht sarkastischer Schärfe fort, "einen Menschen, mit dem niemand sonst zu tun haben will - außer einem kleinen Kind, das aber nur Märchen hören will und ihn verabscheuen wird, sobald es zu denken beginnen wird. Und der einzige, der mir zuhört, bist du, Rabe, der nicht sprechen kann, oder vielleicht nur nicht will. Ist es nicht bezeichnend, daß ich meine letzten Worte an dich richte, dem sie nichts bedeuten können? Der Bedeutungslose endet in Bedeutungslosigkeit. Wenn du magst," setzte er mit ironischer Herablassung hinzu, "kannst du meine Geschichte weitererzählen, in begriffslosen Rabenworten an begriffsunfähige Rabenkameraden."
So redete Parvus noch eine Weile weiter an den aufmerksam dasitzenden Vogel hin und begründete nochmals seinen Weggang. Dabei trat ihm sein unaufhebbares Elend wieder nachdrücklich ins Bewußtsein und das Tier in seiner biologischen Vollkommenheit als Idealbild gegenüber.
"Du bist in deiner Rabenartigkeit vollendet, und niemand kann sie dir nehmen," ließ Parvus ihn wissen. "Ich aber bin nie Mensch geworden und schicke mich deshalb an, wie ein Hund zu krepieren. Gewiß, aus deiner Sicht betrachtet könnte ich für einen Engel gelten, der alle Sprachen der Welt beherrscht, d.h. sich alles Wißbare zu eigen machen könnte (wenn es ihn interessierte), und sich selbst in allen drei Zeitformen wahrzunehmen vermag. Aber wie sagt der Apostel: wenn ich weissagen könnte und wüßte alle Geheimnisse und alle Erkenntnis und hätte der Liebe nicht, so wäre ich nichts. Nein, ich bin nie auf die Stufe von meinesgleichen gelangt, als ich noch wie sie ausgesehen habe, und irgendwann hat mein Aussehen dann den entsprechenden Schluß daraus gezogen und mich ihnen so fremd gemacht, wie ich immer schon war. Man sagt auch nicht grundlos, daß jeder Mensch ab einem bestimmten Alter selbst für

sein Aussehen verantwortlich sei. Ich sehe nicht mehr aus - wie du siehst -," meinte Parvus fast heiter zu seinem gefiederten Freund, "ich sehe ein, daß ich nicht mehr aussehe. Ich bin nicht mehr (er)tragbar. Es wird Zeit, die Moleküle, die sich eine zeitlang zur Bildung meines Ichs zusammengefunden haben, wieder in Freiheit zu setzen und auf einen Haufen zu schaufeln. Ist es nicht absurd, daß ich dazu mein unendlich häßliches Spiegelbild in der Säure umarmen muß, als ob ich darein verliebt wäre? Mein Vorgänger konnte sich hingegen noch der Illusion hingeben, etwas Begehrenswertes zu erlangen. Das Märchen von Schönheit und Kultur," erinnerte sich Parvus versonnen wie an eine längst vergangene Kindheit, "das nie zur Wahrheit geworden ist. Das Werkzeug der Grausamkeit, Lüge und Zerstörung. Immerhin war es ehrlich, den Märchengläubigen mit dem Tode bezahlen zu lassen. Mit mir endet das Märchen, der Glaube an das Märchen, und ich muß dafür ebenfalls mit dem Tode bezahlen."

Er warf dem Raben, der ihn aufmerksam ansah, einen letzten Blick zu, machte eine Handbewegung des Abschieds und schloß das Fenster. Alles war gesagt und getan. Es kam nur noch das Ende.

12

Hans Parvus Andersen schwebte über dem Bedauern, das ein solches Lebensende auch bei ihm teilweise auslöste. Er gehörte sich nicht - weder in der Hinsicht, daß ihm jetzt gleich sein Leben abhanden käme, noch in der Hinsicht, daß ihm die Mitmenschen dieses Leben bei Lebzeiten nicht zugebilligt hatten. Daß er ein verabscheuungswürdiges Ungeheuer sein sollte, nahm er verwundert zur Kenntnis. Hier verwechselte man offenbar Ursache und Wirkung. Hätte man ihn rechtzeitig in die Gemeinschaft aufgenommen und die jeweils nötigen Fähigkeiten lernen lassen, wäre er sicherlich nicht zum Schreckbild geworden. Er durfte auf Wahrheit Anspruch erheben, und wenn sie so anstößig war, daß sie niemand ertrug, dann um so schlimmer für die Ignoranten. Wahrheit und Wissen waren die einzigen menschenwürdigen Ziele, sollten sie den Einzelnen auch in Unglück und Tod stürzen.

Parvus machte sich auf, dem Tod die Hand zu reichen. Er lächelte ein wenig bei der Einsicht, daß eine solche Personifikation natürlich lächerlich war. Es handelte sich um einen Zustand, die Abwesenheit von Leben, der für sich genommen ebenso normal oder unnormal war wie die Kraft der Gezeiten, die Tätigkeit von Vulkanen oder das

Kristallwachstum. Die Zustandsänderung mit einer Figur zu symbolisieren, dürfte sich allenfalls ein Dichter erlauben, und dann wüßte man, daß man es mit einer Imagination zu tun hätte. Parvus verfügte über diese Haltung selbst auch, hatte davon nur keinen Gebrauch gemacht, weil er sie Hans Christian überlassen konnte. Nun spielte er mit Bedeutungen und Einbildungen, da sie beliebig geworden waren.

"In diesem Wasser des Todes liegt die Wahrheit deines Lebens. Du warst nicht wert, von deinesgleichen angeschaut zu werden. Nie durftest du in eines anderen Menschen Antlitz seine Seele aufleuchten sehen und seine Liebe empfangen und deine erwidert bekommen. Aber was heißt hier schon deinesgleichen? Deinesgleichen gibt es nicht, Niemand ist so sehr alles Menschlichen entkleidet wie du.
So begegnet ihr mir wieder, ihr Tränen meines Lebens, salzig verdichtet, im Geschmack ohne gleichen. Nichts konntet ihr bessern, nichts lösen oder erlösen. Jeder Verlust und jede Niederlage, denen ihr entsprungen seid, hat mir weitere Handlungsmöglichkeiten entzogen. Einst dachte ich noch, es gehe nur um *Minutenwahrheit vom verspielten Leben*. Die Minuten erstreckten sich über Jahre und Jahrzehnte, und jetzt ist ihr Ende erreicht. Tot bin ich ja schon lange, habe es nur nicht wahrhaben wollen."

Er beugte sich über die Schüssel, von der bereits beißender Geruch aufstieg, und vereinigte sein Selbst mit seinem Selbstbild. Infolge der gebeugten Haltung brauchte er sich nur fallen zu lassen und konnte sicher sein, daß er der Vernichtung nicht entkam. Auf seinem Gesicht explodierte die Säure, ein Schmerz ohnegleichen kam über ihn, drang in ihn ein und beendete sein Bewußtsein. Lustvoll kroch die klare Flüssigkeit über die oberflächennahen Nervenbahnen und zwischen die Wülste der Muskeln, schwappte in Nase und Mundhöhle, zerfleischte die Augäpfel und arbeitete sich in die Augenhöhle vor. Was vorher noch ein Konstruktionsmodell eines menschlichen Gesichtes gewesen war, wurde zu einer amorphen Masse geglättet.
An sich wäre die intensive Verätzung des Kopfes vielleicht nicht einmal tödlich gewesen, doch der Verlust des Bewußtseins setzte auch die Bewegungssteuerung so weit außer Kraft, daß sich dieser ehemals menschliche Körper nicht mehr aus der Flüssigkeit zu befreien vermochte. Der Atemreflex zog statt dessen nicht nur Flüssigkeit, sondern zerstörerische Flüssigkeit ein. Die Stirnhöhle brannte

aus, die Luftröhre löste sich teilweise auf, und die hindurchfließende Säure füllte und zersetzte die Lunge. Über Kehlkopf und Speiseröhre spülte die Flüssigkeit in den Verdauungstrakt hinab und verdaute diesen. Medizinisch-funktionell betrachtet trat der Tod durch Ersticken, d.h. Ertrinken ein, aber das war nun wirklich eine akademische Frage.
Den zusammengesackten Leichnam fand anderntags Maren, als sie ihre Einkäufe abliefern wollte. Zuerst dachte sie, daß ihr Auftraggeber einen Schlaganfall beim Rasieren erlitten habe, denn daß dieses Wesen nicht mehr lebte, war ihr schon kurz nach ihrem Eintreten und der ausgebliebenen Antwort auf ihren Gruß klargeworden. Als sie den Kopf des Leichnams jedoch aus der Schüssel hob und ihn umdrehte, erschrak sie so, daß sie den Körper fallen ließ, der dann auch in einer wunderlichen Bewegung auf den Fußboden kollerte. Der Kopf hatte kein Gesicht mehr, sondern war eine schleimig-verschmierte, verquollene Masse. Die Magd wußte zwar nicht, was Salzsäure war, aber sie kannte doch von der Wäschpflege Bleichmittel und sah an der Kleidung des Toten Löcher, die offenbar von Spritzern dieser Flüssigkeit verursacht worden waren. So ging sie äußerst vorsichtg vor, als sie die Schüssel ergriff und in die Küche trug. Sie folgte damit eigentlich nur ihrer beruflichen Angewohnheit, allenthalben aufzuräumen. In der Nähe des Toten suchte sie nach Papieren oder anderen Auffälligkeiten und fand tatsächlich beschriebene Blätter. Sie fing zu lesen an, gab aber bald auf, weil sie den Gedanken des Schreibers nicht mehr zu folgen vermochte.
Kaum hatte sie die Blätter wieder aus der Hand gelegt, fiel ihr im Fenster der Umriß eines großen Raben auf, der dem Geschehen zugesehen zu haben schien. Die einfache Frau, die nicht frei von Aberglauben war, erschrak erneut, aber nur insoweit, als sie hier einem bekannten Symbol des Todes begegnete, das die Endgültigkeit dieser Tat bestätigte. Aufgrund der giftigen Flüssigkeit war ihr inzwischen klar geworden, daß es sich hier um einen Selbstmord gehandelt hatte, und daß dies eine Todsünde war, daran gab es keinen Zweifel.
Zu diesem unmenschlichen Tod paßte der Rabe ganz gut, der kein Anzeichen einer fleischlichen Gier erkennen ließ - als hegte auch er Scheu, sich an einem so elend und so schuldhaft Umgekommenen zu vergreifen. Er schaute nur zu, und dies so ruhig, daß Maren ihrem ersten Antrieb, das Tier zu verscheuchen, nicht mehr folgte.
Sie überlegte, wie sie weiter vorgehen solle. Einerseits fühlte sie die Aufgabe, sich selbst um den Verblichenen zu kümmern, wie sie das

bei früheren Todesfällen getan hatte. Andererseits war ihr der Fall unheimlich, immer schon unheimlich gewesen, so daß man ihn vielleicht besser gleich den Behörden übergab.
In ihre Gedanken drängte sich ein zartes Klopfen von der Türe. Als sie öffnete, stand der Knabe davor, der sie seinerzeit mit dem Wohnungsinhaber bekannt gemacht hatte. Maren nötigte Morten, sich auf das Sofa zu setzen, damit sie ihn auf die Lage vorbereiten konnte und er nicht gleich auf den Leichnam stieß. Sie erklärte ihm in schlichten Worten, daß sich Herr Parvus umgebracht habe und der Leichnam so schrecklich aussehe, daß man besser den Blick abwende. Morten nahm die Mitteilung gefaßt auf, weil er Parvus ja oft genug vom Tod und von der Aussichtslosigkeit seines Lebens hatte reden hören. Trotzdem griff eine Eisenfaust nach ihm, und ein unentrinnbares Schicksal übte Gewalt auf ihn aus. Ein dröhnender Hammerschlag erschütterte die Kindheit des Knaben, von der große Teile zerbarsten. Der Herr der Unendlichkeit - so hatte man ihm in der Schule Gott beschrieben - hatte ein Ende gesetzt - oder hatte nicht vielmehr der Mensch mit seinem Ende Gott verhöhnt?
Aus diesen Gedanken holten den Knaben Maren Anweisungen, die mittlerweile zum Schluß gekommen war, wozu ihr das Kind dienen konnte. Sie beauftragte Morten, zur nächsten Polizeiwache zu gehen, um Amtspersonen herbeizuholen. Außerdem solle er einen Pastor aufsuchen und mitbringen, damit über den Verstorbenen die letzten Gebete gesprochen werden könnten. Während dieses Ganges wollte sie hierbleiben und schon die erste Totenwache halten.
Morten sah ein, daß seine Aufträge notwendig waren, und machte sich auf den Weg. Maren verharrte in Stille und Gebet. Auf dem Fensterbrett stand weiterhin der Rabe, als ob er mit dem Toten etwas zu tun gehabt hätte.
Mit dem Eintreffen der Amtspersonen bemächtigte sich ein etwas dummer, aber wirksamer Schematismus des einzigartigen Geschehens und gliederte es in den Raum des Handhabbaren ein. Die Magd schilderte ihren ersten Anblick, die Polizeiorgane prüften ihre Angaben, stellten auch Morten einige, freilich nicht sehr ernst gemeinte Fragen und bildeten sich dann ihr Urteil. Der Geistliche waltete ebenfalls seines Amtes, konnte freilich nicht mit derselben neutralen Haltung einen solchen Tod aufzeichnen. So war er ganz froh, als der bestellte Sarg kam, der Leichnam hineingelegt und die grausige Fracht ins Leichenhaus abtransportiert wurde. Maren und Morten mußten das Haus verlassen, weil die Polizei die Türe versiegelte. Auch der Rabe erhob sich von seinem Fensterbrett und flog weg.

FINIS

Die Chemie beweist uns, daß sich in allen geschaffenen Dingen dieselben Stoffe vorfinden, in ihrer Zusammensetzung die eine oder die andere Kraft äußern und sich auf diese Weise entweder zu einem Steine oder zu einer Pflanze oder zu einem Thiere gestalten, die, sobald sie hier ihre Bestimmung erreicht haben, wieder aufgelöst werden und die Stoffe zurückgeben.

Hans Christian Andersen: Sein oder Nichtsein - Kapitel 10

Das Bildnis des Dorian Gray

Mit Herzblut und Kleister
verfertigt
nach O. Wildes Vorlage
in der Übersetzung von
Hedwig Lachmann und Gustav Landauer.

Hinweise

Die Kenntnis der Vorlage ist dem Verständnis dienlich, aber nicht strikte Voraussetzung. Es genügt eine ungefähre Erinnerung an deren Handlungsverlauf und die Vergegenwärtigung jener Motive, auf die kontrapunktisch geantwortet wird. Die Romanatmosphäre habe ich mit dem ausführlich zitierten ersten Kapitel wiedergegeben. Im weiteren Verlauf schien kein Bedarf mehr an derlei Behaglichkeitsszenerien. Manchmal erscheint der Verlauf wie zum andeutenden Particell oder kargen Klavierauszug abgemagert - mehr war nicht nötig, doch steht jedem frei, ihn durch Rückgriff auf das Original anzureichern, sofern dem nicht die hier verfolgten Darstellungsintentionen und Argumentationslinien entgegenstehen und der intratextuelle Dialog nicht verwischt wird. Stilistische Mimikry war kein Ziel, doch wurde die Gelegenheit zu Patina auch nicht verschmäht. Eine offene Frage ist, wie die Konsistenz der originalen Dramaturgie unter den veränderten Bedingungen zu bewerten sei.

Zur Unterscheidung der Textherkunft wurden sowohl Typographie wie auch spaltige Textanordnung verwendet. Diese Mittel unterscheiden nur ungefähr, versagen bei den (nicht sichtbaren) Kürzungen und erwiesen sich als unhandlich bei allzu kleinteiligen Veränderungen.

Sonett XXII

Dem Spiegel glaub' ich nimmer meine Jahre,
Solange dir die Jugend sich gesellt,
Doch wenn ich Furchen erst an dir gewahre,
Dann weiß ich, daß mein Leben auch verfällt.
Denn deine Schönheit, deiner Jugend Lust
Schließt nur mein Herz als pracht'ge Hülle ein,
Das in dir schlägt wie deins in meiner Brust;
Wie könnt' ich also älter als du sein?

Shakespeare

Erstes Kapitel

Starker Rosenduft durchströmte das Atelier, und als ein leichter Sommerwind die Bäume im Garten hin und her wiegte, kam durch die offene Tür der schwere Geruch des Flieders oder der feinere Duft des Rotdorns.

Von dem Perserdiwan, auf dem er lag und nach seiner Gewohnheit unzählige Zigaretten rauchte, konnte Lord Henry Wotton gerade die süßduftenden und honigfarbenen Blüten eines Goldregenstrauchs gewahren, dessen zitternde Zweige die Last einer so flammenden Schönheit kaum tragen zu können schienen; und hie und da flitzten die phantastischen Schatten vorbeifliegender Vögel über die langen bastseidenen Vorhänge des großen Fensters und brachten eine Art japanische Augenblickswirkung hervor, so daß ihm die blassen, nephritfarbenen Maler Tokios einfielen, die vermittelst einer Kunst, die nicht anders als unbeweglich sein kann, den Eindruck der Raschheit und Bewegung hervorzurufen suchen. Das summende Murren der Bienen, die in dem langen ungemähten Gras hin und her taumelten oder mit eintöniger Hartnäckigkeit die staubiggoldenen Blütentrichter des wuchernden Geißblatts umkreisten, schienen die Stille noch drückender zu machen. Das dumpfe Getöse Londons klang wie das Schnarrwerk einer entfernten Orgel.

In der Mitte des Gemaches stand auf einer hoch aufgerichteten Staffelei das lebensgroße Porträt eines ungewöhnlich schönen jungen Mannes, und ihm gegenüber, etwas entfernt davon, saß der Künstler, der es gemalt hatte, Basil Hallward, dessen plötzliches Verschwinden vor einigen Jahren das Publikum erregt und so viele seltsame Vermutungen erweckt hat.

Als der Maler auf die anmutige Gestalt blickte, die er so schön in seiner Kunst gespiegelt hatte, überflog ein Lächeln der Freude seine Züge und schien auf ihnen verweilen zu wollen. Aber er fuhr plötzlich auf, schloß die Augen und drückte die Lider mit den Fingern zu, wie wenn er einen absonderlichen Traum, dessen Erwachen er fürchtete, im Hirne gefangen halten wollte.

»Es ist deine beste Arbeit, Basil, das Beste, was du je gemacht hast,« sagte Lord Henry mit müder Stimme. »Du mußt es bestimmt nächstes Jahr ins Grosvenor schicken. Die Akademie-Ausstellung ist zu groß und zu gewöhnlich. Jedesmal, wenn ich hinging, waren entweder so viele Menschen da, daß ich die Bilder nicht sehen konnte, und das war schrecklich, oder so viele Bilder, daß ich die Menschen nicht sehen konnte, und das war noch schlimmer. Das Grosvenor ist wirklich der einzige Ort, der in Frage kommt.«

»Ich denke nicht daran, es überhaupt auszustellen,« antwortete der Maler und warf den Kopf in der besonderen Art zurück, über die seine Freunde in Oxford so oft gelacht hatten. »Nein, ich stelle es nirgends aus.«

Lord Henry zog die Brauen hoch und blickte ihn durch die dünnen blauen Rauchgirlanden, die sich in phantastischen Windungen aus seiner schweren, opiumgetränkten Zigarette emporkräuselten, erstaunt an. »Nirgends ausstellen? Mein Lieber, warum? Hast du einen Grund? Was ihr Maler für kuriose Kerle seid! Ihr tut alles in der Welt, um berühmt zu werden. Sowie ihr es seid, scheint ihr des Ruhms überdrüssig. Das ist dumm von dir, denn es gibt nur ein Ding in der Welt, das schlimmer ist, als daß über einen geredet wird, nämlich, daß nicht über einen geredet wird. Ein Porträt wie dieses muß dich weit über alle jungen Leute in England heben und die Alten ganz neidisch machen - wenn alte Leute überhaupt einer Gemütsbewegung fähig sind.«

»Ich weiß, du wirst mich auslachen,« erwiderte jener, »aber ich kann es wirklich nicht ausstellen. Ich habe zu viel von mir selbst hineingebracht.«

Lord Henry streckte sich auf dem Diwan aus und lachte. »Ja, ja, das wußte ich, aber es ist völlig wahr, trotzdem.«

»Zu viel von dir soll darin sein! Auf mein Wort, Basil, ich wußte nicht, daß du so eitel bist; ich kann wahrhaftig nicht die geringste Ähnlichkeit zwischen dir mit deinem eckigen strengen Gesicht und deinen kohlschwarzen Haaren und diesem jungen Adonis finden, der aussieht, als sei er aus Elfenbein und Rosenblättern gemacht. Nein, lieber Basil, er ist ein Narcissus, und du - nun, natürlich hast du geistigen Ausdruck und so weiter. Aber Schönheit, wahre Schönheit hört auf, wo geistiger Ausdruck anfängt. Geist ist an sich eine Art Übertriebenheit und zerstört das Ebenmaß jedes Gesichts. Sowie man sich ans Denken macht, wird man ganz Nase oder ganz Stirn oder derart Gräßliches. Betrachte die Männer, die in irgendeinem gelehrten Beruf Erfolg hatten. Wie vollendet häßlich sind sie! Ausgenommen natürlich die Männer der Kirche. Aber in der Kirche denken sie eben nicht. Ein Bischof bleibt dabei, mit achtzig Jahren dasselbe zu sagen, was man ihm als achtzehnjährigem Jungen beigebracht hat, und die natürliche Folge ist, daß er immer ganz wonnig aussieht. Dein geheimnisvoller junger Freund, dessen Namen du mir nie gesagt hast, dessen Bild mich jedoch wahrhaft bezaubert, denkt niemals. Das ist mir ganz sicher. Er ist so ein hirnloses, schönes Geschöpf, das wir im Winter immer haben sollten, wenn es keine Blumen gibt, auf die wir blicken können, und immer im Sommer, wenn wir etwas zur Abkühlung unseres Geistes brauchen.

Schmeichle dir nicht, Basil: du hast nicht die mindeste Ähnlichkeit mit ihm.«

»Du verstehst mich nicht, Harry,« antwortete der Künstler. »Natürlich habe ich keine Ähnlichkeit mit ihm - das weiß ich sehr wohl. Ich wäre sogar traurig, wenn ich so aussähe wie er. Du zuckst die Achseln? Ich sage dir die Wahrheit. Es schwebt ein Verhängnis um alle körperliche und geistige Auszeichnung; die Art Verhängnis, die in der ganzen Geschichte den schwankenden Schritten der Könige auf dem Fuße zu folgen scheint. Es ist besser, sich nicht von seinen Genossen zu unterscheiden. Die Häßlichen und die Dummen sind in dieser Welt am besten daran. Sie können behaglich dasitzen und sorglos dem Spiel zuschauen. Wenn sie nichts von Siegen wissen, so ist ihnen dafür auch erspart, Niederlagen kennen zu lernen. Sie leben, wie wir alle leben sollten: sorglos, gleichgültig und ohne Unruhe. Sie bringen über andere kein Verderben und empfangen es auch nicht aus fremden Händen. Dein Rang und dein Reichtum, Harry; mein Hirn, wie es nun schon ist - meine Kunst,

Basil suchte seinen Freund von seiner irrigen Assoziation abzubringen und seinen Eindruck von dem faszinierenden Modell zu erläutern: "Er ist erschreckend naiv, nein, das ist nicht das richtige Wort, unwissend, ahnungslos, desinteressiert, ich weiß es nicht. Und gleichzeitig überraschend gebildet."
Dies überzeugte Henry nicht: "Mir scheint er eher willenlos oder antriebsschwach zu sein."
Diese Meinung entsprach eher Basils Eindruck, der sie aber präzisierte: "Er hält sich sozusagen für einen Homunculus, dem alles fehlt und erst beigebracht werden müßte, was ein Mensch doch von sich aus mitbringt."
Henry hegte einen triebnäheren Verdacht: "Vielleicht hast du nur seinen Narzißmus erweckt, und dieser macht ihn für die Wirklichkeit blind."
Basil hielt seine Malerei für unschuldig. "Wie könnte ihn sein eigenes Bild von sich abbringen?"
"Du hast ihn so dargestellt, als ob er die Geltung in der Welt schon hätte, die er sich doch erst erwerben muß." Henry wußte besser, wie es in der Gesellschaft zuging, und konnte sich daher bei dem Maler auch ein bestimmtes persönliches Interesse vorstellen. "Kann es sein, daß Du ihn mit eigenem Begehren gemalt hast?"
Basil, den die Frage nicht zu überraschen schien, zeigte sich bekümmert. "Und wenn es so wäre - wer dürfte es mir verdenken? Ich leide ja selbst am meisten darunter."

sie mag wert sein, was sie will - Dorian Grays schönes Äußere: wir werden alle drei unter dem leiden, was uns die Götter gegeben haben, schrecklich leiden.«
»Dorian Gray? So heißt er?« fragte Lord Henry und ging durch das Atelier auf Basil Hallward zu.
»Ja, so heißt er. Ich wollte dir den Namen nicht nennen.«
»Aber warum nicht?«
»Oh! Ich kann das nicht erklären. Wenn ich einen Menschen unmäßig lieb habe, sage ich nie jemandem seinen Namen. Es ist, als übergäbe man damit einen Teil von ihm. Ich bin dazu gekommen, das Geheimnis zu lieben. Das scheint allein imstande zu sein, das Leben unserer Zeit für uns zum Mysterium oder zum Wunder zu machen. Das gemeinste Ding ist voller Schönheit, wenn man es nur versteckt. Wenn ich die Stadt verlasse, sage ich den Menschen nie mehr, wohin ich gehe. Täte ich es, so büßte ich all meinen Genuß ein. Es ist eine törichte Gewohnheit, ich gebe es zu, aber irgendwie scheint dadurch viel Romantik ins Leben zu kommen. Vermutlich hältst du mich darum für schrecklich ver-

Damit gab sich Henry nicht zufrieden. "Vielleicht spürt er, daß ihn hier jemand liebt oder lieben könnte, sich dies aber nicht eingestehen will, und die ganze Inszenierung deshalb folgenlos bleibt. Er fühlt sich wohl getäuscht."
Basil fühlte sich ein wenig demiurgisch: "Gott wirbt um die Liebe der Menschen, sagt man - nicht wahr? So habe ich Dorians Bild geschaffen.
"Ach jetzt weiß ich, woran er mich erinnert," unterbrach Henry des Malers Gedankengang, "an den Adam in der Sixtina, das Würstchen mit dem Würstchen zwischen den Beinen. Die gleiche flaue Schönheit und Teilnahmslosigkeit. Der hat Eva auch nur bekommen, weil es in Eden sonst niemanden gab."
"Michelangelos Gott wirkt auch etwas geschäftsmäßig, hat es offenbar mit einem Auftragswerk zu tun," stimmte Basil dem Sarkasmus seines Freundes bei. "Von diesem Adam geht, wie von meinem Dorian, eine eher passive Dankbarkeit aus. Aber in der Bewunderung, die er mir entgegenbringt, steckt auch noch ein anderer Zug, den ich noch nicht durchschaue, irgendein Mißverständnis, vielleicht sogar ein Gift, das ihn schleichend angreift."
Henry wunderte diese Selbstdistanzierung des Künstlers. "Du wünschst, ihn nie so gemalt zu haben?"
Der Schöpfer des Werkes dachte nach. "Nein, das Werk ist richtig, und deshalb ist es auch gut, auch im moralischen Sinne. Mein Leben wäre nutzlos, wenn ich ihn nicht gemalt hätte."
Henry fürchtete noch immer einen unvorhergesehenen Konflikt: "Dann wollen wir hoffen, daß seines nicht nutzlos

| rückt?« | wird, **weil** du ihn gemalt hast." |

"Du solltest mir erklären, warum du Dorian Grays Bildnis nicht ausstellen willst. Ich verlange den wirklichen Grund zu wissen.«
»Ich sagte dir den wirklichen Grund.«
»Nein, das tatest du nicht. Du sagtest, der Grund sei, weil zu viel von dir in dem Bilde sei. Nun, das ist kindisch.«
»Harry,« sagte Basil Hallward und schaute ihm gerade ins Gesicht, »jedes Porträt, das mit Empfindung gemalt ist, ist ein Porträt des Künstlers, nicht dessen, der ihm sitzt. Der ist bloß der Anlaß, die Gelegenheit. Nicht er wird vom Maler offenbart; es ist eher der Maler, der auf der farbigen Leinwand sich selber offenbart. Der Grund, warum ich dieses Bild nicht ausstellen will, ist, daß ich fürchte, ich habe in ihm das Geheimnis meiner eigenen Seele aufgedeckt.«

Lord Henry lachte. »Und das wäre?« fragte er.
»Ich will es dir erklären,« sagte Hallward; aber ein Ausdruck der Ratlosigkeit legte sich über seine Züge.
»Ich bin ganz Erwartung, Basil,« fing sein Gefährte wieder an und sah zu ihm hin.
»Oh! Es ist wirklich nicht viel zu erzählen, Harry,« antwortete der Maler, »und ich fürchte, du wirst es kaum verstehen. Vielleicht wirst du es kaum glauben.«

Lord Henry lächelte; dann bückte er sich, pflückte ein rot gefärbtes Gänseblümchen aus dem Gras und betrachtete es. »Ich bezweifle gar nicht, daß ich es verstehen werde,« gab er zurück und blickte anhaltend auf das kleine goldene, weißgefiederte Rund in seiner Hand; »und was das Glauben angeht, so kann ich alles glauben, vorausgesetzt, daß es unwahrscheinlich genug ist.«

Der Wind schüttelte ein paar Blüten von den Bäumen, und die schweren Sternenbüschel des Flieders schwankten in der schwülen Luft hin und her. Eine Grille fing an der Mauer zu zirpen an, und wie ein blauer Faden schwebte eine lange, dünne Libelle auf ihren braunen Gazeflügeln durch die Luft. Lord Henry war es, als könnte er Basil Hallwards Herz klopfen hören, und war gespannt, was er hören sollte.

»Die Geschichte ist einfach die,« sagte der Maler nach einer Weile. »Vor zwei Monaten ging ich einmal zu einem Gesellschaftsrummel bei Lady Brandon. Du weißt, wir armen Künstler müssen uns von Zeit zu Zeit in der Gesellschaft sehen lassen, bloß um dem Publikum ins Gedächtnis zu rufen, daß wir keine Wilden sind. Mit einem Gesellschaftsanzug und einer weißen Binde, wie du mir einmal sagtest, kann jeder, selbst ein Börsenmakler, in den Ruf eines Gebildeten kommen. Nun, ich war etwa zehn Minuten da und plauderte mit umfangreichen, überladenen, vornehmen Witwen und langweiligen Akademikern, als mir plötzlich ins Bewußtsein kam, daß mich jemand ansah. Ich drehte mich halb um und erblickte zum erstenmal Dorian Gray. Als unsre Augen sich trafen, fühlte ich, daß ich blaß wurde. Ein seltsames Gefühl des Bangens überkam mich. Ich spürte, ich stand einem von Angesicht zu Angesicht gegenüber, dessen bloße Erscheinung so bezaubernd war, daß sie, wenn ich es ihr gestattete, meine ganze Natur, meine ganze Seele und sogar meine Kunst an sich reißen mußte. Ich brauchte in meinem Leben keinerlei Einwirkung von außen. Du weißt selbst, Harry, wie unabhängig ich von Natur aus bin. Ich bin immer mein eigener Herr gewesen; war es zum mindesten gewesen, bis ich Dorian Gray getroffen habe. Dann - aber ich weiß nicht, wie ich es dir erklären soll. Ich hatte ein Vorgefühl, daß ich unmittelbar vor einer furchtbaren Krise in meinem Leben stehe. Ich hatte die seltsame Empfindung, das Schicksal halte erlesene Freuden und erlesene Schmerzen für mich in Bereitschaft. Mich schauderte, und ich wandte mich zum Gehen. Es war nicht das Gewissen, was mich dazu trieb; es war eine Art Feigheit. Ich rechne es mir nicht zur Ehre an, daß ich zu fliehen versuchte.«

»Gewissen und Feigheit sind in Wahrheit ein und dasselbe. Gewissen ist der eingetragene Name der Firma, weiter nichts.«

»Ich glaube das nicht, Harry, und ich glaube, auch du nicht. Indessen, das oder jenes mag mein Motiv gewesen sein - vielleicht war es Stolz, ich bin immer sehr stolz gewesen -, gewiß ist, daß ich die Tür erreichen wollte. Plötzlich befand ich mich dem jungen Manne gegenüber, dessen Erscheinung mich so sonderbar erschüttert hatte. Wir waren einander ganz nahe und berührten uns fast. Unsre Augen trafen sich wieder. Es war unbedacht von mir, aber ich bat Lady Brandon, mich ihm vorzustellen. Vielleicht war es, alles erwogen, nicht so unbedacht. Es war einfach unvermeidlich. Wir hätten angefangen, miteinander zu sprechen, auch ohne jede Vorstellung - dessen bin ich sicher. Dorian sagte es mir später. Auch er hatte das Gefühl, daß wir dazu bestimmt waren, einander kennen zu lernen.«

"Erzähle mir mehr von Herrn Dorian Gray. Wie oft siehst du ihn?«

»Jeden Tag. Ich wäre unglücklich, wenn ich ihn nicht täglich sähe. Er ist mir ganz und gar ein Bedürfnis.«

»Wie ungewöhnlich! Ich hätte gedacht, du kümmertest dich um nichts als deine Kunst.«

»Er ist mir jetzt meine ganze Kunst,« sagte der Maler ernst.

»Ich denke manchmal, Harry, es gibt in der Weltgeschichte nur zwei Perioden von Bedeutung. Die erste ist das Auftreten eines neuen Kunstmittels, und die zweite ist, ebenfalls für die Kunst, das Auftreten eines neuen

Menschentypus. Was die Erfindung der Ölmalerei für die Venezianer war, das ist das Antlitz des Antinous für die spätgriechische Skulptur gewesen, und das wird eines Tages das Antlitz des Dorian Gray für mich sein. Es ist nicht bloß, daß ich nach ihm male, zeichne, skizziere. Natürlich habe ich all das getan. Aber er ist für mich viel mehr als ein Modell oder ein Mensch, der mir sitzt. Ich möchte nicht sagen, daß ich unzufrieden mit dem bin, was ich aus ihm gemacht habe, oder daß seine Schönheit derart ist, daß die Kunst sie nicht ausdrücken kann. Es gibt nichts, was die Kunst nicht ausdrücken kann; und ich weiß: was ich gemacht habe, seit ich Dorian Gray kennen gelernt, ist gute Arbeit, ist die beste Arbeit meines Lebens. Aber auf seltsame Weise - ich glaube kaum, daß du mich verstehst - hat seine Erscheinung in mir eine neue Art meiner Kunst wachgerufen, eine völlig neue Stilform. Ich sehe die Dinge anders, ich denke anders über sie. Ich kann jetzt das Leben in einer Weise gestalten, die mir vorher verborgen war. 'Ein Traum von Form in den Tagen des Denkens' - wer hat das gesagt? Ich habe es vergessen; aber das ist Dorian Gray für mich geworden. Das bloße sichtbare Dasein dieses Jünglings, der fast noch ein Knabe ist - so erscheint er, obwohl er in Wirklichkeit über zwanzig ist - sein bloßes sichtbares Dasein - ah! ich glaube nicht, daß du dir vorstellen kannst, was alles darin liegt! Ohne es zu wissen, bildet er für mich das Lineament einer neuen Schule, einer Schule, die bestimmt ist, alle Leidenschaft des romantischen Geistes, alle Vollkommenheit des griechischen in sich zu fassen. Die Harmonie der Seele und des Körpers - wie viel das ist! Wir in unserm Wahnsinn haben die zwei getrennt und haben einen Realismus erfunden, der gemein ist, und einen Idealismus, der leer ist. Harry! wenn du nur wüßtest, was Dorian Gray für mich ist! Erinnerst du dich an die Landschaft, für die Agnew mir einen so ungeheuren Preis bot, von der ich mich aber nicht trennen wollte? Sie ist eins der besten Stücke, die ich je gemacht habe. Und warum? Weil, während ich sie malte, Dorian Gray neben mir saß. Irgendein feiner Einfluß ging von ihm zu mir, und zum erstenmal in meinem Leben sah ich in der einfachen Waldlandschaft das Wunder, nach dem ich immer ausgeblickt und das ich nie gefunden hatte.«

»Basil, das ist etwas Außerordentliches! Ich muß Dorian Gray sehen.«

Hallward stand auf und ging im Garten hin und her. Nach einer Weile kam er zurück. »Harry,« sagte er, »Dorian Gray ist für mich lediglich ein künstlerisches Motiv. Vielleicht sähst du nichts in ihm. Ich sehe alles in ihm. Er ist in meiner Arbeit nie mehr gegenwärtig, als wenn kein Abbild von ihm darin ist. Er ist, wie ich sagte, eine Anregung zu einer neuen Art in der Kunst. Ich finde ihn in den Schwingungen gewisser Linien, in dem Zauber und der zarten Tönung gewisser Farben. Das ist es, und das ist alles.«

»Warum willst du dann aber sein Porträt nicht ausstellen?« fragte Lord Henry.

»Weil ich, ohne es zu wollen, einen gewissen Ausdruck all dieser absonderlichen künstlerischen Abgötterei hineingelegt habe, von der ich natürlich zu ihm nie sprechen wollte. Er weiß nicht darum. Er soll nie darum wissen. Aber die Welt könnte es erraten; und ich will meine Seele ihren oberflächlichen, spähenden Augen nicht entblößen. Mein Herz soll nie unter ihr Mikroskop kommen. Es ist zu viel von mir in dem Ding, Harry - zu viel von mir!«

»Die Dichter sind nicht so peinlich wie du. Sie wissen, wie nützlich es ist, Leidenschaft zu publizieren. Heutzutage bringt es ein gebrochenes Herz zu vielen Auflagen.«

»Ich hasse sie darum,« rief Hallward. »Ein Künstler sollte schöne Dinge schaffen, sollte aber nichts von seinem eigenen Leben hineintun. Wir leben in einer Zeit, wo die Menschen die Kunst behandeln, als ob sie bestimmt wäre, eine Art Selbstbiographie zu sein. Wir haben den Sinn für absolute Schönheit verloren. Eines Tages werde ich der Welt zeigen, was Schönheit ist, und aus diesem Grunde soll sie nie mein Porträt Dorian Grays sehn.«

»Ich glaube, du hast unrecht, Basil, aber ich will nicht mit dir streiten. Nur die geistig Enterbten finden Gefallen am Streiten. Sag mir, hat Dorian Gray dich sehr lieb?«

Der Maler überlegte ein paar Augenblicke. »Er hat mich gern,« antwortete er nach einer Weile, »ich weiß, daß er mich gern hat. Natürlich schmeichle ich ihm schrecklich. Ich finde ein schreckliches Vergnügen daran, Dinge zu ihm zu sagen, von denen ich weiß, daß sie mir später leid tun werden. In der Regel ist er reizend zu mir, und wir sitzen im Atelier und plaudern von tausenderlei Dingen. Hie und da jedoch ist er schrecklich gedankenlos und scheint eine richtige Freude daran zu finden, mir weh zu tun. Dann fühle ich, Harry, daß ich meine ganze Seele an einen hingegeben habe, der sie behandelt, als ob sie eine Blume fürs Knopfloch wäre, eine kleine Dekoration, seiner Eitelkeit damit zu schmeicheln, ein Schmuck für einen Sommertag.«

»Im Sommer, Basil, ziehen sich die Tage manchmal lange hin,« erwiderte Lord Henry. »Vielleicht wirst du früher müde werden als er. Es ist eine traurige Sache, wenn man es bedenkt, aber es ist kein Zweifel, daß das Genie länger dauert als die Schönheit. Das erklärt die Tatsache, daß wir alle uns so damit quälen, uns mit Bildung vollzustopfen. In dem wilden Kampf ums Dasein wollen wir alle etwas haben, das dauert, und so füllen wir unsern Geist mit Schund und Tatsachen in der törichten Hoffnung, unsern Platz zu behaupten. Der durchaus wohlunterrichtete Mann - das ist das Ideal unserer Zeit. Und um den Geist des durchaus wohlunterrichteten Mannes ist es etwas Schreckliches. Er ist wie ein Antiquitätenladen, in dem es Ausgeburten aller Art und Staub gibt und jedes Ding über seinen wirklichen Wert ausgezeichnet ist. Ich glaube, du wirst trotzdem zuerst müde werden. Eines Tages wirst du deinen jungen Freund ansehn, und er wird dir ein bißchen verzeichnet vorkommen, oder du magst seinen Farbenton nicht oder so was. Du wirst ihm in deinem Herzen bittere Vorwürfe machen und ernsthaft der Meinung sein, er benehme sich sehr schlecht gegen dich. Wenn er dich das nächste Mal besucht, wirst du völlig kalt und gleichgültig sein. Es wird sehr schade sein, denn es wird dich ändern. Was du mir erzählt hast, ist völlig ein Gedicht, ein Gedicht von der Kunst möchte man es nennen, und das Schlimmste daran, ein Gedicht irgendeiner Art erlebt zu haben, ist, daß es einen so unpoetisch zurückläßt.«

»Harry, sprich nicht so. Solange ich lebe, wird die Erscheinung Dorian Grays Herr in mir sein. Du kannst meine Empfindung nicht nachfühlen. Du wandelst dich zu oft.«

»Ich erinnere mich jetzt.«

»Woran erinnerst du dich, Harry?«

»Wo ich den Namen Dorian Grays gehört habe.«

»Wo war es?« fragte Hallward mit leichtem Stirnrunzeln.

»Blick nicht so ärgerlich drein, Basil. Es war bei meiner Tante Lady Agatha. Sie erzählte mir, sie habe einen prächtigen jungen Menschen entdeckt, der ihr im East-End helfen wollte, und er heiße Dorian Gray. Ich muß allerdings sagen, daß sie mir nie mitteilte, er sei schön. Frauen haben keinen Sinn für Schönheit, wenigstens gute Frauen nicht. Sie sagte, er sei sehr ernst und habe eine edle Seele. Ich malte mir für mich ein Geschöpf mit einer Brille und herabhängendem Haar aus, dessen Gesicht furchtbar mit Sommersprossen übersät war und der auf riesigen Füßen einhertrat. Ich wollte, ich hätte gewußt, daß er dein Freund ist.«

»Ich bin sehr froh, daß du es nicht wußtest, Harry.«

»Warum?«

»Ich will nicht, daß du ihn kennen lernst.«

»Du willst nicht, daß ich ihn kennen lerne?«

»Nein.«

»Herr Dorian Gray ist im Atelier,« sagte der Diener, der in den Garten heraustrat.

»Jetzt mußt du mich vorstellen,« rief Lord Henry lachend.

Der Maler wandte sich zu dem Bedienten, der blinzelnd in der Sonne stand. »Bitten Sie Herrn Gray, er möchte warten, Parker; ich werde in ein paar Augenblicken kommen.« Der Mann verbeugte sich und ging ins Haus.

Dann schaute der Künstler Lord Henry an. »Dorian Gray ist mein liebster Freund,« sagte er. »Er hat eine einfache und edle Seele. Deine Tante hatte mit dem, was sie von ihm sagte, ganz recht. Verdirb ihn nicht! Versuche nicht, Einfluß auf ihn zu üben! Dein Einfluß wäre schlimm. Die Welt ist weit und birgt viele wundervolle Menschen. Entreiß mir nicht den einzigen Menschen, der meiner Kunst allen Zauber gibt, den sie besitzt: mein Leben als Künstler hängt von ihm ab! Denk daran, Harry, ich verlasse mich auf dich.« Er sprach sehr langsam, und die Worte schienen ihm gegen seinen Willen entpreßt zu werden.

»Was für einen Unsinn du redest,« sagte Lord Henry lächelnd, nahm ihn unterm Arm und führte ihn ins Haus.

Zweites Kapitel

Lord Henry sah ihn an. Ja, er war sicher wunderbar schön mit seinen fein geschwungenen Purpurlippen, seinen treuherzigen blauen Augen und seinem gewellten Goldhaar. Es lag etwas in seinen Mienen, das sofort Vertrauen hervorrief. Aller Schimmer der Jugend war da, und ebenso all die leidenschaftliche Keuschheit der Jugend. Man fühlte, er hatte sich in seiner Unbeflecktheit vor der Welt bewahrt. Kein Wunder, daß Basil Hallward ihn anbetete.

»Sie sind zu hübsch, um sich mit Wohltätigkeit zu befassen, Herr Gray - viel zu hübsch.« Und Lord Henry warf sich auf den Diwan, nahm eine Zigarette und fuhr mit seiner sanften, wohlklingenden Stimme und mit der anmutigen Handbewegung fort, die so bezeichnend an ihm war und die er schon seinerzeit in Eton gehabt hatte, »ich glaube, wenn ein einziger Mensch sein Leben völlig und ganz ausleben wollte, jeder Empfindung Form, jedem Gedanken Ausdruck, jedem Traum Wirklichkeit geben wollte - ich glaube, die Welt erhielte einen solchen Schwung von Freudigkeit, daß wir all das Siechtum aus den Zeiten des Mittelalters vergäßen und zum hellenischen Ideal zurückkehrten - vielleicht zu etwas, das intimer und reicher wäre als das hellenische Ideal. Aber der Tapferste unter uns hat Angst vor sich selber. Die Selbstverstümmelung der Wilden lebt in tragischer Weise in der Selbstverleugnung fort, die unser Leben verstümmelt. Wir werden für unser Verleugnen gestraft. Jeder Trieb, den wir ersticken möchten, wühlt sich im Geiste fort und vergiftet uns. Der Körper sündigt nur einmal und hat die Sünde abgetan, denn das Tun ist eine Art Reinigung. Es bleibt nichts übrig als die Erinnerung an eine Lust oder der köstliche Schmerz, daß sie vorbei ist. Der einzige Weg, eine Versuchung loszuwerden, ist, ihr nachzugeben. Widerstehe ihr, und deine Seele wird krank vor Sehnsucht nach den Dingen, die sie sich selber verboten hat, vor Verlangen nach dem, was ihre ungeheuerlichen Gesetze zu etwas Ungeheuerlichem und Gesetzwidrigem gemacht haben. Man hat wohl gesagt, die größten Geschehnisse in der Welt ereigneten sich im Hirne. Im Hirne, und einzig und allein im Hirne ereignen sich auch die großen Sünden der Welt. Sie, Herr Gray, Sie selber mit Ihrer rosigen Jugend und Ihrer Knabenunschuld, die wie weiße Rosen ist, Sie haben Leidenschaften gehabt, die Ihnen bange machten, Gedanken, die Sie in Schrecken setzten, Träume bei Tag und Träume im Schlaf, die, wenn Sie nur daran denken, das Blut der Scham in Ihre Wangen jagen ...«

Dorian Gray runzelte die Stirn und wandte den Kopf ab. Er mußte den jungen Mann, der groß und anmutig neben ihm stand, liebhaben. Sein romantisches, olivenfarbenes Gesicht und der müde Ausdruck darin interessierten ihn. Es war etwas in dem müden Ton seiner Stimme, was völlig bezauberte. Auch seine kühlen, weißen, blumenhaften Hände hatten einen besonderen Reiz. Sie bewegten sich wie Musik, wenn er sprach, und schienen eine eigene Sprache zu haben. Aber er fühlte Angst vor ihm und schämte sich, Angst zu haben. Warum war es einem Fremden vorbehalten geblieben, ihn sich selbst zu offenbaren? Basil Hallward kannte er seit Monaten, aber die Freundschaft zwischen ihnen hatte ihn nie geändert. Plötzlich war einer in sein Leben eingetreten, der ihm das Geheimnis des Lebens enthüllt zu haben schien. Und doch, wovor sollte er Angst haben? Er war kein Schulknabe und kein junges Mädchen. Es war töricht, zage zu sein.

»Sie haben ein wunderbar schönes Gesicht, Herr Gray. Runzeln Sie nicht die Stirn, Sie haben es. Und Schönheit ist eine Form des Genies, steht in Wahrheit höher als das Genie, da sie keiner Erklärung bedarf. Sie gehört zu den großen Tatsachen der Welt, wie das Sonnenlicht oder der Frühling oder die Spiegelung der silbernen Muschel, die wir Mond nennen, in dunklen Gewässern. Sie kann nicht in Frage gestellt werden. Sie hat ihr göttliches Hoheitsrecht. Sie macht Fürsten aus denen, die sie haben. Sie lächeln? Oh! wenn Sie sie verloren haben, lächeln Sie nicht mehr ... Die Menschen sagen manchmal, die Schönheit sei nur auf der Oberfläche. Das mag wohl sein. Aber zum mindesten ist sie nicht so oberflächlich wie das Denken. Für mich ist Schönheit das Wunder aller Wunder. Nur hohle Menschen urteilen nicht nach dem Schein. Das wahre Geheimnis der Welt ist das Sichtbare, nicht das Unsichtbare ... Ja, Herr Gray, die Götter sind Ihnen gnädig gewesen. Aber was die Götter geben, nehmen sie schnell wieder. Sie haben nur ein paar Jahre, in denen Sie wahrhaft, vollkommen, völlig leben können. Wenn Ihre Jugend dahingeht, verläßt Sie auch Ihre Schönheit, und dann werden Sie mit einem Male entdecken, daß es keine Siege mehr für Sie gibt, oder daß Sie sich mit den niedrigen Siegen begnügen müssen, die Ihnen die Erinnerung an Ihre Vergangenheit bitterer machen wird als Niederlagen. Jeder Monat, der dahingeht, bringt Sie etwas Schrecklichem näher. Die Zeit ist eifersüchtig auf Sie und führt Krieg gegen Ihre Lilien und Ihre Rosen. Sie werden gelb und hohlwangig werden und trübe blicken. Sie werden entsetzlich leiden ... Ah! nehmen Sie Ihre Jugend wahr, solange Sie sie haben! Vergeuden Sie nicht das Gold Ihrer Tage, leihen Sie den Langweiligen kein Ohr, versuchen Sie nicht, das Los derer, deren Existenz hoffnungslos verfehlt ist, zu verbessern, geben Sie Ihr Leben nicht an die Unwissenden, die Gemeinen, die Gewöhnlichen hin! Das sind die krankhaften Ziele, die falschen Ideale unserer Zeit. Leben Sie! Leben Sie das wundervolle Leben, das in Ihnen ist! Lassen Sie nichts für Sie verloren sein! Seien Sie immer auf der Suche nach neuen Erlebnissen für Ihre Sinne! Fürchten Sie nichts! ... Ein neuer Hedonismus - das ist es, was unser Jahrhundert braucht. Sie könnten sein sichtbares Symbol sein. Bei Ihrer Erscheinung gibt es nichts, was Sie nicht tun könnten. Die Welt gehört einen Sommer lang Ihnen ... Im Augenblick, als ich Sie sah, merkte ich, daß Sie keine Ahnung haben, was Sie in Wahrheit sind, was Sie in Wahrheit sein könnten. Es war so viel in Ihnen, was mich entzündete, daß ich fühlte, ich müsse Ihnen etwas über Sie selber sagen. Mir kam der Gedanke, wie tragisch es wäre, wenn Sie vergebens wären. Denn nur so kurze Zeit dauert Ihre Jugend - so kurze Zeit. Die gemeinen Wiesenblumen welken, aber sie blühen wieder. Der Goldregen wird im nächsten Juni ebenso gelb sein wie jetzt. In einem Monat werden purpurne Sterne an der Klematis sein, und Jahr für Jahr wird die grüne Nacht ihrer Blätter ihre purpurnen Sterne in ihrem Dunkel hegen. Aber wir bekommen nie wieder unsre Jugend. Der Puls der Freude, der in uns schlägt, wenn wir zwanzig sind, wird träge. Unsre Glieder ermatten, unsre Sinne verkommen. Wir verfallen und werden häßliche Puppen, und die Erinnerungen an die Leidenschaften verfolgen uns, vor denen wir zurückschreckten, und an die köstlichen Versuchungen, denen zu erliegen wir nicht den Mut hatten. Jugend! Jugend! Es gibt gar nichts in der Welt als Jugend.«

»Fertig!« rief der Maler endlich, bückte sich hinab und schrieb in langen grellroten Buchstaben seinen Namen in die linke Ecke der Leinwand.

Lord Henry trat heran und blickte prüfend auf das Bild. Es war ohne Frage ein wundervolles Kunstwerk, und ebenso wundervoll war die Ähnlichkeit.

»Mein Lieber, ich gratuliere dir herzlich,« sagte er. »Das ist das beste Porträt unsrer ganzen Zeit. Herr Gray, kommen Sie und sehen sich an.« Der junge Mann fuhr auf wie aus einem Traum geweckt. »Ist es wirklich fertig?« fragte er und kam von dem Podium herab.

»Völlig fertig,« antwortete der Maler. »Und du hast heute glänzend gesessen. Ich bin dir überaus dankbar.«

»Das ist ganz und gar mein Verdienst,« warf Lord Henry ein. »Nicht wahr, Herr Gray?«Dorian gab keine Antwort, sondern ging, ohne hinzuhören, auf das Bild zu. Als er es sah, trat er zurück, und seine Wangen erröteten einen Augenblick vor Vergnügen. Ein Ausdruck der Freude kam in seine Augen, als ob er sich zum erstenmal selbst gesehen hätte. Er stand reglos und staunend da, wobei er undeutlich hörte, daß Hallward zu ihm sprach, aber den Sinn der Worte nicht verstand. Der Eindruck seiner eigenen Schönheit kam wie eine Offenbarung über ihn. Er hatte ihn nie zuvor gehabt. Basil Hallwards Schmeicheleien waren ihm nur als reizende Übertreibungen der Freundschaft erschienen. Er hatte sie gehört, über sie gelacht und sie vergessen. Sie hatten keinen Einfluß auf sein Wesen gehabt. Da war Lord Henry Wotton mit seinem seltsamen Hymnus auf die Jugend, seiner furchtbaren Warnung vor ihrer Flüchtigkeit gekommen. Das hatte ihn zur rechten Zeit geweckt, und als er jetzt dastand und das Abbild seiner eigenen Schönheit beschaute, brach die volle Wirklichkeit der Schilderung über ihn herein. Ja, es kam ein Tag, an dem sein Antlitz verrunzelt und welk war, seine Augen trübe und farblos, die Grazie seiner Gestalt gebrochen und entstellt. Das Scharlachrot verschwand von seinen Lippen, und der Gold-

Als Dorian sein Selbstbildnis erblickte, war er hingerissen. Was ihm da auf der Leinwand entgegentrat, überstieg seine Vorstellung davon, was ein Mensch darstellen könne. Wenn je eine Idee Wirklichkeit geworden war, dann hatte sie hier einen Leib gefunden. "Dieser Mensch ist sehr schön, beneidenswert und glücklich," versuchte er, eine objektive Beschreibung zu geben, ohne in Selbstlob zu verfallen. Er äußerte sich wie über einen Fremden.
"Ja, so hat ihn der Maler auch gesehen und sehen wollen," sprach Basil ebenfalls von sich in der dritten Person, "aber er konnte trotzdem nicht mehr als den Bruchteil einer Sekunde dieses Lebens wahrheitsgemäß zeigen. Wenn man dagegenhält, wie in der neuen Kinematographie (von der Sie gewiß gehört haben) aufgezeichnet wird, kann der Maler nur noch sagen, er habe ein Achtzehntel einer Sekunde, ein Einzelbild, von einem Leben erfaßt, das 70 Jahre währen mag. Das ist so gut wie nichts."
"Sie zeigen mir mich so, wie ich gerne wäre. Sie zeigen mir denjenigen, der ich sein will."
"Aber das sind Sie doch!" insistierte der Maler

schimmer schlich sich aus seinen Haaren weg. Das Leben, das seine Seele bildete, zerstörte seinen Körper. Es war ihm beschieden, gräßlich, widerwärtig, abscheulich zu werden.

Als er daran dachte, durchfuhr ihn ein stechender Schmerz wie ein Messer, und jede zarte Fiber seines Wesens erbebte. Seine Augen umdunkelten sich, und ein Tränenschleier fiel über sie. Er hatte das Gefühl, es lege sich eine eisige Hand auf sein Herz.

»Gefällt es dir nicht?« rief Hallward endlich, dem das Schweigen des Jünglings, dessen Bedeutung er nicht verstand, ein Stachel war.

»Natürlich gefällt es ihm,« sagte Lord Henry. »Wem sollte es nicht gefallen! Es gehört zum Größten in der modernen Kunst. Ich gebe dir dafür, was du verlangst. Ich muß es haben!«

»Es ist nicht mein Eigentum, Harry.«

»Wessen denn?«

»Dorians natürlich,« antwortete der Maler.

»Da ist er glücklich zu preisen.«

"Nein, ich bin Ihr Geschöpf, oder vielmehr: dieser schöne junge Mann dort ist Ihr Geschöpf, ein Kunstwerk jenseits des Lebens."

"Sie irren sich, von wem, wenn nicht von Ihnen hätte ich diese Schönheit genommen?"

"Sie täuschen mich – oder auch sich? -, denn Sie wissen, mit welcher Kunstfertigkeit Sie dieses Ergebnis hergestellt haben. Ich kenne sie nicht und beherrsche sie auch nicht. Aber jetzt bin ich von Ihnen abhängig. Nur als der, den Sie aus mir gemacht haben, ist mein Leben lebenswert. Sie müssen mein Leben führen, d.h. leiten, dürfen mich jedenfalls nicht mehr verlassen. Denn Sie beglaubigen, daß ich derjenige bin, welcher derjenige sein kann, den Sie auf dem Bild zeigen. Und der dazu fähig ist, wofür man jenen allemal für fähig hält."

Basil gingen diese Lobpreisungen, die sich zu Anschuldigungen auswuchsen, zu weit, und er versuchte, sein ehemaliges Modell zu beruhigen. "Ich habe wenig getan. Auf Dauer hätte ich Ihnen das nicht vorenthalten können, was Ihnen Ihr Spiegel täglich sagt."

"Mit meinem Spiegel unterhalte nur ich mich. Das ist ein Selbstgespräch, von dem niemand sonst Kenntnis erhält. Sie aber machen mich bekannt. Sie stellen mich in die Welt, die ich brauche. Es kenne mich die Welt, damit sie mich liebe. Wann geben Sie mich in eine Ausstellung?"

"Ich stelle das Bild nicht aus."

"Warum?"
"Man könnte mich für einen Liebhaber männlicher Schönheit halten."
Dorian stutzte und überlegte, was diese scheinbare Tautologie sagen wollte. Da sich ein Maler nach allgemeiner Übereinkunft der Schönheit zu widmen habe, war deren überzeugte und überzeugende Darstellung doch ganz natürlich, die innere Anteilnahme unvermeidlich (wenn man nicht gerade als Hofmaler degenerierte Dynasten zu verewigen hatte). Daß Basil seine Fähigkeit auch als Gattungseigenschaft verstanden haben konnte, trat nur nebelhaft verschwommen am Rande in Dorians Erkenntnishorizont. Daher meinte er seine Erwiderung hauptsächlich handwerklich ästhetisch.
"Das ist doch für einen Bildenden Künstler ehrenwert."
Basil indes, der sich als Erwachsener in seiner Gesellschaft schon länger zu behaupten hatte, hörte eine Äußerung zum sozialen Status heraus und sah sie durch seine bisherige Erfahrung widerlegt, sah sogar hellsichtig das Schicksal eines bekannten Autors seiner Epoche voraus.
"Das kann in dieser Gesellschaft für einen Künstler tödlich sein. Außerdem kann ich für Sie keine Verantwortung übernehmen. Auf eine engere Beziehung kann ich nicht hoffen, strebe sie nicht an, könnte sie auch nicht realisieren, und so muß ich eine professionelle Distanz wahren, um nicht selbst an Ihnen zugrunde zu gehen. Das Bild auszustellen, hieße, meine Wunde, meine Verletzung zum Tode öffentlich zu machen. Niemals." Daß sehr viel später die Kunst ermutigen könne/würde *Zeige deine Wunde*, vermochte sich Basil freilich noch nicht vorzustellen.
"Sie haben mich auf ein Podest gestellt. Davon steigt man nicht ohne Verlust herab. Sie müssen mir das Leben ermöglichen, das mir Ihr Bild als möglich gezeigt hat. Vorher war ich ein Nichts. Jetzt aber haben Sie mir einen Maßstab entgegen gehalten, der mir meine wahre Größe zeigt. Erinnern Sie sich, was der Verführer in Eden zu den Primärmenschen sagt: *ihr werdet sein wie Gott und der Erkenntnis teilhaftig werden*. Sie geben mir mit Ihrem Bild das gleiche Versprechen. Heben Sie mich zur Höhe meines Portraits hinauf und lassen Sie mich jenes Glück erfahren, von dem es spricht. Von dem er spricht." Eindringlich und geradezu beschwörend, um sein zukünftiges Leben kämpfend, redete Dorian auf seinen Schöpfer ein, um ihn auf seine Seite zu ziehen. Er spürte, daß er sich ihm entziehen wollte, daß er Glanz und Heiterkeit der Schönheit von ihm abziehen werde. Und so wich das Licht und machte einer dunklen Wolke Platz.

"Glück und Erkenntnis müssen Sie selbst erringen!" verlangte Basil entschieden, wollte ihn aber auch ermutigen. "Ich sehe Sie dazu befähigt, wie jeden jungen Mann Ihrer Konstitution. Überwinden Sie Ihre Selbstzweifel. Fangen Sie zu handeln an, treten Sie in die Gesellschaft ein, machen Sie sich einen Namen und machen Sie Bekanntschaften."
"Wer gäbe sich mit einem Niemand ab? Die Gesellschaft ist mit ihresgleichen schon hinreichend beschäftigt und unterhalten. Im übrigen bemerke ich doch einen Mangel an Ihrem Gemälde."
Basil entfuhr ein betroffenes "Ach!"
"Sie haben die Liebe nicht gemalt. Dieser Mensch ist nicht im Stande, die Liebe eines anderen Menschen zu erringen und zu behalten. Dieser Mensch weiß gar nicht, daß es Liebe gibt."
Diese Hellsicht überraschte den Maler, der sich schon während der Arbeit gefragt hatte, wem dieser Mensch einmal angehören werde, wen er oder wer ihn wählen würde. Es war ihm allerdings keine plausible Person oder ein gängiger Typus eingefallen. Er gab den Vorwurf an den Urheber zurück.
"Ich kann Ihnen die Liebe nicht hinmalen, bevor Sie sie selbst gefunden haben, doch wie könnte ich das an Ihrer Stelle? - Vielleicht gibt es für Sie tatsächlich keine Liebe. Breughel hat Kälber mit zwei Köpfen gemalt, Arcimboldo Gesichter aus Gemüsesorten zusammengesetzt, dann mag es auch ein Leben wie das Ihrige geben."
Dorian fühlte seinen Lebenswillen verkümmern, in dem selben Maße, da Basil von außen Anspruch und Forderung darauf erhob. Eine Unterwerfung unter fremde Herrschaft oder Interessen schien Dorian, der gerade dem Schrecken der Schule entronnen war, den er kaum zu überleben gehofft hatte, nicht besonders anziehend zu sein. Nur zu gut kannte er die düstere Beschreibung, wie sie schon vor Jahrhunderten ein kluger Landsmann gegeben hatte.
"Die Gesellschaft ist ein Leviathan. Wie überlebte ich dort? Ich kenne niemanden, und um ein Weib zu erkennen, bedarf es offenbar Fähigkeiten, über die ich nicht verfüge."
"Es muß ja kein Weib sein."
"Sie spotten meiner. Es geht darum, sich für einen anderen Menschen so begehrenswert zu machen, daß eine Beziehung möglich wird. Das ist für eine Freundschaft sicherlich ebenso schwierig wie für eine Liebschaft. Ich verfüge nicht über die Gabe, mich beliebt zu machen, und wenn doch, hat das keine Folgen. Man vergißt mich wie ein leicht dahin geworfenes Bonmot, aus denen manche Thea-

terdichter ganze Stücke zusammengesetzt haben, an die man sich aber schon auf dem Heimweg nicht mehr erinnern kann."

»Wie traurig ist das!« sagte Dorian Gray leise und wandte die Augen nicht von seinem eigenen Bildnis. »Wie traurig ist das! Ich werde alt und gräßlich und widerwärtig werden, aber dieses Bild wird immer jung bleiben. Es wird nie älter sein als dieser Junitag heute ... Wenn es nur umgekehrt wäre! Wenn ich immer jung bleiben könnte und dafür das Bild immer älter würde! Dafür - dafür - dafür gäbe ich alles! Ja, es gibt nichts in der ganzen Welt, was ich nicht dafür gäbe! Ich gäbe meine Seele dafür!«

»Du wärst mit einer solchen Abmachung schwerlich einverstanden, Basil,« rief Lord Henry lachend. »Dein Bild würde bald schlimm aussehen.«

»Ich würde entschieden protestieren, Harry,« sagte Hallward.

Dorian ging immer wieder vor dem Bild auf und ab und darum herum, als könne er nicht glauben, daß sich die Welt, in die es einen Ausblick gab, nicht hinter der Leinwand fortsetzte. Als er die Oberfläche aus der Nähe betrachtete, bemerkte er jedoch, daß es sich gar nicht um Leinwand handelte. Es war ein seltsam glattes Material, beinahe wie Glas, aber doch ohne dessen Unnachgiebigkeit. Der Wappenschild, der neben dem Portraitierten auf dem Boden stand und mit seiner ungenierten Symbolik an ältere, allegorische Zeitalter erinnerte, glänzte so hell, daß man sich darin spiegeln konnte. Als Dorian hineinschaute, sah er dort tatsächlich sich selbst, wie er war – neben dem, der er ebenfalls war, wie ihn aber der Künstler gesehen hatte. Die Farben des Bildes hatten etwas Leuchtendes, das ihm noch nie begegnet war – als ob eine wirkliche Sonne jenes eingefangene Leben beschiene, das doch nur dem Auge, dem Hirn und der Hand des Malers entsprungen war.

"Wie haben Sie das gemacht, Basil?" fragte er in unverhohlenem Staunen. "Sie haben nicht nur eine transzendente, jede irdische Schönheit hinter sich lassende Person abgebildet, sondern sich dazu auch einer realistischen Malweise bedient, die eine radikale Immanenz erzeugt. Dieses Wesen könnte jederzeit aus dem Rahmen treten und zu handeln beginnen. Es ist mein Doppelgänger."

Basil lächelte nachsichtig. "Jeder Künstler hat ein kleines Geheimnis, Dorian. Ein wenig Eigenleben müssen Sie mir schon noch zubilligen, nachdem Sie mir fast alles in dieses Bild Ihrer selbst abgezogen haben. Ja, ich habe alle Mittel von Kunst und Technik auf-

Dorian Gray wandte sich um und sah ihn an. »Das glaube ich dir, Basil. Du liebst deine Kunst mehr als deine Freunde. Ich bin für dich nicht mehr, als eine Figur aus grüner Bronze ist. Kaum so viel, dürfte ich sagen.«

Der Maler starrte ihn erstaunt an. Es sah Dorian so gar nicht ähnlich, so zu sprechen. Was war geschehen? Er schien heftig erregt. Sein Gesicht war gerötet und seine Wangen glühten.

»Ja,« fuhr er fort, »ich bin dir weniger als dein Hermes aus Elfenbein oder dein silberner Faun. Die wirst du immer liebhaben. Wie lange wirst du mich liebhaben? Vermutlich bis zur ersten Runzel. Ich weiß jetzt, daß man, wenn man erst seine Schönheit verliert, alles verloren hat. Dein Bild hat mich das gelehrt. Lord Henry Wotton hat völlig recht. Es

geboten, die mir zur Verfügung stehen (oder gestellt wurden). Vielleicht hat mir auch ein Dämon – eventuell für eine geringfügige Gegenleistung – Mittel in die Hand gegeben, die meinen Zeitgenossen noch nicht zu Gebote stehen."

"Ich habe Sie doch stets mit einem Pinsel hantieren sehen, aber hier sehe ich keinen Pinselstrich, sondern Wirklichkeit. Man könnte das Bild für eine Photographie halten, wenn es nicht so echte Farben und eine so ideale Person zeigte."

"Ich kenne die Möglichkeiten der Lichtbildnerei ganz gut und weiß, wo und wie daran weiter geforscht wird. Die Farbenphotographie, auch als Lichterspiel, hat vor Jahrzehnten schon der berühmte Maxwell vorgeführt. Räumlichkeit können wir ebenfalls schon seit längerem. Lebende Bilder zu erzeugen, wird das Programm der Kunst im neuen Jahrhundert sein. Und dabei wird der Pinsel nicht das einzige Werkzeug der Herstellung sein..."

Dorian bemerkte eine Strippe, die vom Rahmen wegging und sich irgendwo in der Einrichtung des Ateliers verlor. Verwundert fragte er den Maler, was es damit auf sich habe.

"Ich gestehe, daß ich für die Selbständigkeit meines Kunstwerkes gewisse Vorkehrungen getroffen habe. Ich stehe mit einem technischen Labor in Verbindung, das sich mit Entwicklungen, vor allem im Bereich der Anwendung von Elektrizität, beschäftigt."

"Das ist was für Domestiken," warf Henry verächtlich ein. "Der Maler soll das vollkommene Antlitz malen. Denken wir an die Mona Lisa."

Basil lächelte mokant darüber, daß sogar der abgebrühte Henry auf diesen Popanz der Kunstgeschichte hereinfiel. Ihm als Kollegen Leonardos war dessen Mystifikation unverständlich und zuwider. Um aber nicht Neid

gibt nur ein Ding, das zu haben sich verlohnt: Jugend. Wenn ich merke, daß ich alt werde, werde ich mich umbringen.«

Hallward wurde blaß und griff nach seiner Hand. »Dorian, Dorian!« rief er, »sprich nicht so! Ich hatte nie einen Freund wie dich, und ich werde nie wieder so einen haben. Du bist doch nicht eifersüchtig auf tote Dinge, wie? - Du, der schöner ist als irgendeins von ihnen!«

unterstellt zu bekommen und in eine fruchtlose Diskussion über den Begriff der Vollkommenheit gezogen zu werden, lenkte er auf einen anderen Aspekt ab. "Gerade Leonardo zeigt, wie sehr sich der Künstler mit der Technik seiner Zeit und darüber hinaus derjenigen der Zukunft beschäftigen sollte."

"So bist Du also ein Zukunftsmaler, Basil," unterstellte Henry spöttisch, "so wie wir ja auch schon Zukunftsmusiker zu sehen und hören bekommen haben."

"Ich behaupte nicht, daß die Zukunft der Malerei so aussehen müsse, erlaube mir nur, an einer bestimmten Stelle des ästhetischen Werkzeugkastens ein neues Element einzusetzen. Jedenfalls erfordert das Bild einen elektrischen Anschluß."

"Aber wie kann ich es dann überhaupt betrachten," warf Dorian besorgt ein.

"Nun, dann muß ich dir wohl einen Anschluß legen lassen," meinte der Maler ganz praktisch.

"Bedeutet das nicht eine lebenslange Abhängigkeit von..." Dorian suchte nach einem Begriff für das ungewohnte Phänomen.

"...von äußerer Energie", ergänzte Basil, "ganz recht, Dorian. Wie das Leben überhaupt zu seiner Aufrechterhaltung fortwährend Energie benötigt."

"Es wäre schön, wenn das Bild mir diese Energie zur Verfügung stellen würde und mich dadurch ebenfalls vor dem Altern bewahren könnte." Dorian glaubte, einigermaßen naiv, daß die elektrische Energie dazu diene, dem Bild seine Unwandelbarkeit und dadurch auch Schönheit zu erhalten.

Basil antwortete zurückhaltend, weil er seine technischen Geheimnisse nicht preisgeben wollte.

»Ich bin eifersüchtig auf alles, dessen Schönheit nicht stirbt. Ich bin eifersüchtig auf das Bild, das du von mir gemalt hast. Warum soll es behalten, was ich verlieren muß? Jeder Augenblick, der vergeht, nimmt mir etwas und gibt ihm etwas. Oh, wenn es nur umgekehrt wäre! Wenn das Bild sich verändern könnte, und ich immer sein könnte, was ich jetzt bin! Warum hast du es gemalt? Es wird mich eines Tages verhöhnen - furchtbar verhöhnen!« Heiße Tränen traten ihm in die Augen; er riß seine Hand los, warf sich auf den Diwan und barg sein Gesicht in den Kissen, als ob er betete.

»Das ist dein Werk, Harry,« sagte der Maler in bitterem Tone.

Lord Henry zuckte die Achseln. »Es ist der wahre Dorian Gray - weiter nichts.«

»Das ist er nicht.«

»Wenn er es nicht ist, was habe ich damit zu tun?«

»Du hättest weggehen sollen, als ich dich darum bat,« zürnte er.

»Ich blieb, als du mich batest,« war Lord Henrys Antwort.

»Harry, ich kann nicht auf einmal mit meinen zwei besten Freunden streiten; aber ihr beide seid schuld, daß ich das schönste Werk, das ich je schuf, hassen muß, und ich will es vernichten. Was ist es als Leinwand und Farbe? Ich will nicht zugeben, daß es zwischen uns drei Lebendige tritt und unser Leben zerstört.«

Dorian Gray hob seinen goldig schimmernden Kopf aus dem Kissen und sah bleich und noch mit Tränen in den Augen zu ihm hin, wie er zu dem kienenen Maltisch hinüberging, der unter dem hohen Fenster stand. Was wollte er tun? Seine Finger wühlten unter den herumliegenden

"Die dem Bild zugeführte Energie kann ich leider nicht auf dich umleiten - so weit ist die Wissenschaft noch nicht - und das Bild an deiner Stelle altern zu lassen, vermag ich auch nicht. Doch kann ich ihm Fähigkeiten verleihen, die einer empirischen Person nicht immer zugänglich sind. Ich kann das Abbild dort handeln lassen, wo das Urbild gehemmt und in seinen natürlichen Grenzen festgehalten ist. Die Kunst kann zeigen, was möglich wäre, wenn der Mensch zu seinem Menschsein bereits gelangt und nicht erst dorthin unterwegs wäre. Wundere dich also nicht, Dorian, wenn du auf dem Bild gelegentlich Veränderungen bemerkst oder wenn sich dein Abbild selbständig zu machen scheint. Jedes Kunstwerk, das einmal in die Welt entlassen worden ist, geht seiner eigenen Wege, und auch sein Schöpfer kann es nicht mehr aufhalten oder zurückholen."

"Du glaubst also," schaltete sich Henry, der mit halbem Ohr zugehört hatte, in das Gespräch wieder ein, "daß die Kunst Ideale hervorbringen solle und

Zinntuben und trockenen Pinseln, als suchten sie etwas. Ja, sie suchten das lange Malmesser mit seiner dünnen Klinge aus biegsamem Stahl. Er hatte es endlich gefunden. Nun wollte er die Leinwand zerschneiden. Mit einem unterdrückten Seufzer sprang der junge Mann vom Diwan auf, rannte auf Hallward zu, riß ihm das Messer aus der Hand und warf es ans Ende des Ateliers.

»Tu es nicht, Basil, tu es nicht!« rief er. »Es wäre Mord.«

»Es freut mich, daß dir mein Werk endlich gefällt, Dorian,« sagte der Maler kalt, als er sich von seiner Überraschung erholt hatte. »Ich hätte es gar nicht gedacht.«

»Gefällt? Ich bin verliebt in das Bild, Basil. Es ist ein Teil von mir selbst. Ich fühle es.«

»Schön, sobald du trocken bist, wirst du gefirnißt, gerahmt und zu dir hingeschickt. Dann kannst du mit dir machen, was du willst.«

könne?"

"Ich glaube an den Primat der Kunst, die vom Leben zwar Anregungen empfängt, ihnen dann aber eine größere Freiheit und Unsterblichkeit verleiht."

"Und das Leben schaut dumm in den Spiegel und muß sehen, wo es bleibt," zog Henry eine bissige Konsequenz.

"Der Blick in den Spiegel bleibt jedem jederzeit unbenommen, ob mit oder ohne Kunst," erklärte der Maler überraschend vielsagend und abweisend, und tatsächlich schauten sich Henry und Dorian fragend an.

Basil war offenbar nicht gewillt, sich weiter zu äußern, sondern erhob sich.

Der Maler biß sich auf die Lippen und schritt mit der Tasse in der Hand auf das Bild zu. »Ich werde beim wirklichen Dorian bleiben,« sagte er traurig.

»Ist es der wirkliche Dorian?« fragte das Original des Bildes und ging langsam zu ihm. »Sehe ich wirklich so aus?«

»Ja, du siehst genau so aus.«

»Wie wundervoll, Basil!«

»Wenigstens ist deine Erscheinung genau so.« seufzte Hallward und verhüllte das Bild leicht angewidert mit einem Vorhang.

Sobald er sich allein wußte, trat Dorian Gray zu dem Bildnis, schlug den Vorhang zurück, und betrachtete die Darstellung, ein ikonographisch eigentlich völlig konventionelles Sujet. Zu seinem Entsetzen bewegte sich sein Ebenbild auf dem Gemälde unversehens, und in dieser Sekunde geschah es, daß das Ebenbild lächelte: ihn anlächelte, sprechend, vertraut, liebreizend und unverhohlen, mit Lippen, die sich im Lächeln erst langsam öffneten. Es war das Lä-

cheln jenes Narziß, der sich einst über das spiegelnde Wasser geneigt hatte und nun aus der Sphäre einer idealisierten, gewissermaßen eingebildeten Welt in die rohe und grobe Wirklichkeit hinübergrüßte, jenes tiefe, bezauberte, hingezogene Lächeln, mit dem er nach dem Widerschein der eigenen Schönheit die Arme streckt, -- ein ganz wenig verzerrtes Lächeln, verzerrt von der Aussichtslosigkeit seines Trachtens, die holden Lippen seines Widerpartes auf der anderen Seite der Leinwand oder Glasscheibe (oder was auch immer ihn trennte) zu küssen, kokett, neugierig und leise gequält, betört und betörend. Dieses unverhohlene Begehren trieb Dorian die Schamesröte ins Gesicht, und er wich ein wenig zurück, als habe er wirklich zu befürchten, daß die Gestalt aus ihrem Rahmen stiege. Kaum war er inne geworden, wie unangebracht diese Bewegung war, fiel ihm auch noch auf, daß er über Gesichtszüge verfügte, die nach Organisation verlangten. Er war versucht, das Lächeln zu beantworten, und fror seine Gesichtszüge doch im selben Augenblick ein, weil es ihm sowohl unzüchtig, wie vermessen erschien. Indes ließ ein nächster Gedankenschritt die Konstellation sogleich wieder in anderem Lichte erscheinen: was unzüchtig daran hätte sein mögen, wurde offenkundig durch die Vermessenheit einer Liebe zur eigenen Person mehr als aufgewogen, und wem die Vermessenheit zu groß erschien, der mochte sich mit einer geringeren Verfehlung beruhigen, nämlich einer Verirrung des Begehrens, das eher zufällig einen unpassenden Gegenstand gewählt habe. Statt zwei Übel einander potenzieren zu lassen, konnte man sie auch gegeneinander ausspielen.
Dorian wagte sich nach vorne und erwiderte das Lächeln, soweit er dies in seiner Überraschung und Bestürzung vermochte, selbstredend auch ohne jenen Ausdruck der Verführung, den ihm sein Ebenbild entgegenbrachte, um nicht zu sagen entgegenstreckte. Die Offenherzigkeit und Zieltiefe dieser Geste nahmen ihm den Atem. Er vermochte seine Stimme nicht zu gebrauchen, weil die analytische Sprache diesem synthetischen Urteil a priori hoffnungslos unterlegen war. Jedes Wort wäre eine peinliche Entgleisung gewesen. Und wer anfinge, mit seinem gemalten und trotzdem für lebendig gehaltenen Ebenbilde zu reden, stand vielleicht bald im Verdacht der Unzurechnungsfähigkeit.
So schwebte Dorian einige Sekunden lang – wenn ihm in diesem Augenblicke eine äußere Zeitmessung zu Gebote gestanden hätte – auf einer weichen Wolke der seligen Gegenwart eines Du und fühlte sich davon und darin gänzlich aufgehoben und erhoben. In wortloser

Übereinstimmung mit seinem Gegenüber ward er von jähem Glanze geblendet, zu einer Person illuminiert, die ihm bis dahin unbekannt gewesen war. Ich werde geliebt, überströmte ihn dieses Gefühl, und ich werde von dem einzigen geliebt, der es um mich verdient hat und um den es mir zu tun sein kann.

Er kostete dieses Gefühl bis zur Neige aus, nickte denn seinem Gegenüber kaum merklich zu und ergriff den Vorhang, um das Bild zu verhängen. Der Augenblick, der nicht gesteigert werden konnte, sollte nicht in irgendeine Alltäglichkeit abflachen, und das Ebenbild sollte es sich keinesfalls wieder anders überlegen. Der Vorhang war ein würdiger Abschluß für das erhabene Schauspiel dieser Begegnung.

Nach einigen Tagen wurde der elektrische Anschluß gelegt. Dorian konnte sich darunter nichts vorstellen, schaute dem Handwerker, der mit allerlei Schraubenziehern, Kabeln und Drähten kam, aber interessiert zu. Er mußte sich einen Ort angeben, an dem die Anschlußdose angebracht werden sollte. Bevor der Mann nach erledigtem Auftrag ging, schärfte er Dorian ein, die Metallhülsen in der Dose keinesfalls zu berühren, auch nicht hinein zu stochern. Außerdem dürfe kein Wasser an die Metallhülsen oder an den dort einzuführenden Stecker kommen, auch kein Spritzwasser, etwa von verschüttetem Tee. Dorian wunderte sich über soviel Gefährlichkeit im Haushalt.

Anderntags wurde das Gemälde, wie versprochen, von Hallward geliefert, der sich natürlich nicht nehmen ließ, selbst mitzukommen. Dorian bewirtete ihn, so weit es seine Mittel erlaubten, vermied aber, das verpackte Geschenk zu öffnen. Einerseits wollte er sich nicht wieder selbst in Szene setzen, andererseits spürte er wohl, daß er es damit Basil nur noch schwerer gemacht hätte, von seinem Werk Abschied zu nehmen. Die beiden sprachen daher nur über Belanglosigkeiten und krittelten ein wenig an Henry, mit dem sie beide zeitweise nicht gut zurechtkamen. Schließlich mußte Basil doch aufbrechen und seine beiden Dorians, das Urbild und das Abbild, unwiderruflich zurücklassen.

Dorian, das Urbild, schloß die Tür hinter ihm und hing eine zeitlang seinen Gedanken über den Mann nach, dem er so viel verdankte. Er hatte ihn nicht nur entdeckt, sondern überhaupt erst wahrgenommen und seine Wahrnehmung in unüberbietbarer Form fixiert. Basil hatte ihn zu den Sternen entrückt, aber dies erweckte in Dorian auch unbehagliche Empfindungen. Er fühlte zu seinem eigenen Erstaunen

eine Abneigung gegen die neue Selbstrepräsentanz. Es schien ihm, als hätte er sich einen Feind ins Haus geholt, jedenfalls jemanden, mit dem er nicht leicht fertig werden könne. Schließlich raffte er sich auf, packte das Gemälde aus und stellte es auf eine Staffelei. Er ergriff das herausgeführte Kabel und führte den Stecker in die neue Dose in der Wand.
Wieder schien sein Ebenbild zu leben, sich zu bewegen, und es sprach auch mit ihm.
"Guten Tag, Dorian", sagte das Ebenbild zu ihm, mit einer Stimme, die freilich nicht so angenehm klang, wie es sein Äußeres hätte vermuten lassen. Basil erklärte ihm später auf eine entsprechende Vorhaltung, daß es sich dabei tatsächlich um seine eigene Stimme handelte. Er könne dies als Außenstehender jederzeit bestätigen, doch um auch für den Träger der Stimme selbst eine Evidenz zu schaffen, müsse man einen beträchtlichen technischen Aufwand betreiben. Aufgrund seiner Verbindungen zu dem schon früher erwähnten Labor wisse er, daß die neuesten Verfahren der Schallaufzeichnung diese Evidenz liefern könnten. Wer in Edisons Phonograph oder verbesserten Nachfolgeverfahren seine Stimme zu vernehmen Gelegenheit erhalte, sei regelmäßig befremdet, weil sie damit erstmals objektiv zu ihrem Hervorbringer zurückgespiegelt werde, der sie bis dahin stets nur subjektiv habe erleben können.
Nachdem sich Dorian von seinem ersten Schrecken erholt hatte, suchte er nach einer Haltung, die er gegenüber dem ebenso geisterhaften wie lebendigen Gebilde einnehmen könne. Mehrmals setzte er an, doch jede Formulierung schien ihm unangemessen und dumm.
"Guten Tag auch," erwiderte Dorian, in seinem Selbstgefühl also ein wenig geknickt. "Wer bist du?" fragte er, naheliegenderweise und harmlos. Bei seinem Blick auf sein wunderschönes Gegenüber fiel ihm ein, daß dies zugleich die erste Zeile eines ihm gut bekannten Gedichtes war – und er wußte sogleich, daß es seinem Ebenbilde ebenfalls bekannt war.

Dorian fragte erneut, nun aber con espressione:	Wer bist du,
Das Abbild setzte fort:	daß ich dich liebe?
Dorian fragte:	Was zieht mich zu dir,
und auch sein Gegenüber fragte:	das ich nicht kenne?
Dorian glaubte sich zu erinnern	Aus der Ferne
woran sich auch das Abbild erinnerte	bist du mir vertraut
und blickte zu ihm auf	als der schönere Teil
wie umgekehrt auch der Doppelgänger	meiner selbst.

"Du lebst wirklich?" wollte Dorian nun noch bestätigt bekommen.
"Man bemühe sich nicht, die Drähte hinter der Attrappe zu finden," reflektierte der kluge Homunculus in scharfzüngigem Tonfall. "Die Apparatur ist sinnreich konstruiert, und der artifex ist dabei zu seiner ursprünglichen Fähigkeit als einfallsreicher Handwerker zurückgekehrt. Ich bin jedenfalls in der Lage, mir eine eigene Meinung zu deinem Leben zu bilden und nötigenfalls auszuführen."
"So," erwiderte Dorian leicht angewidert und nach dem romantischen Überschwang des gemeinsamen Gedichtes wie von einer kalten Dusche getroffen, "der Herr führt also ein Eigenleben. Na denn, viel Vergnügen!"
"Daran wird es nicht fehlen, Urbild," erwiderte das Ebenbild ebenso abschätzig, lenkte aber sogleich beruhigend ein. "Soweit es an mir liegt, werde ich am Leben teilnehmen. Doch ist ja jeder Mensch auch auf seine Mitwelt angewiesen, die ihm allein wichtige, ja unersetzliche Teile seines Lebens liefert."
"Gewiß. Du stehst in einer jahrhundertelangen Tradition, Holbein, Cranach, Gainsborough." Dorian versuchte, die rebellische Figur in die Kunstgeschichte abzuschieben.
Das Abbild war damit nicht einverstanden. "Du würdest mich gerne auf Farbe und Leinwand zurückstutzen, aber was ich brauche, sind Wesen von Fleisch und Blut. Ich bin ein ebenso transzendentes und auf Transzendenz angewiesenes Lebewesen wie du - nur in die andere Richtung."
"Mir würde schon eine erfüllte Immanenz genügen," meinte Dorian mit gehörigem Sarkasmus, "ein leibhaftiges Wesen, das ich lieben kann und das mich lieben will. So ist doch der Brauch hienieden – oder etwa nicht?"
"Laß dich nicht aufhalten. Ich werde dir nicht in die Quere kommen. So lange du selbst noch nicht leibhaft geworden bist, werde ich mich verständlicherweise anderweitig umsehen."
Dorian ächzte bei dieser Abfuhr, dem Ton der Verachtung, obschon er nicht hätte sagen können, wie er einem eigenmächtig gewordenen Ebenbilde hätte Einhalt gebieten sollen. Den Rahmen zu verhängen, war leicht, doch mußte er damit rechnen, daß dies nicht die letzte Auseinandersetzung gewesen war.

Drittes Kapitel

Jedes Mal, wenn sich Henry und Basil trafen, sprachen sie über Dorian Gray, aus verschiedenen Blickwinkeln zwar, aber doch wie über ein gemeinsames Anliegen. Bei einer der nächsten Gelegenheiten machte Basil seinen vermögenden Freund auf ein praktisches Problem aufmerksam, das nicht ignoriert werden konnte: "Der Mensch ist arm, obwohl man es ihm nicht ansehen möchte. Der außenstehende Bewunderer will glauben, daß die Fülle der Schönheit für sich schon genügend Lebensmöglichkeiten mit sich bringt, aber das ist nicht so."
Henry zog angesichts dieser Verhältnisse verwundert die Brauen hoch. "Schönheit ist nicht abendfüllend, meinst du?"
"Schönheit ist auch nicht tellerfüllend, obwohl man den Knaben immer wieder mal einlädt. Aber selbst nicht über hinreichende Mittel zu verfügen, schränkt die Handlungsfähigkeit ein und mindert das Selbstbewußtsein."
Henry ging noch weiter. "Ich denke mir, die wahre Tragödie der Armen ist, daß sie sich nichts leisten können als Selbstverleugnung. Schöne Sünden sind wie schöne Dinge das Vorrecht der Reichen. Entbehrung ist Entehrung.«
"Ich kümmere mich, so weit mir möglich, um ihn und habe ihm eine kleine Wohnung verschaffen können. Er soll wenigstens einen Anflug von Selbständigkeit bekommen."
Henry lobte seinen Freund, der ihm so eine der von ihm gemiedenen Aufgaben des Alltags abnahm, empfahl ihm aber gleichzeitig auch die Strategie der Distanzierung, die sein eigener Lebenshabitus war: "Du hast zwar seine Schönheit in die Welt gesetzt, kannst aber nicht sein Leben betreuen – das ist sehr vernünftig von dir, Basil."
"Ich ertrage ihn in seiner ästhetischen Vollkommenheit auch nicht. Für mich als Maler ist sie eine große Last. Ich habe sie **ein** Mal gestaltet und kann jetzt nichts Minderes mehr anfangen. Er hat mich ausgesaugt und ausgehöhlt."
Nachdenklich führte Henry die Beobachtung ins Allgemeine: "Die Kunst ist dort zu Ende, wo sie dem Leben gleichkommt oder das Leben ist."
"Es gibt für mich nichts mehr zu tun." resümierte der Maler betrübt. "Es hat nicht einmal das zu tun gegeben, denn ich kann das Bild nicht zeigen."
Henry, der diesmal über Basils Selbstzerknirschung hinwegging, hegte keine Absicht, finanziell zu intervenieren. Mit profanen Alltagsangelegenheiten beschäftigte er sich nicht. Er wollte sich in seiner Wahrnehmung von Basils Entdeckung nicht beeinträchtigen

lassen. Die eigene Seele in eine anmutige Gestalt zu projizieren und sie dort einen Augenblick verweilen zu lassen; seine eigenen Geistestendenzen im Echo zu hören, vermehrt um all die Musik der Leidenschaft und Jugend; sein Temperament in ein andres hineinzuleiten, als ob es ein feines Fluidum oder ein seltsamer Duft wäre: darin lag eine wahrhafte Freude - vielleicht die befriedigendste Freude, die uns in einer Zeit geblieben, die so beschränkt und gemein war wie unsre, die in ihren Genüssen so grob fleischlich und in ihren Zielen so grob gewöhnlich war ... Auch war er ein wunderbarer Typus, dieser Jüngling, den er durch so seltsamen Zufall in Basils Atelier kennen gelernt hatte, oder konnte wenigstens zu einem wundervollen Typus gemodelt werden. Grazie war ihm verliehen und die weiße Reinheit der Knabenunschuld, und Schönheit, wie sie alte griechische Marmorwerke bewahrten. Es gab nichts, was sich nicht aus ihm machen ließ. Er konnte zu einem Titanen oder zu einem Spielzeug gemacht werden. Was war es für ein Jammer, daß solche Schönheit zum Verwelken bestimmt war! ... Und Basil? Wie interessant er, psychologisch betrachtet, doch war! Die neue Art in der Kunst, die neue Weise, das Leben anzusehn, so seltsam erweckt durch das bloße sichtbare Dasein eines Menschen, der von alledem nichts wußte; der stille Geist, der in einer düsteren Waldlandschaft wohnte und ungesehen im freien Felde wandelte, zeigte sich plötzlich, dryadengleich und ohne Scheu, weil in der Seele dessen, der auf der Suche nach ihm war, die wundervolle Vision erwacht war, der allein wundervolle Dinge offenbart werden.

Viertes Kapitel

Eines Nachmittags, einen Monat später, saß Dorian Gray zurückgelehnt in einem üppigen Lehnstuhl in dem kleinen Bibliothekzimmer im Hause Lord Henrys in Mayfair. Es war in seiner Art ein entzückendes Zimmer mit seiner hohen, getäfelten Wandverkleidung aus olivenfarbenem Eichenholz, mit seiner mattgelben Decke und dem Fries mit Stuckverzierungen und dem ziegelmehlfarbenen Filzteppich, auf dem seidene, langbefranste persische Decken herumlagen. Auf einem zierlichen Tischchen aus Satinholz stand eine Statuette von Clodion, und daneben lag ein Exemplar der Cent Nouvelles, das Clovis Eve für Margarete von Valois gebunden hatte und in das vergoldete Gänseblümchen geprägt waren, die diese Königin als ihr Wahrzeichen erwählt hatte. Ein paar große blaue Porzellankrüge und Papageientulpen standen auf dem Kaminsims, und durch die kleinen, mit Blei eingefaßten Scheiben der Fenster floß das aprikosenfarbene Licht eines Londoner Sommertags.

»Ich glaube nicht, daß ich heiraten werde, Harry. Ich bin zu sehr verliebt. Das ist eins deiner Aphorismen. Ich setze es in Praxis um, wie alles, was du sagst.«

»In wen bist du verliebt?« fragte Lord Henry nach einer Pause.

»In eine Schauspielerin,« sagte Dorian Gray errötend.

Lord Henry zuckte die Achseln. »Das ist ein recht gewöhnliches Debüt.«

»Das sagtest du nicht, wenn du sie sähest, Harry.«

»Wer ist es?«

»Sie heißt Sibyl Vane.«

»Habe nie von ihr gehört.«

»Niemand kennt sie. Aber die Menschen werden eines Tages von ihr hören. Sie ist ein Genie!«

»Mein lieber Junge, kein Weib ist ein Genie. Die Weiber sind das dekorative Geschlecht. Sie haben nie etwas zu sagen, aber sie sagen es entzückend. Die Weiber verkörpern den Triumph der Materie über den Geist, so wie die Männer den Triumph des Geistes über die Moral vorstellen.« Henry wollte seinem Schützling den Maßstab zurechtrücken. "Du bist, naturgemäß, will sagen altersgemäß, beeindruckt von der Entdeckung, daß eine Leistung künstlerischer Imagination auch einen Leib besitzt. Aber du solltest es nicht das größte Ereignis deines Lebens nennen. Es wäre eher das erste Ereignis deines Lebens zu nennen. Du wirst immer geliebt werden, und du wirst immer in die Liebe verliebt sein. Eine grande passion ist das Vorrecht der Menschen, die nichts zu tun haben. Das ist der einzige Nutzen der Faulenzerklasse eines Landes. Sei nicht zaghaft! Köstliche Dinge warten auf dich. Das ist nur der Anfang.«

Berauscht gab sich Dorian dieser Voraussage und seiner Hoffnung auf Erwiderung seiner Liebe hin. Als er, vom unsterblichen Shakespeare unvermeidlich in den Status eines Romeo versetzt, seine Julia vom Theater abholte, hatte er sich in eine große Erwartung gesteigert. Er rechnete damit, ihr seine Liebe eines Tages mit seiner ganzen Person schenken zu können oder vielmehr mit seinem Begehren zugelassen zu werden. So beflügelt ging er mit ihr in eine kleine, etwas schäbige Kneipe und verzog sich in den Winkel, der noch am wenigsten laut war.

Nachdem beide sich bei dem bescheidenen Mahle etwas an ihrer beider Gegenwart gewöhnt hatte, fing Dorian mit starkem Herzklopfen seine Avance an.

"Sibyl, Sie sind eine faszinierende Frau."

"Und Sie sind ein schöner Engel, wie auf einem Altarbild in der Kirche. Und sicher leben Sie in sicheren Verhältnissen, zu denen ich keinen Zutritt haben kann."
"Hm, mein Leben ist nicht so aufregend, wie Sie vielleicht glauben. Ich bin von einem ... – aber lassen wir das; das wäre zu schwierig zu erklären. Immerhin habe ich eine kleine Wohnung, und ich würde mich freuen, wenn Sie mich dort besuchen möchten."
"Ich kann doch nicht so einfach als unbescholtenes Mädchen allein zu einem Junggesellen in die Wohnung gehen."
"Vielleicht haben Sie recht. Aber Sie werden noch immer ein unbescholtenes Mädchen sein, wenn Sie von mir nach Hause zurückkehren. Ich bin doch kein Tier."
Sibyl lächelte ihn verschmitzt an: "Wer weiß? Vielleicht kennen Sie das Tier nur nicht, das in Ihnen steckt. Denken Sie an Dr. Jekyll!"
"Das war ein unvorsichtiger Wissenschaftler. Ich bin ein vorsichtiger Liebhaber der Kunst - Ihrer Kunst. Sie müssen mir erzählen, wie es ist, wenn man Shakespeare von innen erlebt, denn das tun Sie doch, wenn Sie eine seiner Figuren spielen."
Sibyl schaute ihn prüfend an. "Ja, das tue ich."
Dorian versuchte den Sprung von der Kunst ins Leben - hinüber oder hinab?: "Shakespeare erleben oder mir davon erzählen - und mich besuchen?"
Wiederum lächelte Sibyl: " Sie sind ein neugieriges und argloses Kind, Dorian. Fast möcht ich meinen, daß ich Ihrer Einladung folgen könnte."
Ungeduldig drängte Dorian auf einen Termin. "Wann darf ich Sie erwarten?"
Sibyl dachte kurz nach: "Hm, vielleicht übermorgen?
Eifrig bestätigte Dorian, "Wie es beliebt, gnädiges Fräulein."

An diesem Abend schlief er sehr schlecht, weil er sich unaufhörlich ausmalen mußte, was er zu ihr sagen wollte. Fast fühlte er sich aufgefordert, einen entsprechenden Dialog auszuformulieren, als ob er in Shakespeares Fußstapfen treten wollte, etwa: "Du hast mich dazu gebracht, daß ich verstehe, was die Liebe in Wirklichkeit ist. Meine Geliebte, Prinzessin Wunderhold! Prinzessin meines Lebens! Ich mag die Schatten nicht mehr. Ich will im Licht Deiner Liebe wandeln." Des Altmeisters Sprache schien ihm natürlich ungeeignet für die Regungen seiner romantischen Liebe, von der der in Metaphern und Rhetorik erstarrte Alte nichts wissen konnte, aber manche poetischen Züge fand er doch bewahrenswert. Die

Bühnenfiguren hatten immer genügend Zeit, sich auszusprechen und konnten sich blumig ausdrücken, ohne lächerlich zu wirken. Andererseits waren sie oft erschreckend dumm, durchschauten die Kabalen ihrer Gegner nicht und versäumten es, sich rechtzeitig wichtige Nachrichten zu verschaffen. An solchen vermeidbaren Mißverständnissen gingen dann viele Liebschaften oder Familien zugrunde.

Währenddessen saß Lord Henry in seinem bequemen Ledersessel, schloß die schweren Augenlider und fing an nachzudenken. Gewiß hatten ihn wenig Menschen je so interessiert wie Dorian Gray, und doch verursachte die wilde Leidenschaft des Jünglings für eine andre Person ihm nicht den leichtesten Schmerz oder Ärger oder Eifersucht. Die Sache gefiel ihm. Der junge Mann wurde dadurch noch interessanter.

Er war sich bewußt - und der Gedanke ließ seine braunen Achataugen freudig aufglänzen -, daß es durch gewisse Worte, die er gesprochen hatte, musikalische Worte in melodischem Tonfall, dahin gekommen war, daß die Seele Dorian Grays sich diesem weißen Mädchen zugewandt hatte und sich in Verehrung vor ihr beugte. In weitem Maße war der Jüngling sein Geschöpf. Er hatte ihn vor der Zeit reif gemacht.
Der Jüngling sammelte seine Ernte, während noch Frühling war. Der Puls und die Leidenschaft der Jugend waren in ihm, und er fing an, seiner selbst bewußt zu werden. Mit seinem schönen Antlitz und seiner schönen Seele war er ein erstaunliches Stück Leben; **zumindest schien er für ein solches gelten zu können.** Es kam nichts darauf an, wie all das endete. Er war wie eine der zierlichen Gestalten auf einer gestickten Tapete oder in einem Spiel, deren Freuden einem fremd zu sein scheinen, aber deren Schmerzen den Schönheitssinn erschüttern und deren Wunden wie rote Rosen sind.

Seele und Körper, Körper und Seele - wie voller Geheimnis war das alles! Es war Animalisches in der Seele, und der Körper hatte seine spirituellen Momente. Die Sinne konnten geläutert werden, und der Geist konnte versinken. Wer konnte sagen, wo der fleischliche Trieb aufhörte und der psychische anfing? Wie seicht waren die willkürlichen Definitionen der gewöhnlichen Psychologen! Und wie schwer war es doch, zwischen den Aufstellungen der verschiedenen Schulen eine Entscheidung zu treffen! War die Seele ein Schatten, der im Haus der Sünde saß? Oder war der Körper in Wahrheit in der Seele, wie Giordano Bruno gemeint hatte? Die Trennung des Geistes und der Materie war ein Geheimnis, und die Vereinigung des Geistes mit der Materie war wiederum ein Geheimnis.

Fünftes Kapitel

Sibyl Vane teilte ihr Zuhause mit ihrer Mutter und ihrem Bruder, der sich jetzt aber auf eine Auswanderung nach Australien vorbereitete. Sie würde ihn vermissen, hatte aber auch Verständnis für seinen Entschluß. Ein junger Bursche mit etwas verwildertem braunen Haar trat in die Stube. Er war von untersetzter Gestalt, und seine Hände und Füße waren groß und etwas schwerfällig. Er war nicht so wohlerzogen wie seine Schwester. Man hätte kaum die nahe Verwandtschaft erraten, die zwischen ihnen bestand. Frau Vane richtete ihre Augen auf ihn und verstärkte ihr Lächeln. Innerlich ließ sie ihren Sohn die Rolle des Publikums spielen. Sie war sich sicher, daß das Tableau interessant war.

»Ich dächte, du könntest ein paar Küsse für mich übrig behalten,« sagte der Bursche mit gutmütigem Brummen.

»Ach! du machst dir ja gar nichts aus Küssen, Jim,« rief das Mädchen. »Du bist ein schrecklicher alter Bär.« Und sie lief durch die Stube zu ihm hin und umschlang ihn.

Sibyl begann, in der gebotenen Vorsicht und Zurückhaltung, von ihrer Begegnung mit Dorian Gray zu erzählen. Sie fühlte sich einerseits von seinem Interesse für sie und ihre Kunst geschmeichelt, mußte andererseits auf die Gefühle ihrer Familie Rücksicht nehmen und die Angelegenheit herunterspielen. Diese konnten sowohl allzu starke Erwartungen oder Hoffnungen, wie auch Befürchtungen sein. So bemühte sie sich um einen neutralen Ton.

"Der fragliche junge Mann ist ein vollkommener Gentleman. Er ist immer sehr höflich zu mir.«

»Aber du weißt nicht, wie er heißt,« sagte der junge Mensch in rauhem Ton.

»Nein,« antwortete seine Mutter und sah gelassen drein. »Er hat seinen wirklichen Namen noch nicht enthüllt."

So unerfahren Jim auch war, hatte er doch ein starkes Gefühl für die Gefahr, in der Sibyl war. Dieser junge Stutzer, der eine Liebschaft mit ihr haben wollte, konnte es nicht gut mit ihr meinen. Er war ein Herr aus der Gesellschaft oder zumindest mit Verbindungen dorthin, und er haßte ihn darum, haßte ihn mit dem seltsamen Rasseninstinkt, von dem er sich keine Rechenschaft geben konnte und der darum nur um so stärker in ihm war.

Sechstes Kapitel

»Du hast wohl das Neueste schon gehört, Basil?« sagte Lord Henry an diesem Abend, als Hallward in ein kleines reserviertes Zimmer des Restaurants Bristol trat, wo für drei Personen gedeckt war.

»Nein, Harry,« antwortete der Künstler, während er dem Kellner Hut und Überrock gab. »Was ist es? Nichts Politisches hoffentlich? Dafür interessiere ich mich nicht. Es gibt im ganzen Unterhaus kaum einen Menschen, den zu malen sich verlohnte; obwohl ich zugebe, daß eine kleine Übertünchung manchem unter ihnen, der sich rangieren möchte, nichts schaden könnte. **Nein - unser gemeinsamer Freund ist entflammt.** Doch hier ist Dorian selbst. Er kann dir mehr berichten als ich.«

»Lieber Harry, lieber Basil, ihr müßt mir beide gratulieren!« sagte der Jüngling, nahm seine Pelerine ab und schüttelte den Freunden die Hand. »Ich bin nie so glücklich gewesen. Natürlich kommt es plötzlich, wie alles wahrhaft Schöne im Leben. Und doch kommt es mir so vor, als sei ich mein Leben lang nur danach auf der Suche gewesen.« Er war rot vor Erregung und Freude und sah über die Maßen schön aus.

»Komm, setzen wir uns und dann erzählst du uns, wie das alles gekommen ist.«

»Da ist wahrhaftig nicht viel zu erzählen,«
"Als die Vorstellung zu Ende war, ging ich nach hinten und sprach mit ihr. Als wir so zusammen saßen, kam plötzlich in ihre Augen ein Ausdruck, den ich nie vorher gesehn hatte. Meine Lippen suchten sie. Wir küßten einander. Ich kann euch nicht schildern, was ich in dem Augenblick gefühlt habe. Mir schien, all mein Leben sei zusammengedrückt in einen einzigen Punkt rosafarbener Freude. **Endlich habe ich einen anderen Menschen gefunden, den ich lieben kann.**"

Lord Henry schlürfte nachdenklich seinen Champagner, und **Dorian ließ sich von den Flügeln seiner ersten Liebe davontragen.** »Wenn du Sibyl Vane siehst, wirst du fühlen, daß der Mann, der ihr ein Leid zufügen kann, eine Bestie sein müßte, eine herzlose Bestie. Ich kann nicht verstehn, wie ein Mensch es über sich bringen kann, das Wesen, das er liebt, in Schande zu bringen. Ich liebe Sibyl Vane. Ich möchte sie auf eine goldene Säule stellen, auf daß ich sehe, wie die Welt das Weib anbetet, das mein ist. Ihr Vertrauen macht mich fromm und treu, ihr Glaube macht mich gut. Wenn ich bei ihr bin, wende ich mich von allem, was du mich gelehrt hast, ab. Ich werde anders als der Mensch, den du in mir siehst. Ich bin verwandelt, und wenn mich Sibyl Vane bloß mit der Hand berührt, vergesse ich all deine schlechten, bezaubernden, vergifteten, entzückenden Theorien.«

»Und die wären ...?« fragte Lord Henry und nahm etwas Salat auf seinen Teller.

»Oh, deine Theorien über das Leben, deine Theorien über die Liebe, deine Theorien über die Lust. Tatsächlich all deine Theorien, Harry.«
»Außer der Lust verdient kein Ding, eine Theorie zu haben,« erwiderte er mit seiner leisen, melodischen Stimme. »Aber ich fürchte, ich kann meine Theorie nicht für mich reklamieren. Sie gehört der Natur, nicht mir. Lust ist das Siegel der Natur, ihr Zeichen der Zustimmung. Wenn wir glücklich sind, sind wir immer gut, aber wenn wir gut sind, sind wir nicht immer glücklich.«
Dorian fühlte sich befremdet, weil er das Gutsein, ganz nach allgemeiner Überzeugung, für den höchsten Wert hielt. "Wie käme ich dann aber dazu, gut zu sein, wenn es mir verwehrt bliebe, glücklich zu sein?"
Lord Henry schaute anerkennend auf: "Du hast mich begriffen, Dorian. Die Welt in Gut und Böse einzuteilen, ist nicht nur Lüge, sondern Heuchelei und Niedertracht."
Diese Schlußfolgerung erschreckte Dorian jedoch, so daß Harrys abschließende Ermahnung keinen Zutritt zu seinem Einsichtsorgan fand. "Halte dich im Stande des Glücks und achte auf dein Wohlergehen - sonst zerstörst du vorzeitig auch deine Ideale und deine (vermeintlich unsterbliche) Seele; beides kommt dir im Laufe des Lebens ohnehin abhanden. Wir sterben an der Erschöpfung unseres Willens."

Siebentes Kapitel

Am nächsten Tag fühlte er sich infolge der schlechten Nacht kaum im Stande, etwas sinnvolles zu tun. Seine Dialogfantasien verschwammen mit Dramendialogen und krönenden Ensembleszenen. Die Gelegenheit - auf dem Theater - eine Rolle zu spielen, sein Ich gegen ein anderes einzutauschen, erschien ihm äußerst verlockend, und er beneidete Sibyl darum. Andererseits befiel ihn Kleinmut, wenn er ins Textbuch schaute und tausende von Versen sah, die auswendig zu lernen waren. Wie sollte aus solchem Wust von Wort ein neues Ich entstehen? Das müßte eigentlich anders vor sich gehen, wie eine Erleuchtung, eine Transfiguration, ein magischer Moment. Das neue Ich sollte nicht dem alten durch Arbeit Lebenszeit rauben, sondern fertig dastehen und verwendbar sein, wie eine Ballgarderobe im Kleiderschrank.

Anderntags mußte er Besorgungen machen, um seiner Geliebten zum Tee etwas anbieten zu können und vielleicht auch einige Blumen zur Verschönerung auf den Tisch zu stellen. Lange vor der vereinbarten Stunde war er mit seinen Vorbereitungen fertig und saß wartend in jener Konstellation, die ihm seine Geliebte näher bringen sollte.

Beim nächsten Zusammentreffen des Malers mit Lord Henry, kurz vor dem vereinbarten Ortstermin im Theater, überlegten sie beide erneut, wie Dorian Grays Affäre mit der Schauspielerin weitergehen könne. Auch als dieser selbst dazustieß, änderten sie ihre Redeweise kaum, in der sie den Verliebten wie ein unmündiges und unzurechnungsfähiges Kind behandelten, und von Harry war Dorian ohnehin jede Art von Spott gewohnt. So suchte er hauptsächlich seinen Entdecker Hallward von seinem neuen	Als es läutete und er mit klopfendem Herzen zur Tür ging, wußte er noch nicht, wie er das Mädchen begrüßen sollte. Ein Handschlag schien ihm zu geschäftsmäßig und kameradschaftlich, ein Handkuß übertrieben gesellschaftlich und mondän. Es ergab sich, daß keines von beiden geschah, denn Sibyl hatte einen großen Brief in der Hand, den sie ihm überreichte, so daß beider Hände beschäftigt waren, und ehe sich's Dorian versah, war Sibyl eingetreten, hatte er das Papier entgegen genommen und war der Augenblick der Begrüßung Vergangenheit. "Er steckte im Briefkasten, paßte aber nicht

Zustand zu überzeugen.
"Ich hatte recht, Basil, nicht wahr, meine Geliebte aus der Poesie zu holen und mein Weib in Shakespeares Stücken zu finden? Lippen, die Shakespeare sprechen gelehrt hat, haben mir ihr Geheimnis ins Ohr geflüstert. Die Arme Rosalindens haben mich umfaßt, und Julia hat mich auf den Mund geküßt.«

»Ja, Dorian, ich glaube, du hattest recht,« sagte Hallward langsam.

An Harry gewandt, meinte Dorian: »Wir wollen ins Theater gehn. Wenn Sibyl auf die Bühne kommt, bekommst du ein neues Lebensideal. Sie wird dir etwas darstellen, was du nie kennen gelernt hast.«

»Ich habe alles kennen gelernt,« sagte Lord Henry, und in seinen Augen lag ein müder Ausdruck, »aber ich bin immer bereit, mich neu erregen zu lassen. Ich fürchte jedoch, daß ich für mein Teil nichts finde, was das zuwege bringt. Indessen, vielleicht bringt dein wundervolles Mädchen mich zur Ergriffenheit. Ich liebe das Theater. Es ist so sehr viel wirklicher als das Leben. Wir wollen gehn. Dorian, du kannst zu mir einsteigen. Es tut mir so leid, Basil, aber im Brougham ist nur Platz für zwei. Du mußt uns in einer Droschke folgen.«

Sie standen auf, zogen ihre Überröcke an und schlürften den ganz hinein. Ich dachte mir, Sie wären froh, wenn Sie ihn gleich erhielten," erklärte Sibyl.

"O ja, vielen Dank, Sibyl," erwiderte er zerstreut. "Ich weiß nicht, weshalb ich ihn vorher nicht gesehen habe, als ich zum Einkaufen ging. Oder vielleicht wurde er erst nachher eingeworfen."

"Man scheint große Stücke auf Sie zu halten," meinte Sibyl mit Blick auf das große Format.

"Ach, das ist nicht der Rede wert," entgegnete Dorian mit Blick auf den Absender. "Das ist nur Kunst, eine Einladung in Plakatgröße vermutlich. Ich kenne nämlich einen Maler, der mich gelegentlich auf Vernissagen aufmerksam macht oder mit Reproduktionen eigener Werke versorgt."

"Dann kennen Sie sich also in der Bildenden Kunst auch aus?"

"Das wäre zuviel gesagt. Aber wollen wir uns nicht setzen und den Tee zu uns nehmen?"

Sibyl ließ den Flur hinter sich und betrat Dorians Wohnzimmer. Innenarchitektonisch machte sich seine Bekanntschaft mit der Bildenden Kunst offenbar noch nicht ausreichend bemerkbar. Die junge Frau sah eine eher gestaltlose Junggesellenhöhle vor sich, mit allerlei Kulturgut, gewiß, etlichen Büchern, kleineren Stichen und auch einigen Photographien von Sehenswürdigkeiten, aber sie vermißte darin den Ausdruck einer Persönlichkeit. Auch die unleugbare Schönheit von Dorians Antlitz

Kaffee stehend. Der Maler war schweigsam und gedrückt. Es lag etwas Düsteres über ihm. Er konnte diese Heirat nicht billigen, aber doch schien sie ihm besser als vieles andre, was hätte geschehn können. Nach ein paar Minuten gingen sie zusammen die Treppe hinunter. Er fuhr allein, wie verabredet worden war, und sah auf die blitzenden Lichter des kleinen Broughams, der vorausfuhr. Ein seltsames Gefühl des Unwiederbringlichen überkam ihn. Er fühlte, Dorian Gray würde nie wieder das für ihn sein, was er früher gewesen war. Das Leben war zwischen sie getreten ... Seine Augen umdunkelten sich, und die hell erleuchteten Straßen, die von Menschen wimmelten, verschwammen vor ihnen. Als die Droschke am Theater vorfuhr, war es ihm, als sei er viele Jahre älter geworden.

Aus dem oder jenem Grunde war das Haus an diesem Abend gepfropft voll, und der fette jüdische Direktor, den sie am Tore trafen, strahlte übers ganze Gesicht mit einem öligen, hin und her zuckenden Lächeln.
Eine Viertelstunde nachher betrat unter einem Sturm des Beifalls Sibyl Vane die Bühne. Ja, sie sah allerdings entzückend aus - eines der schönsten Menschenkinder, dachte Lord Henry, die er je gesehen. Ihre scheue Lieblichkeit und ihre erstaunten Augen konn-

schien ihr hier, in seiner eigenen Umgebung, unversehens als Zeichen der Unfertigkeit oder vielleicht Unzugehörigkeit. Nicht, daß sie selbst in viel besseren Verhältnissen lebte, aber sie war vom Theater gewohnt, Räume auf einen wesentlichen Aspekt hin gestaltet zu sehen. Das Bühnenbild war einfach und leicht faßlich, zeigte unmißverständlich einen Ort und zusammen mit der Beleuchtung auch die Stimmung einer Szene an.
Dorian bemerkte ihren nicht geradezu begeisterten Blick und meinte entschuldigend: "Das ist die Prosa der Verhältnisse, meiner Verhältnisse. Die Erhabenheit der Poesie, in der Sie täglich leben, werden Sie hier vergeblich suchen."
"Das macht doch nichts," meinte sie nachsichtig, "das kann doch nicht anders sein. Wenn nur Sie sich wohlfühlen, Dorian."
"Ach, was liegt schon an mir?" meinte er nachlässig, "ich staune nur immer über die Interieurs bei anderen Leuten, die so viel Stil zeigen und offenbar viel Zeit und Aufwand in die Gestaltung ihrer Räume stecken. Mir fehlt dazu der Antrieb. Wem sollte ich mich auch präsentieren?" Er hoffte, sie werde sagen, daß ihr an seiner Wohnung durchaus gelegen sei, weil sie ihn gern in einer schönen Umgebung antreffen wolle, aber das sagte sie nicht. Statt dessen sagte sie: "Diese Art Stil ist ein Ergebnis von

ten einen an ein junges Reh gemahnen. Aber sie machte einen seltsam abwesenden Eindruck. Sie zeigte keinerlei Freude, als ihr Auge auf Romeo ruhte. Die wenigen Worte, die sie zu sprechen hatte, mit dem kurzen Dialog, der folgt, sagte sie in einem völlig gemachten Tone.
Die Stimme war wundervoll, aber der Ton war gänzlich verfehlt. Er traf die Farbe nicht. Er nahm dem Vers alles Leben. Er machte die Sprache der Leidenschaft unwahr.

Dorian Gray erblaßte, als er zuhörte. Er war wie vor den Kopf gestoßen und voller Angst. Seine Freunde wagten kein Wort zu ihm zu sagen. Es schien ihr schlechtweg jedes Talent zu fehlen. Sie waren schrecklich enttäuscht.

Indessen wußten sie, der wahre Prüfstein für jede Julia war die Balkonszene des zweiten Aktes. Darauf warteten sie. Wenn sie die verfehlte, war nichts an ihr.

Sie sah reizend aus, als sie im Mondlicht heraustrat. Das war nicht zu leugnen. Aber ihr theatralisches Spiel war unerträglich und wurde im Verlauf der Szene immer schlimmer. Ihre Gesten wurden immer gemachter, und es war fast zum Lachen.
Das Stück zog sich in die Länge und schien nicht enden zu wollen. Die Hälfte der Zuhörer ging mit ihren schweren Stiefeln stampfend und lachend hinaus.

Reife. Das können Sie nicht von sich als jungem Menschen erwarten. Wer zu jung um Stilbildung bemüht ist, kann eigentlich nur zum affektierten Dandy werden."
Diese vernünftige Haltung beruhigte Dorian, den Lord Henrys Ansichten und Lebensumstände nicht wenig irritiert hatten. Als er ihr dann Tee angeboten hatte und die Tasse selbst zum Munde führte, blickte er die Schauspielerin erwartungsvoll an und wurde sich bewußt, daß er die Stellvertreterin des begehrenswertesten Mädchens der englischen Literatur vor sich sitzen sah.
"Sibyl," fing er an, "Sie haben mich verzaubert. So stell' ich mir die Liebe vor: zwei Menschen finden sich, begehren einander und können ohne einander nicht mehr leben."
Sibyl schien diese zutreffende Beschreibung des Stückes von Shakespeare zu sein: "Ja, nicht wahr, das ist eine herzzerreißende Geschichte. Ich bin glücklich, daß ich diese Rolle spielen kann, auch wenn das Theater, an dem ich bin, keinen besonderen Ruf hat. Aber die Worte des Dichters sind überall die gleichen."
"Sie müssen nur richtig zum Leben erweckt werden. Und Sie, Sibyl, sind Julia. Darf ich Ihnen auch ein wenig von meiner Liebe zu Füßen legen?"
Sibyl war von diesem Anerbieten angetan, aber nicht besonders überrascht. "Das ist sehr freund-

Es war ein furchtbarer Durchfall. Der letzte Akt wurde fast vor leeren Bänken gespielt. Der Vorhang fiel unter Kichern und etlichem unzufriedenen Grunzen.

Sowie es vorbei war, eilte Dorian Gray hinter die Kulissen ins Ankleidezimmer. Das Mädchen stand allein da, ein sieghafter Ausdruck lag auf ihren Zügen. Ihre Augen leuchteten in sonderbarem Feuer. Es war wie ein Glanz um sie. Ihre halb offenen Lippen lächelten wie über ein Geheimnis, das nur sie wußte. "Du hast mich dazu gebracht, daß ich verstehe, was die Liebe in Wirklichkeit ist. Mein Geliebter! Mein Geliebter! Prinz Wunderhold! Prinz meines Lebens! Ich mag die Schatten nicht mehr. Du bist mir mehr, als alle Kunst je sein kann. Was habe ich mit den Puppen eines Spieles zu schaffen? Als ich heute abend auftrat, konnte ich nicht verstehen, wie es kam, daß alles wie fort war. Ich hatte gedacht, ich würde wundervoll sein. Ich merkte, daß ich nichts mehr konnte. Plötzlich schwante es meiner Seele, was alles dies bedeutete. Das war ein köstliches Verstehen. Ich hörte sie zischen und lächelte. Was konnten sie von einer Liebe wie der unsern wissen. Nimm mich mit dir, Dorian - nimm mich, wo wir allein sein können! Ich hasse das Theater. Ich könnte eine Leidenschaft spielen, die ich nicht fühle; aber ich kann nicht lich von Ihnen, Dorian, aber Sie kennen mich doch kaum?"

Dorian indes glaubte, daß er das, was er begehrte, insofern auch schon kenne. "Sie haben auf der Bühne Ihre Seele zum Ausdruck gebracht. Ich habe genug gesehen, um Sie zu lieben."

Hier mußte ihn Sibyl ein wenig mäßigen. "Das glaube ich nicht, das darf ich nicht glauben. Ich muß mir meinen Lebensunterhalt verdienen und will doch ein ehrbares Mädchen bleiben. Ich darf mich nicht leichtsinnig verlieben."

Dorian war von seiner Lauterkeit überzeugt. "Ich bin auch nicht leichtsinnig. Ich bin ein Verehrer Ihrer Kunst."

Dem wollte Sibyl zwar nicht widersprechen, sich damit aber auch nicht zufrieden geben. "Gewiß, Dorian, das sollen Sie auch bleiben. Aber Sie sollten sich auch um einen Beruf bemühen, damit Sie mit beiden Beinen in der Welt stehen können."

"Gewiß, Sibyl, das habe ich auch vor. Aber ich schicke mich nicht gut in einen Brotberuf, und was mich interessieren würde, ist unerreichbar."

"Was könnte das sein?"

"Künstler möchte ich sein, so wie Sie, aber als Schauspieler tauge ich nicht, weil ich mir nie so viel Text merken könnte, wie man auf der Bühne braucht."

"Sie müssen eben Disziplin entwickeln und Ihr tägliches Pensum absolvieren," verlangte Sibyl unein Empfinden spielen, das mich brennt wie Feuer. Oh, Dorian, Dorian, verstehst du jetzt, was es bedeutet? Selbst wenn ich es zuwege brächte, es wäre Entweihung für mich, die Liebe zu spielen. Du hast mich gelehrt, das zu erkennen.«

Er warf sich auf das Sofa und wandte das Gesicht weg. »Ja,« rief er, »du hast meine Liebe getötet! Du hattest meine Phantasie entfesselt. Jetzt fesselst du nicht einmal meine Neugier. Du bringst einfach keine Wirkung hervor. Ich liebte dich, weil du wie ein Wunder warst, weil du Genie und Geist hattest, weil du die Träume großer Dichter verwirklichtest und den Schatten der Kunst Körper und Gestalt gabst. Du hast das alles weggeworfen. Du bist seicht und stumpf. Mein Gott! was für ein Wahnsinn war es, dich zu lieben! Was für ein Narr bin ich gewesen! Du bist mir jetzt nichts. Ich will dich nie wiedersehn. Ich will nie an dich denken. Ich will nie deinen Namen nennen. Du weißt nicht, was du einmal für mich warst. Du hast das Gedicht meines Lebens vernichtet. Wie wenig mußt du von der Liebe wissen, wenn du sagst, sie löscht deine Kunst aus! Ohne deine Kunst bist du nichts, eine Schauspielerin dritten Ranges mit einer hübschen Larve.«

Krampfhaftes Schluchzen erstickte ihre Stimme. Sie duckte sich wie ein wundes Tier zu Bo-

nachgiebig.

"Und büße dabei die Seele der Dichtung ein. Da schaue ich lieber Ihnen bei Ihren Auftritten zu."

Sibyl ließ sich nichts anmerken, hielt den jungen Mann jetzt aber ungeachtet seiner äußeren Schönheit für etwas hohl oder illusionsbereit. Ihr Beruf auf der Bühne hatte sie gelehrt, wie Illusionen erzeugt werden konnten und wie weit sie reichten. Ihr eigenes Leben wollte sie nicht darauf bauen. Sie unterhielt ihren Gesprächspartner dann noch mit Theateranekdoten - von denen sie die meisten nur gehört, nicht selbst erlebt hatte -, weil er begierig danach war und sie so von seinem Interesse auf sie ablenken konnte.

"So, ich glaube, ich muß jetzt gehen, Dorian," bereitete Sibyl nach schicklicher Zeitspanne ihren Aufbruch vor. "Es hat mir gefallen, mit Ihnen zu plaudern."

"Wann darf ich Sie wiedersehen?" hakte Dorian sogleich ein.

"Ich weiß nicht. In den nächsten Tagen muß ich mich um meinen Bruder kümmern, der nach Australien auswandert, und dann steht mir eine neue Rolle bevor, die ich lernen muß. Es wird das Beste sein, wenn Sie mich gelegentlich wieder im Theater besuchen."

Dorian sah sich an den Anfang ihrer Bekanntschaft zurückgeworfen. Seine Gefühle für das hübsche Mädchen hatte er nicht zum Ausdruck bringen können oder

den, und Dorian Gray sah mit seinen schönen Augen auf sie herunter, und seine scharf geschnittenen Lippen kräuselten sich in höchster Verachtung.
»Ich gehe,« sagte er schließlich mit seiner hellen, ruhigen Stimme. »Ich möchte nicht unfreundlich sein, aber ich kann dich nicht mehr sehen. Du hast mich enttäuscht.«
    Sie weinte still weiter und gab keine Antwort.

schlimmer noch: sie wollte sie offenbar gar nicht. Sie schien auf eine ihm undurchschaubare Weise desinteressiert an ihm zu sein - als ob er eine Nebenrolle spielte, während sie auf den Protagonisten wartete. Der Weg von der Kunst ins Leben schien über die Maßen schwierig zu sein.
Mit etwas ermüdeter Höflichkeit verabschiedete er sie und geleitete sie hinaus. Zurück in seinem Zimmer räumte er ab und kehrte auch die Scherben seiner Hoffnungen in den Abfall.

Als er nach der Klinke griff, fiel sein Auge auf das Porträt, das Basil Hallward von ihm gemalt hatte. Er trat betreten zurück. Dann ging er in sein Schlafzimmer. Er sah nachdenklich aus, als ob ihm etwas im Kopfe herumginge. Schließlich ging er zurück, trat vor das Bild und schaute es prüfend an. In dem schwachen, verhaltenen Licht, das durch die hellgelben Seidenvorhänge drang, erschien ihm das Gesicht etwas anders als sonst. Es war ein anderer Ausdruck. Man hätte sagen mögen, um den Mund liege ein Zug von Grausamkeit. Es war seltsam.

Unverändert schön und zukunftsfroh blickte ihn sein Ebenbild an, denn es wußte nichts von jener Enttäuschung, die ihm gerade widerfahren war. Als er zum Vergleich sich selbst im Spiegel betrachtete, bemerkte er dort einen anderen Ausdruck. Man hätte sagen mögen, um den Mund liege ein Zug von Traurigkeit. Es war seltsam.

Aber es sah nach ihm hin mit seinem schönen, entstellten Gesicht und seinem grausamen Lächeln. Sein leuchtendes Haar glänzte im Schein der Frühsonne. Seine blauen Augen blickten in die seinigen. Ein Gefühl unendlichen Mitleids, nicht mit sich selbst, sondern mit seinem gemalten Abbild überkam ihn. Es

"Dich kümmert das alles nicht, Ebenbild," sagte er zu dem Bild, das ihn unverwandt unverschämt anschaute. "Ich höre, daß du mit deiner kleinen Schauspielerin nicht weitergekommen bist. Sie läßt dich nicht zum Zuge kommen und überfährt dich mit ihrer forschen Routine, so daß dir nur der Rückzug bleibt. Wollen wir wetten, daß

hatte sich schon verändert und würde sich noch mehr verändern. Einst hatte ihn selbst diese Sorge um sich beunruhigt, wie er sich eines Gespräches mit Lord Henry erinnern konnte: »Aber denke dir, Harry, ich würde hager und alt und verrunzelt. Was dann?« »Ach dann,« sagte Lord Henry und erhob sich zum Gehen - »dann, mein lieber Dorian, müßtest du um deine Siege kämpfen.	es auch anders geht?" Dorian mißfiel dieser forsche Auftritt ebenso wie ihn der Angriff auf seine Einstellung gegenüber Sibyl und vielleicht allen Frauen gegenüber kränkte. Trotzig hielt er dem Bild entgegen: "Das will ich sehen. Wer kann da Erfolg haben und dabei auch noch sein Vergnügen finden? Das müßte ein Schurke und/oder Dummkopf sein." "Wetten wir zwei weitere Runzeln auf deinem Gesicht." "Widerling!" stieß Dorian hervor und verhängte das Bild.

Achtes Kapitel

Spät am Mittag erwachte Dorian erst. Plötzlich klopfte es an die Tür, und er hörte die Stimme Lord Henrys draußen. »Lieber Junge, ich muß dich sehn. Laß mich sofort ein. Ich kann nicht dulden, daß du dich so einschließt.«
Er gab zuerst keine Antwort, sondern blieb ganz still. Das Klopfen hörte nicht auf und wurde lauter. Ja, es war besser, Lord Henry einzulassen. Er sprang auf und schloß die Tür auf.
"Respekt, Dorian, du hast es also doch noch geschafft,« sagte Lord Henry, als er eintrat.
»Meinst du das mit Sibyl Vane?«
»Natürlich, ja,« antwortete Lord Henry, ließ sich in einen Stuhl sinken und zog langsam seine gelben Handschuhe aus. "Sibyl hat sich deinetwegen umgebracht."
"Nein, das ist nicht möglich," stammelte Dorian entsetzt. "Sie hat mich ja von sich gewiesen. Wenn, dann hätte ich mich umbringen müssen."
"Aber du bist ja später nochmals zu ihr gegangen. Ich habe dich aus der Ferne beobachtet, weil ich sehen wollte, ob du die Niederlage tatsächlich auf dir sitzen läßt. Aber ich wollte dich natürlich auch nicht aufhalten."

"Ich wäre nochmals zu ihr gegangen?" wunderte sich Dorian. "Du mußt dich getäuscht haben, oder es gibt einen Doppelgänger, der unter meiner Erscheinung sein Unwesen treibt."
"Du brauchst es ja nicht zuzugeben, ich habe volles Verständnis dafür," warb Henry in fast verschwörerischem Ton um Einverständnis. "Du hast wie ein Mann gehandelt, hast ihr vor Augen geführt, was sie an dir vermißt, hast dir dein Vergnügen genommen und sie dann sich selbst und ihrer Fehleinschätzung überlassen. Sie hat es übrigens im Theater getan," fing er an, sich durch Tratsch wichtig zu machen, "und versäumte ihren Auftritt. Schließlich fanden sie sie tot auf dem Fußboden ihres Ankleidezimmers. Sie hatte aus Versehen etwas zu sich genommen, irgend etwas Schreckliches, das sie im Theater brauchen. Ich weiß nicht, was es war, aber es enthielt entweder Blausäure oder Bleiweiß. Ich sollte meinen, es war Blausäure, denn sie scheint sofort tot gewesen zu sein. Es war nur ein unschöner Augenblick für sie." Er hatte das Bedürfnis, den Jüngling in seiner Trauer aufzurichten. "Ich kann mir denken, Dorian, wie dir zu Mute ist, denn du hast sie sicherlich geliebt. Aber verschwende deine Tränen nicht um Sibyl Vane. Sie war weniger wirklich als sie alle.«
"Unsinn, ich will nichts davon hören!" stutzte ihn Dorian zurück, wußte aber gleichwohl, daß er das Vorgehen und Vergehen seines Ebenbildes nicht aus der Welt schaffen könnte. In seiner ungehaltenen Stimmung fiel es ihm leicht, Harry ungnädig zu entlassen.
Danach begab er sich zu dem Bild, nahm den Vorhang weg und fixierte sein Ebenbild. "Was hast du angestellt?", herrschte er den schönen Jüngling an, dessen Anblick ihn im gleichen Augenblick aber schon wieder verwundete. Die Anteilnahme für sein eigenes Selbst mischte sich in die sorgfältig drapierte Verachtung.
"Man bemühe sich nicht, das Versäumnis durch Ressentiment nachträglich kaschieren zu wollen," höhnte das Ebenbild. "Lord Henry hat die Sache richtig verstanden und dargestellt. Ich hatte eine heiße Liebesnacht mit dem süßen Mädel. Mein erster Fick, Mann, das ist großartig, ich fühle mich so gut wie noch nie. Und was das Beste ist, jetzt gehören mir alle Weiber der Welt. Ich kann jede glücklich machen, soll heißen meine Lust genießen. Wenn man erst einmal vögelt, regelt sich alles, und die Welt liegt einem zu Füßen. Dir entgeht das Beste im Leben, wenn du da nicht mithalten kannst. Man muß eben eine geeignete Stimmung herstellen und zur rechten Zeit die Hände am rechten Fleck haben, dann geht alles von selbst. Du warst leider ungeschickt. Mit deiner eigenen Wohnung kannst du keine Frau überzeugen; damit kannst du dich nur in schlechtes Licht

rücken. Ich habe sie mondän ausgeführt, und deshalb hat sie gleich mich mit dieser Luxusumgebung assoziiert. Da wollte sie natürlich etwas von meinem inneren und äußeren Reichtum abhaben! - Und ich hab's ihr gegeben," setzte er mit ordinär-frivoler Betonung hinzu. Dorian wurde so wütend, daß er gleich wieder den Vorhang über den Bilderrahmen hängte – als ob er einen plappernden Papagei abends durch Verdunkelung zum Schweigen bringen wollte. Das Ebenbild plapperte jedoch weiter: "An deiner Stelle würde ich mich in ihrem Umkreis vorerst nicht mehr sehen lassen. Man könnte ungehalten werden. Sie hat übrigens einen kräftigen und alles andere als zartbesaiteten Bruder, von dem sie dir wohl auch mal erzählt hat – Viel Vergnügen noch mit den beiden neuen Runzeln."
Dorian floh aus dem Zimmer, suchte in seiner Bibliothek Zuflucht, doch weder die Philosophie, noch die Kunst wollten oder konnten Trost spenden. Er stand wieder auf, ging zu einer Apotheke und kaufte ein schweres Schlafmittel. Damit betäubte er sich dann, blieb aber in einem unseligen Zwischenzustand hängen, unfähig zur geringsten Handlung, selbst zum Denken, aber doch auch nicht schlafend, vor allem nicht von seinem Ich erlöst. Vergeblich wälzte er sich von einer Seite auf die andere, trank ein wenig Flüssigkeit, überlegte, ob er etwas essen sollte, kam davon ab, schaute der Uhr beim Messen der Zeit zu, geriet in Panik über ihren fortwährenden Diebstahl von Leben, entfernte die Uhr aus dem Zimmer, legte sich wieder hin, verdämmerte und stand irgendwann wieder auf. Ob es ein neuer Tag oder nur eine neue Tageszeit war, wußte er nicht. Immerhin dachte er neu über seine Lage nach.
Schuld hatte er zweifellos keine, und doch müßte er Vorsicht walten lassen, als hätte er Schuld auf sich geladen. So sehrte ihn die Sorge, und es nagte der Neid, denn was ihm sein Ebenbild nun voraushatte, konnte er nicht so rasch einholen. Weibes Wonne und Wert, wie dieser großorchestrale Germane Wagner zu sagen pflegte, könnte es so bald nicht für ihn geben. Gleichwohl wurde ihm in der nächsten Zeit in der Gesellschaft manche Anerkennung zuteil, die sich offensichtlich auf jenen Vorfall bezog. Von den Frauen natürlich nicht, jedenfalls nicht von denen, um die es ihm hätte zu tun sein können. Dorian ging auch auf keine der mehr oder minder deutlichen Anspielungen ein, sondern blieb maskenhaft freundlich und unpersönlich. Über einen nicht existierenden Sachverhalt konnte es keine Kommunikation geben.

Neuntes Kapitel

Als er am nächsten Morgen beim Frühstück saß, trat Basil Hallward ins Zimmer.

»Ich bin so froh, daß ich dich treffe, Dorian,« sagte er in ernstem Tone. "Ich las es ganz zufällig in einer späten Ausgabe des Globe, den ich im Klub in die Hand bekam. Ich eilte sofort hierher und war unglücklich, dich nicht zu finden. Ich kann dir nicht sagen, wie bitter weh mir das Ganze tut. Ich weiß, was du leiden mußt."

. »Du mußt nicht von geschehnen Dingen mit mir reden. Was geschehen ist, ist geschehen. Was vorbei ist, ist vorbei. Laß das Vergangne!«

"Dorian, das ist gräßlich! Es hat dich etwas völlig gewandelt. Du siehst genau so aus wie der wundervolle Jüngling, der Tag für Tag in mein Atelier kam, um mir für sein Bild zu sitzen. Aber damals warst du einfach, natürlich und liebevoll. Du warst das unverdorbenste Menschenkind in der ganzen Welt. Ich weiß nicht, was jetzt über dich gekommen ist. Du sprichst, als ob du kein Herz und kein Erbarmen in der Brust hättest."

"Vielleicht muß ich mich schützen, vor weiteren Niederlagen und Zurückweisungen. Mein Herz ist verwundet, ich muß es in Sicherheit bringen."

»Ich will den Dorian Gray wieder, den ich gemalt habe,« sagte der Künstler traurig.

»Basil,« antwortete der Jüngling, trat zu ihm und legte ihm die Hand auf die Schulter. »Gestern, als ich erfuhr, daß Sibyl Vane sich getötet habe ...«

»Sich getötet! Großer Gott! Ist das sicher?« schrie Hallward auf und blickte ihn entsetzt an.

»Mein lieber Basil! Du nimmst doch nicht an, daß es ein gemeiner Zufall war? Natürlich hat sie sich selbst getötet.«

Der Ältere barg das Gesicht in den Händen. »Wie furchtbar,« flüsterte er, und ein Schauder durchlief ihn.

»Nein,« sagte Dorian Gray, »es ist nichts Furchtbares daran. Es ist eine der großen romantischen Tragödien unserer Zeit. Du mußt mir eine Zeichnung von Sibyl machen, Basil. Ich möchte gern etwas mehr von ihr haben als ein paar Küsse und ein paar schmerzvolle pathetische Worte.«

»Ich will versuchen, etwas zu machen, wenn du es haben willst. Aber du mußt zu mir kommen und mir selbst wieder sitzen. Ich kann ohne dich nicht weiterkommen.«

»Ich kann dir nie wieder sitzen, Basil. Es ist unmöglich!« rief er aus und trat zurück.

Der Maler starrte ihn an. »Lieber Junge, was für Unsinn redest du!« rief er. »Willst du damit sagen, das Bild, das ich von dir gemalt habe, gefalle dir nicht? Wo ist es?"
Dorian erinnerte sich, wie Lord Henry halb im Ernst, halb scherzhaft einmal zu ihm gesagt hatte: 'Willst du eine seltsame Viertelstunde haben, so laß dir von Basil sagen, warum er dein Bild nicht ausstellen will. Er sagte mir den Grund, und es war eine Offenbarung für mich.' Ja, vielleicht hatte auch Basil sein Geheimnis. Er wollte den Versuch machen und ihn fragen.

»Basil,« sagte er, trat dicht an ihn heran und sah ihm gerade ins Gesicht, »jeder von uns hat ein Geheimnis. Laß mich deines wissen, und sich sage dir meines. Was war der Grund, warum du es von dir wiesest, mein Bild auszustellen?«

Den Maler überlief ein Frösteln. »Dorian, wenn ich dir das sagte, hättest du mich vielleicht nicht mehr so lieb wie jetzt und lachtest sicher über mich. Ich könnte beides nicht ertragen. Wenn du wünschst, daß ich dein Bildnis nicht wieder sehn soll, will ich mich zufrieden geben. Ich kann immer noch dich ansehn. Wenn du das beste Werk, das ich je gemacht habe, vor der Welt verstecken willst, soll es mir recht sein. Deine Freundschaft gilt mir mehr als alle Berühmtheit.«

»Nein, Basil, du mußt es mir sagen,« drängte Dorian Gray. »Ich denke, ich habe ein Recht, es zu wissen.« Sein Angstgefühl war gewichen und Neugier an die Stelle getreten. Er war entschlossen, hinter Basil Hallwards Geheimnis zu kommen.

»Setzen wir uns, Dorian,« sagte der Maler, der verwirrt aussah.
"Dorian, von dem Moment an, wo ich dich kennen lernte, übte deine Erscheinung den außerordentlichsten Einfluß auf mich aus. Du herrschtest über mich, über meine Seele, mein Hirn und all meine Kraft. Du wurdest für mich die sichtbare Verkörperung des unsichtbaren Ideals, das wir Künstler nicht los werden wie einen köstlichen Traum. Ich bete dich an. Ich wurde eifersüchtig auf jeden, mit dem du sprachst. Ich wollte dich ganz für mich haben. Ich war nur glücklich, wenn ich mit dir zusammen war. Wenn du von mir fort warst, lebtest du noch immer in meiner Kunst und warst da ... Natürlich ließ ich dich davon nie etwas ahnen - es wäre unmöglich gewesen. Du hättest es nicht verstanden, ich verstand es kaum selbst. Ich wußte nur, daß ich der Vollkommenheit von Angesicht zu Angesicht gegenübergestanden, und daß die Welt sich meinen Augen wundervoll erschlossen hatte - zu wundervoll vielleicht, denn in so wahnsinniger Anbetung liegt Gefahr - die Gefahr, daß sie aufhört, und die Gefahr, daß sie bleibt ... Wochen und Wochen vergingen, und ich verlor mich mehr und mehr in dir. Dann kam eine neue Wendung. Ich hatte dich als Paris in funkelnder Rüstung gemalt und als Adonis im Jagdgewand mit blitzendem

Jagdspieß. Mit schweren Lotosblumen bekränzt hast du am Bug der Barke Hadrians gesessen und auf das grüne, trübe Wasser des Nils gesehn. Du hast dich über den stillen Teich einer Waldlandschaft Griechenlands gebeugt und in dem schweigenden Silber des Wassers das Wunder deines eigenen Bildes erblickt. Und es war alles gewesen, wie die Kunst sein soll, unbewußt, ideal und entfernt. Eines Tages - eines verhängnisvollen Tages, denke ich manchmal, beschloß ich, ein wundervolles Bild von dir, wie du wirklich bist, zu malen, nicht in der Tracht vergangener Zeiten, sondern in deinen eignen Kleidern und deiner eignen Zeit. Ob es der Realismus der Aufgabe oder das bloße Wunder deiner eigenen Erscheinung war, die sich so unmittelbar ohne Dunst und Schleier vor mich hinstellte, kann ich nicht sagen. Aber ich weiß, als ich daran arbeitete, schien jede Schicht Farbe, die ich auftrug, mein Geheimnis zu enthüllen. Ich bekam Angst, andere könnten die Abgötterei, die ich mit dir trieb, herausfinden. Ich empfand, Dorian, daß ich zuviel gesagt hatte, daß ich zuviel von mir selbst hineingelegt hatte. Damals entschloß ich mich, das Bild nie ausstellen zu lassen. Du schienst etwas betroffen; aber damals gewahrtest du nicht alles, was es für mich bedeutete. Harry, dem ich davon sprach, lachte mich aus. Aber das beirrte mich nicht. Als das Bild vollendet war und ich allein vor ihm saß, fühlte ich, daß ich recht hatte ... Nun, nach ein paar Tagen verließ es mein Atelier, und sowie ich den unerträglichen Zauber seiner Gegenwart los war, schien mir, ich sei töricht gewesen, daß ich irgend etwas darin hatte finden wollen, außer daß du sehr schön bist und daß ich gut malen kann. Selbst jetzt kann ich mich des Gefühls nicht gut erwehren, daß es ein Irrtum ist, zu glauben, die Glut, die man im Schaffen verspürt, zeige sich je leibhaftig in dem Werke, das man geschaffen hat. Die Kunst ist immer abstrakter, als wir glauben. Form und Farbe sagen uns etwas von Form und Farbe - weiter nichts. Mir will oft scheinen, die Kunst verbirgt den Künstler weit mehr, als sie ihn offenbart. Und als mir daher von Paris aus dieser Vorschlag gemacht wurde, beschloß ich, dein Porträt solle das Hauptstück meiner Ausstellung werden. Es fiel mir nie ein, du könntest die Erlaubnis versagen. Ich sehe jetzt, daß du recht hast. Das Bild darf nicht gezeigt werden."

Zehntes Kapitel

Nach langem Schlaf stand er auf, Er schien alles vergessen zu haben, was er erlebt hatte. Ein undeutliches Gefühl, in eine seltsame Tragödie verwickelt gewesen zu sein, kam ihm ein- oder zweimal, aber die Unwirklichkeit eines Traumes lag darüber.

Er erinnerte sich später oft, und immer mit nicht geringem Staunen, daß er zuerst das Bild mit einer Art fast wissenschaftlichen Interesses in Augenschein nahm. Er schauerte, wurde von Angst gepackt und starrte das Bild in krankhaftem Entsetzen an.

Das Porträt, das Basil Hallward gemacht hatte, sollte ihm ein Führer durchs Leben sein, sollte ihm sein, was einigen die Heiligkeit, andern das Gewissen und uns allen die Gottesfurcht ist. Es gab Schlafmittel für Gewissensbisse, Arzneien, die das moralische Empfinden in Schlaf lullen konnten. Aber hier war ein sichtbares Symbol der Erniedrigung durch die Sünde.
Dieses Bildnis sollte ihm der magischste Spiegel sein. Wie es ihm seinen Körper offenbart hatte, so sollte es ihm seine eigene Seele offenbaren. Und wenn der Winter über das Bild käme, stünde er immer noch da, wo der Frühling schwankt, ob er die Schwelle des Sommers überschreiten soll. Wenn das Blut aus dem Antlitz des Bildnisses entwiche und eine weiße, kalkige Maske mit toten Augen hinterließe, hätte er noch immer den Zauber des Jünglings. Keine Blüte seiner Anmut sollte je welken. Kein Puls seines Lebens sollte je schwächer werden. Wie die Griechengötter sollte er stark und schnell und fröhlich sein dürfen. Was kam es darauf an, was dem gemalten Abbild auf der Leinwand geschah? Er sollte unversehrt bleiben, daran lag alles.

Dorian näherte sich ängstlich dem Bild, weil er wußte, daß ihm der Anblick nur eine neue Niederlage bereiten konnte. Er schlug den Vorhang zurück und sah die für ihn zur Schablone erstarrte gemalte Fiktion. Unwillkürlich senkte sich sein Blick aber rasch auf den Wappenspiegel, in dem er sich selbst wahrnahm. Goldenes Haar, blaue Augen und rosige Lippen - das war alles da. Nur der Ausdruck hatte sich verändert. Der war grauenhaft in seiner Bitterkeit. Im Vergleich zu dem Tadel und Vorwurf, den er in ihm erblickte, wie oberflächlich waren da Basils Vorhaltungen wegen Sibyl Vane gewesen!
Dorian war entsetzt und entschloß sich, das Bild - dessen gemalter Protagonist sich diesmal nicht zu Wort meldete - wegzusperren. Das war eigentlich abwegig, weil er doch sein Spiegelbild hätte wegsperren wollen und sollen, aber Dorian ertrug es nicht, daß seine reale Erscheinung an seinem Idealbild gemessen werden könnte.

Elftes Kapitel

Dorian öffnete mit dem Schlüssel, den er jetzt immer bei sich trug, die Tür zu dem verschlossenen Zimmer

und stand mit einem Spiegel in der Hand vor dem Porträt, das Basil Hallward von ihm gemalt hatte, und blickte bald auf das schlimme und gealterte Gesicht auf der Leinwand, bald auf das schöne, junge Antlitz, das ihm aus der glatten Fläche des Spiegels entgegenlachte. Die Stärke des Gegensatzes regte geradezu sein Lustgefühl an. Er verliebte sich mehr und mehr in seine eigene Schönheit, gewann mehr und mehr Interesse an der Verderbnis seiner eigenen Seele. Er untersuchte mit peinlicher Sorgfalt und manchmal mit ungeheuerlichem und furchtbarem Entzücken die gräßlichen Linien, die die faltige Stirn verunstalteten oder um den dicken, sinnlichen Mund krochen, und fragte sich manchmal, welche Spuren die scheußlicheren wären, die der Sünde oder die des Alters. Er legte seine weißen Hände neben die plumpen, aufgetriebenen Hände des Bildes und lächelte. Er machte sich über den mißgeschaffenen Körper und die verfallenden Glieder lustig.	und blickte bald auf das schöne, junge Antlitz auf der Leinwand, bald auf das schlimme und gealterte Gesicht, das ihm aus der glatten Fläche des Spiegels entgegenlachte. Die Stärke des Gegensatzes verstärkte seine Hoffnungslosigkeit. Er entsetzte sich mehr und mehr über seine ehemalige Schönheit. Er untersuchte mit peinlicher Sorgfalt und manchmal mit ungeheuerlichem und furchtbarem Selbsthaß die gräßlichen Linien, die die faltige Stirn verunstalteten oder um den dicken, sinnlichen Mund krochen, und fragte sich manchmal, welche Spuren die scheußlicheren wären, die der Entbehrung oder die des Alters. Er legte seine plumpen, aufgetriebenen Hände neben die weißen Hände des Bildes. Er weinte über den mißratenen Körper und die verfallenden Glieder.

Nach einem Vierteljahrhundert habe ich ihn zufällig wiedergesehen. Er ist unverändert, intakt, frischer als je, er scheint sogar in die Adoleszenz zurückgekehrt zu sein. Wo hat er sich eingenistet, was hat er unternommen, um sich der Wirkung der Jahre zu entziehen, um den Grimassen und Runzeln zu entgehen? Und wie hat er gelebt, vorausgesetzt, daß er gelebt hat? Eher ein *revenant*. Er hat bestimmt gemogelt, er hat seine Pflicht als Lebender nicht getan, er hat das Spiel nicht mitgespielt. Ein Gespenst, ja, einer, der sich durchschmuggelt. Auf seinem Gesicht bemerke ich kein Zeichen der Zerstörung, keines jener Male, die bezeugen, daß man ein wirkliches Wesen, ein Individuum und keine Erscheinung ist. Ich weiß nicht, was ich ihm sagen soll, ich bin geniert, habe sogar Angst. So sehr bringt einer uns durcheinander, der der Zeit entrinnt oder sie auch nur wegschwindelt.

E. M. Cioran Vom Nachteil, geboren zu sein

Zwölftes Kapitel

Es war am neunten November, am Vorabend seines achtunddreißigsten Geburtstages, wie er sich nachher oft erinnerte. Er ging gegen elf Uhr von Lord Henry, bei dem er zum Diner gewesen war, nach Hause. An der Ecke von Grosvenor Square und South Audley Street ging im Nebel jemand sehr schnell an ihm vorüber, der den Kragen seines Mantels hochgeschlagen hatte. Er trug eine Handtasche. Dorian erkannte ihn: es war Basil Hallward. Eine seltsame Angst, über die er sich keine Rechenschaft ablegen konnte, überkam ihn. Er ließ nicht merken, daß er ihn erkannte, und ging schnell weiter nach Hause zu.

Aber Hallward hatte ihn gesehn. Dorian hörte, wie er erst stehn blieb und ihm dann nacheilte. In wenigen Augenblicken lag Basils Hand auf seinem Arm. "Bist Du es, Dorian?" fragte ihn der Maler in einem Ton nicht zu überhörender Dringlichkeit. »Was für ein außerordentlicher Glückszufall! Ich fahre mit dem Zwölfuhrzug nach Paris, und ich hatte den lebhaften Wunsch, dich vor der Abreise zu sehen. Ich dachte, das müßtest du sein oder wenigstens dein Mantel, als du vorbeigingst. Aber ich war nicht ganz sicher. Hast du mich nicht erkannt?«

»In diesem Nebel, lieber Basil? Ich kann nicht einmal Grosvenor Square erkennen. Ich glaube, mein Haus ist hier irgendwo in der Nähe, aber ich bin mir nicht ganz sicher. Es tut mir leid, daß du weggehst, ich habe dich eine Ewigkeit nicht gesehn. Aber ich denke, du wirst bald wieder zurück sein?«

»Nein, ich werde ein halbes Jahr von England fort sein. Ich will in Paris ein Atelier mieten und mich einschließen, bis ein großes Bild fertig ist, das ich im Kopfe habe. Indessen, ich wollte nicht über mich reden. Hier sind wir an deiner Tür. Laß mich einen Augenblick eintreten. Ich habe dir etwas zu sagen.«

»Es wird mich freuen. Aber versäumst du deinen Zug nicht?« sagte Dorian Gray mit matter Stimme, während er die Stufen hinaufging und die Tür mit seinem Drücker öffnete.

Das Licht der Laterne flackerte im Nebel unruhig hin und her, und Hallward sah auf die Uhr. »Ich habe noch eine Menge Zeit,« antwortete er. »Der Zug geht erst zwölf Uhr fünfzehn, und es ist jetzt eben erst elf. In Wahrheit war ich im Begriff, in den Klub zu gehn, um da nach dir zu fragen, als ich dich traf. Du siehst, das Gepäck hält mich nicht auf, da ich die schweren Stücke vorausgeschickt habe. Alles, was ich mit mir nehme, ist in dieser Handtasche, und ich kann Victoria Station leicht in zwanzig Minuten erreichen.«

Dorian, dem ein Gedanke kam, wie er die zunächst unliebsame Begegnung zu einer Abrechnung nützen könne, sah ihn an und lächelte. »Was für eine Art für einen berühmten Maler zu reisen! Eine Handtasche und ein Ulstermantel! Komm herein, sonst dringt der Nebel ins Haus. Und bitte, sprich über nichts Ernsthaftes mit mir. Nichts ist heutzutage ernsthaft. Wenigstens sollte es nichts sein.«

Hallward schüttelte den Kopf, als er eintrat, während Dorian nur eine schwache Lampe anzündete, die das Zimmer in einem Halbdunkel beließ, das man, je nach Standpunkt, als gnädig oder bedrohlich empfinden konnte. Hallward erblickte darin eine Unhöflichkeit, die aber bewußt gesetzt war, so daß er nicht wagte, dagegen Einspruch zu erheben. Immerhin bot ihm Dorian noch etwas zu trinken an, freilich auch in eher unwirschem Tone.

»Danke, ich nehme nichts mehr,« sagte der Maler, legte Mantel und Mütze ab und warf sie auf die Tasche, die er in die Ecke gestellt hatte. »Und nun, lieber Freund, möchte ich ernsthaft mit dir reden. Du mußt nicht so die Stirn runzeln, du machst es mir dadurch viel schwerer.«

»Um was handelt es sich denn?« rief Dorian in einem Tone, der die Sache nicht wichtig nahm und doch abweisend war. »Ich hoffe, es handelt sich nicht um mich. Ich habe heute abend keine Lust zu mir. Ich wünschte, ich wäre ein anderer.«

»Es handelt sich um dich,« antwortete Hallward mit seiner ernsten, tiefen Stimme, »und ich muß es dir sagen. Ich werde dich nicht länger als eine halbe Stunde aufhalten.«

Dorian seufzte und zündete sich eine Zigarette an. »Eine halbe Stunde!« murmelte er.

»Das ist nicht viel von dir verlangt, Dorian, und ich rede nur um deinetwillen. Ich halte es für richtig, daß du erfährst, daß die fürchterlichsten Dinge über dich in London geredet werden.«

»Ich will nicht das geringste davon hören. Ich mag den Klatsch über andere Leute, aber über mich selbst interessiert er mich nicht. Er hat nicht einmal den Reiz der Neuheit.«

"Versteh mich recht," suchte der Maler begütigend auf seinen ehemaligen Schützling einzuwirken. "wenn ich dir fern bin und all diese häßlichen Dinge höre, die die Leute über dich raunen, dann weiß ich nicht, was ich sagen soll. Wenn ich dich aber selbst reden höre, möchte ich glauben, daß du dich im Grunde nicht verändert hast, außer, daß du älter geworden bist."

"In der Tat," erwiderte Dorian etwas scharf, setzte den Gedankengang aber nicht dort fort, weil er wußte, daß er von anderer Seite her darauf zurückkäme, sondern beleuchtete seine Konstellation wie aus der Ferne, aus der Sicht jener Leute, mit denen er seit längerem zu tun oder vielmehr nicht zu tun hatte.

"Woher kommt es, daß ein Mann wie der Herzog von Berwick aufsteht und das Klubzimmer verläßt, wenn ich hereinkomme? Woher kommt es, daß so viele Männer der Gesellschaft mein Haus nie betreten und mich nie zu sich einladen? Ich war mit Lord Staveley befreundet. Vorige Woche traf ich einen seiner Neffen bei einem Diner und fragte ihn nach den Gründen für meine Zurücksetzung. Staveleys Neffe verzog das Gesicht und sagte mit der Vorwitzigkeit und Grausamkeit seines Alters, ich hätte vielleicht den erlesensten künstlerischen Geschmack, sei aber kein Mann, der seinem Onkel für einen näheren Umgang tauge. Ich sei langweilig, anstrengend, ohne Verbindungen, ohne Erfahrungen in dem Punkte, die ein Mann unbedingt braucht, kleidete mich unmodisch und trüge auch ein unmodisches und unansehnliches Gesicht, das bereits vom Alter ruiniert werde.

Er sagte es mir. Er sagte es mir vor allen Leuten gerade heraus. Es war schändlich!

Warum sind alle meine Freundschaften mit Gleichaltrigen – oder jenen, die es mal waren - so fruchtlos geblieben? Da war der unglückliche Jüngling in der Garde, der wegen einer anderen Affäre Selbstmord begangen hat. Ich habe mich lange um sein Interesse bemüht. Da war Sir Henry Ashton, der etwas besseres vorhatte und ins Ausland ging. Ich kannte ihn seit langem, ohne daß er mir Zutritt zu seinem Leben oder auch nur zu seinem Haus verschafft hätte. Wie ist es mit Adrian Singleton und seiner dummen Drogenkarriere? Wie mit Lord Kents einzigem Sohne, der um seiner diplomatischen Karriere willen den Verkehr mit einem brotlosen Dilettanten wie mir abbrechen mußte? Ich traf gestern seinen Vater in St. James' Street. Er schwärmte in höchsten Tönen von den Vorzügen seines Sohnes und hat auch schon eine reiche Heirat eingefädelt. Wie steht es mit dem jungen Herzog von Perth? Was für eine Art Leben führt er jetzt? Läßt sich von einer Firmenerbin aushalten, hat aber einen auffallend schönen und kräftigen griechischen Sekretär und Leibwächter um sich?«

»Hör auf, Dorian! Du redest von Dingen, von denen du nichts verstehst,« sagte Basil, der in einem Tone strapazierter Nachsicht sprach. »Du fragst mich, warum Berwick das Zimmer verläßt, wenn du hereinkommst. Es geschieht vielleicht, weil er deine intellektuellen Fähigkeiten kennt und merkt, wie du seine Lebenslügen durchschaust.
Du fragst mich um Henry Ashton und den jungen Perth? Das Leben geht viele Wege. Wenn Kents dummer Sohn aufgrund von Protektion Karriere macht, was geht das dich an? Wenn Adrian Singleton den Namen seines Freundes auf einen Wechsel schreibt, um seine Schulden zu finanzieren, was geht es dich an? Ich weiß, wie die Menschen in England schwatzen und die privatesten Lebensverhältnisse ans Licht kommen. Du solltest dich nicht immerzu vergleichen."
"Zufällig sind meinesgleichen die Leute, mit denen und von denen ich leben müßte. Ist dir klar, was Zeitgenossenschaft heißt, Basil? Man fängt gemeinsam vom selben Punkt an, und schon während des Studiums separieren sich die Schicksale. Danach herrscht nur noch die blanke Ungerechtigkeit, der gnadenlose Konkurrenzkampf und das institutionalisierte Unverständnis. Du erliegst wohl einer *deformation professionelle*, denn für dich sind Raffael und Tizian Zeitgenossen, und Giotto ein Großvater."
Basil fühlte sich zunächst geschmeichelt von solcher Verwandtschaft, spürte aber auch, daß er mit seinem geschichtsgesättigten und objektivierenden Blick dem armen Menschen, der vor ihm um ein Lebensziel rang, nicht helfen konnte. Vielleicht machte er sich tatsächlich einer Berufsblindheit schuldig, und er begann zu begreifen, daß er selbst auch an sein Ende gekommen war. Seit dem Portrait Dorian Grays wollte ihm nichts mehr gelingen, schlimmer noch: ihm war der Gestaltungswillen überhaupt abhanden gekommen. Kunst löste sich entweder in Technik auf oder in Beliebigkeit. Für ihn gab es nichts mehr zu tun. Sich um ein sozusagen entlaufenes oder entartetes Modell zu kümmern, fehlte ihm die Fürsorglichkeit. Er fand, daß er schon weit mehr getan hatte, als zu Raffaels und Giottos Zeiten. Gewiß, weibliche Modelle waren gelegentlich geheiratet oder ausgehalten worden, aber das kam hier ja nicht in Frage. Allenfalls konnte er sich um die offenbar etwas verwirrte Seele seines einstigen Idols kümmern. "Nun, ich wünsche dir ja auch, daß du etwas mehr Erfolg in der Gesellschaft hättest, weiß jetzt aber nicht mehr, was ich von dir zu halten habe und wer du bist," antworte-

te Hallward ernst, und tiefer Schmerz lag im Klang seiner Stimme, »deine Seele müßte ich sehn. Aber das kann nur Gott!«
 Ein bitteres Hohngelächter brach aus dem Munde des Jüngeren. »Du sollst sie selber sehn, noch heute nacht!« rief er und nahm eine Lampe vom Tisch. »Komm, sie ist ein Werk deiner eigenen Hand. Warum solltest du es nicht ansehn? Du kannst nachher der Welt alles davon erzählen, wenn du willst. Niemand würde dir glauben. Wenn sie dir glaubten, hätten sie mich nur um so lieber. Ich kenne die Zeit besser als du, obwohl du langweilig davon reden kannst. Komm, sag ich dir! Du hast genug von Verderbnis geschwatzt. Jetzt sollst du sie von Angesicht zu Angesicht sehn.«
 Der Wahnsinn des Hochmuts lag in jedem Wort, das er sprach. Er stampfte in seiner knabenhaften, dreisten Art auf den Boden. Er empfand eine furchtbare Freude bei dem Gedanken, ein anderer solle sein Geheimnis teilen, und der Mann, der das Porträt gemalt hatte, das der Ursprung all seiner Schmach war, solle für den Rest seines Lebens mit der gräßlichen Erinnerung an das, was er getan, beladen werden.
 »Ja,« fuhr er fort, indem er näher an ihn herantrat und ihm fest in seine strengen Augen sah, »ich will dir meine Seele zeigen. Du sollst das Ding sehn, von dem du dir einbildest, nur Gott könne es sehn.«
 Dorian stellte sich neben die Stehlampe. Hallward erschrak, als er im Lichte das häßliche Gesicht seines ehemaligen Modells in aller Deutlichkeit erblickte. Es lag etwas in dem Ausdruck, das ihn mit Widerwillen und Ekel erfüllte. Das Gräßliche, was es auch war, hatte die wunderbare Schönheit von früher immerhin noch nicht ganz zerstört. Noch war etwas Gold in dem dünnen Haar und etwas Rot auf dem sinnlichen Mund. Die stumpfen Augen hatten etwas von ihrem lieblichen Blau bewahrt, die edeln, geschwungenen Linien um die feingebauten Nüstern und der plastische Hals waren noch nicht ganz geschwunden. Ja, es war noch Dorian. Aber was war dem Jüngling von einst widerfahren; was hatte ihn müde, mürbe und trübe gemacht? Und was hatte seine früher so schlanke und wohlproportionierte Gestalt so unförmig auseinandergehen lassen, zu einem aufgequollenen Etwas gemacht?

Dreizehntes Kapitel

"Mein trübes Leben siehst du auf meinem Gesicht," warf Dorian seinem Schöpfer vor, "die versammelten schlechten Erfahrungen und Entbehrungen, den täglichen Jammer. Ich trage meine Seele nach außen, denn ich habe kein Innen. Kein anderer Mensch hat mich berührt und mir Tiefe gegeben." Mit bitterem Lachen fügte er an:

"Eigentlich müßte ich als zweidimensionales Flächenwesen herumlaufen, so wie du mich gemalt hast. Ich bin nur eine körperlose Projektion, eine zentralperspektivische Illusion. Den wirklichen, lebendigen, räumlichen Körper findest du hier," und Dorian schlug den Vorhang von der Staffelei zurück, auf der sein gemaltes oder sonst ins Werk gesetztes Abbild hervorleuchtete. Dorian stellte sich gleich auch so dazu, daß der Betrachter die Spiegelung im richtigen Winkel zu sehen bekam.
"Da schau mich an, wie mich der Wappenschild deines Helden spiegelt."
Basil entfuhr es: "Tatsächlich. Dies ist das Gesicht eines Trottels.«
»Es ist das Gesicht meiner Seele, der Unterschied zwischen dem, was ich sein könnte, und dem, was ich jetzt bin.«
»Mein Heiland! was habe ich angebetet! Du hast die Augen eines Trottels.«
»Jeder von uns hat Glück und Unglück in sich, Basil!« rief Dorian mit einer wilden Bewegung der Verzweiflung.
Hallward wandte sich wieder dem Bild zu und starrte es an. »Mein Gott! es ist wahr,« rief er aus, »und das hast du aus deinem Leben gemacht! Wehe, dir muß es noch schlechter gehen, als die wissen, die ahnungslos von dir reden!«
"Weißt Du, was es bedeutet, wenn man nachts nicht mehr schlafen kann, keine Nacht, weil man von der unbeantwortbaren Frage umgetrieben wird: warum bin ich ausgestoßen? Warum will sich kein anderes Wesen mit mir einlassen, warum kann ich niemanden von mir und zu mir überzeugen? Warum sind sie alle untereinander verbunden und beschäftigt, nie aber mit mir? Selbst die Hunde, die von den Ladies auf den Schoß genommen und gestreichelt werden, sich aber auch untereinander jederzeit aneinander zu schaffen machen dürfen, haben es besser. Oder ich erwache aus einem gräßlichen Traum oder auch nur, weil sich ein Organ zwischen den Beinen bemerkbar gemacht hat, und es ist vielleicht Samstag, und ich weiß genau, daß alle anderen verheirateten Männer mit ihrem Organ in dieser Nacht ihr Vergnügen gehabt haben, die beteiligten Frauen vielleicht auch, obschon da vielleicht ein Quentchen Mitleid angebracht sein mag. Doch mit mir will niemand das Lager teilen, und wenn sich eine Gelegenheit böte, wäre kein Vergnügen mehr dabei, weil es sich nur noch um verzweifelte Versuche von Wiedergutmachung handelte. Das ist keine freie Selbstentäußerung gegenüber einem anderen geliebten Menschen, dem ich meine Lust zum Geschenk machen dürfte und dadurch meine Liebe zeigen kann, son-

dern ein trostloser Akt der Schuldentilgung angesichts eines unermeßlich hohen Versäumnisses: wie wenn ein Taglöhner, der jeden Tag nur Sixpence zur Verfügung hat, ein Gebirge von 100.000 £ abzutragen hätte. Hundert Leben würden ihm dafür nicht ausreichen. Und weil dieser Akt so trost- und freudlos ist, ist er eigentlich gar nicht mehr möglich, weil das seiner Natur strikt zuwiderläuft. Wie sollte auch etwas freudvoll möglich sein, das mir Zeit meines Lebens mit so verbissenem Widerstand, mit immer neuen Vorwänden und Gründen vorenthalten wurde, wozu ich keinerlei Anleitung erhielt, und was selbst zu praktizieren die Wenigsten überhaupt zugeben. Weshalb löschen auch Ehepaare das Licht und betreiben ihr Geschäft unter der Bettdecke - als ob sich dessen schämten? Weshalb werden gewisse Bücher und Photographien verboten, wenn sie nur schildern, was doch tatsächlich geschieht? Weshalb eine solche Heimlichkeit, eine Verschwörung zur Lust?
Weißt du, was es bedeutet, wenn man keinen Appetit mehr hat, weil man das Begehren überhaupt hat verlernen müssen? Und wenn man andererseits Berge von Nahrung in sich hineinschlingt, weil man nur noch so bemerken kann, am Leben zu sein. Ich esse, also bin ich - und je mehr ich esse, desto mehr bin ich. Auf der Waage allerdings auch, und im Gesicht und an der Hüfte hängen die Speckfalten herunter. Vorbei ist es mit der Schönheit, weil du vergessen hast, ihr das zugehörige Leben mitzugeben.
Was glaubst Du, wie man ausschaut, auszuschauen lernt, wenn man täglich mit dem Bewußtsein erwacht, unerwünscht zu sein, täglich einer neuen Abweisung entgegensieht, täglich dem Leib, der nach Liebe hungert, sagen muß: das ist nicht für dich bestimmt; dich will niemand haben - warum bist du noch nicht verreckt?"
Dorian war von seinem aufgestauten Leid zu lautem Zorn belebt und vorangepeitscht worden, schrie den Maler an und stierte ihm mit der ganzen Häßlichkeit seines mißlungenen Lebens ins Gesicht. Die Größe seines Unglücks machte ihn auch wirklich selbst groß - jedenfalls für einen Augenblick, in dem Basil verlegen vor sich hinblickte, weil er nicht wußte, was er von diesem Ausbruch, in dem sich Selbsterkenntnis und eine etwas wunderliche Leidenschaft des Leidens die Hand reichten, halten und erwarten sollte.
Dorian entging dieses Zögern nicht. Er sah den Maler, seinen Schöpfer, für eine Sekunde schwach und fragte sich, ob er zu weit gegangen war. So wandte er sich selbst ab, weil er den Angriff nicht fortsetzen wollte. Beide standen in sich gekehrt da, weit entfernt von ihrem normalen Selbstverständnis, in unwegsames, unbegangenes

Gelände versprengt, erschrocken vor dem Anblick der Hölle. Daraufhin wurde ihnen jedoch - jedem freilich aus einer anderen Richtung - bewußt, daß ihnen die Wahrheit begegnet war. Jene Wahrheit, die sonst als Angelpunkt der Tugend verehrt und den Kindern eingebläut wurde. Dorian begriff, daß ihn die Wahrheit jetzt - durch Basils Mitwisserschaft - nicht nur gesellschaftlich unmöglich gemacht, sondern ihn auch für sich selbst zerstört hatte. Er hatte den Schlußstrich unter die Bilanz gezogen, und das blutrote *facit* war in Zahlen kaum noch niederzuschreiben.

Dorian Gray drehte sich langsam um und sah seinen Schöpfer und Feind mit tränenumschleierten Augen an. »Es ist zu spät, Basil,« sagte er, und die Stimme versagte ihm fast.

Dieser Augenblick eines echten Gefühls erlaubte Basil indes sogleich die Distanzierung, weil er es als Indiz für Schwäche nehmen konnte. Er konnte sich dieser Haltung überhoben fühlen und brauchte nur noch in den Schubladen der moralisch sanktionierten Heuchelei und Unterdrückung zu kramen, um wohlfeilen Tand über Dorian auszustreuen.

»Es ist nie zu spät, Dorian! Vertraue auf die Vorsehung. Wie steht schon in der Bibel: "Nehmet wahr der Raben: die sähen nicht, sie ernten auch nicht, sie haben auch keinen Keller noch Scheune; und Gott nährt sie doch. Lk 12, 24. Wie viel aber bist du besser als ein Rabe, Dorian!"

"Ich bin nicht einmal so viel wie ein Rabe.", erwiderte dieser mit leiser, kraftloser Stimme, gewissermaßen auf den Knieen seiner untermenschlichen Existenz.

'Und wenn es kleine Schwierigkeiten bei der Ausführung der Lust geben sollte,« beeilte er sich in einem verschmitzt-verschwörerischen Ton hinzuzufügen, der Dorian jedoch nur anwiderte, "könnte ich aus dem Labor vermutlich Remedur schaffen."

"Gewissenloser Schurke!" stieß Dorian hervor. "Du hast mich ruiniert."

"Was redest du da?" erwiderte Basil verärgert, nun wieder hinter uneinnehmbaren Burgmauern verschanzt. "Ich habe lediglich vor Zeiten Dein Maß genommen und festgehalten."

Das ehemalige Modell wurde seinerseits wütend: "Du hast mich geschaffen und fallen gelassen. Du hast mich in eine Welt gestellt, in der es auf das, was du mir gegeben hast, nicht ankommt. Du hast dir die Welt in Schönheit und Häßlichkeit eingeteilt und die Schönheit ganz für dich reserviert. Du hast dich dann als mein Gönner aufgespielt, der sie mir großzügig in meinem Abbild darreicht und mitteilt.

In Wirklichkeit ist Schönheit nur das Handwerkszeug von deinesgleichen, für meinesgleichen und für alle anderen Menschen aber belanglos und nutzlos. Du hast meine Hoffnungen getäuscht, mich auf einen falschen Weg gelockt, mein Leben zu Grunde gerichtet. Du hast mich mir selbst zum Feind gemacht."
Dorian Gray sah auf das Bild, und plötzlich überkam ihn ein unwiderstehliches Gefühl des Hasses gegen Basil Hallward, als ob es ihm von dem Bildnis auf der Leinwand eingeflößt würde, von diesen verführerischen Lippen in sein Ohr geraunt würde. Die wilde Wut eines gehetzten Tieres erwachte in ihm, und er verabscheute den Mann, der am Tische saß, mehr, als er je im Leben etwas verabscheut hatte. Er blickte wild um sich. Es glänzte etwas oben auf der bemalten Truhe, die ihm gegenüberstand. Sein Auge fiel darauf. Er erkannte, was es war. Es war ein Messer, das er ein paar Tage vorher mit herauf gebracht hatte, um ein Stück Schnur durchzuschneiden, und das er vergessen hatte, wieder fortzutragen. Er bewegte sich langsam darauf zu, wobei er an Hallward vorüber mußte. Sowie er an ihm vorbei war, ergriff er es und drehte sich um. Hallward bewegte sich auf seinem Stuhl, als ob er eben aufstehn wollte. Dorian stürzte auf ihn und stieß das Messer in die große Schlagader hinter dem Ohr, preßte den Kopf des Mannes auf den Tisch herunter und stieß wieder und wieder.

Es gab ein dumpfes Röcheln und den gräßlichen Ton eines Menschen, der am Blute erstickt. Dreimal streckten sich die krampfhaft ausgebreiteten Arme empor, und die Hände wogten mit steif gereckten Fingern grotesk durch die Luft. Er stieß noch zweimal mit dem Messer nach, aber der Mann rührte sich nicht mehr. Etwas fing an, auf den Boden zu tröpfeln. Er wartete einen Augenblick und drückte immer noch den Kopf herunter. Dann warf er das Messer auf den Tisch und lauschte.

Er konnte nichts weiter hören als das Tropf-Tropf auf den fadenscheinigen Teppich. Er öffnete die Tür und ging bis zum Beginn der Treppe. Das Haus war völlig ruhig, niemand war zu hören. Ein paar Sekunden stand er über die Brüstung gelehnt und spähte hinab in den schwarzen, kochenden Brunnen der Dunkelheit. Dann zog er den Schlüssel heraus, kehrte in das Zimmer zurück und schloß die Tür hinter sich zu.

Das Ding saß noch im Stuhl und hing mit gebeugtem Kopf und gekrümmtem Rücken und langen, wunderlichen Armen über den Tisch. Wäre nicht der rote, tief ausgebohrte Riß im Nacken gewesen und die schwarze, geronnene Pfütze, die sich auf dem Tisch langsam erweiterte, man hätte denken können, der Mann sei eingeschlafen.

Wie schnell das alles gegangen war! Er war seltsam ruhig, ging zur Balkontür, öffnete sie und trat hinaus. Der Wind hatte den Nebel auseinandergejagt, und der Himmel war wie ein ungeheurer Pfauenschweif mit unzähligen goldenen Augen ausgestirnt. Er sah hinunter und sah den Schutzmann, der seine Runde machte und mit der Laterne an die Türen der schweigend daliegenden Häuser leuchtete. Das rote Licht einer langsam fahrenden Droschke glomm an der Ecke auf und verschwand dann wieder. Eine Frau schlich langsam an den Geländern hin und taumelte im Gehn. Ihr Tuch flatterte im Winde. Hie und da blieb sie stehn und sah sich um. Plötzlich fing sie mit heiserer Stimme zu singen an. Der Schutzmann ging langsam über die Straße und sagte etwas zu ihr. Sie stolperte lachend weiter. Ein scharfer Windstoß fegte über den Platz. Die Gasflammen flackerten und wurden blau, und die entlaubten Bäume schüttelten ihre schwarzen Zweige, die wie Eisenstangen aussahen, hin und her. Er fröstelte, trat zurück und schloß die Tür hinter sich.

Als er an der Stubentür angekommen war, drehte er den Schlüssel und öffnete sie. Er warf keinen Blick auf den ermordeten Menschen. Er fühlte, das Geheimnis der ganzen Sache bestand darin, sich die Situation nicht zu vergegenwärtigen. Der Freund, der das verhängnisvolle Porträt gemalt hatte, von dem all sein Elend kam, war aus dem Leben geschieden. Das war genug.

Dorian begab sich zur Staffelei, schlug den Vorhang zurück und blickte auf sein Ebenbild. Er hatte das Bedürfnis, mit jemandem zu reden und seine Tat zu rechtfertigen, oder vielmehr das Geschehen zu erklären. Dies verschaffte ihm auch die Gelegenheit, seinen Haß weiterzuführen und dem Phantom Vorwürfe zu machen: "Dein Schöpfer hat sich ungebührlich benommen, hat aber soeben seine gebührende Behandlung erfahren. Er glaubte, mich zur Rede stellen zu müssen. Wie lächerlich! Da doch du die Wurzel allen Unheils bist. Jetzt wollen wir einmal Fraktur reden."
Das Ebenbild schien sich nicht gerührt zu haben.
"Woher kommt es, Ebenbild, daß ein Mann wie der Herzog von Warwick den Raum verläßt, wenn du hereinkommst? Henry hat mir davon erzählt. Du warst mit Lord Stanley befreundet. Henry traf ihn vorige Woche bei einem Diner. Stanley verzog das Gesicht und sagte, du hättest vielleicht den erlesensten künstlerischen Geschmack, aber du seist ein Mann, den kein reines Mädchen kennen lernen dürfe, und mit dem keine züchtige Frau im selben Zimmer sitzen solle. Henry fragte ihn, was er damit meinte. Er sagte es ihm. Er sagte es vor allen Leuten gerade heraus. Es war schändlich! Warum ist deine Freundschaft jungen Männern so verhängnisvoll? Da war der unglückliche Jüngling in der Garde, der Selbstmord begangen hat. Du warst sehr mit ihm befreundet. Da war Sir Henry Ashley, der

mit einem befleckten Namen England verlassen mußte. Du und er waren unzertrennlich. Wie ist es mit Adrian Singleton und seinem furchtbaren Ende? Wie mit Lord Kensingtons einzigem Sohne und seiner Karriere? Ich traf gestern seinen Vater in St. James' Street. Er schien gebrochen vor Schande und Kummer. Wie steht es mit dem jungen Herzog von Gloster? Was für eine Art Leben führt er jetzt? Welcher anständige Mensch wollte mit ihm umgehen?«

»Hör auf, Dorian! Du redest von Dingen, von denen du nichts weißt,« sagte das inzwischen erwachte Ebenbild in einem Tone unendlicher Verachtung. »Du fragst mich, warum Warwick das Zimmer verläßt, wenn ich hereinkomme. Es geschieht, weil ich sein Leben genau kenne, nicht, weil er etwas von mir weiß. Mit dem Blut, das er in den Adern hat, wie könnte da sein Konto in Ordnung sein? Du fragst mich um Henry Ashley und den jungen Gloster? Lehrte ich den einen seine Laster und den andern seine Ausschweifungen? Wenn Kensingtons dummer Sohn seine Frau von der Straße nimmt, was geht das mich an? Wenn Adrian Singleton den Namen seines Freundes auf einen Wechsel schreibt, bin ich sein Aufseher? Ich weiß, wie die Menschen in England schwatzen. Die Mittelklassen breiten ihre moralischen Vorurteile behaglich über ihre großen Eßtische aus und flüstern über etwas, was sie die Schändlichkeiten derer nennen, denen es besser als ihnen geht, hauptsächlich um damit zu prahlen, daß sie sich in feiner Gesellschaft bewegen und im intimen Verkehr mit denen stehn, die sie verleumden. In unserm Land genügt es, daß jemand vornehm ist und Geist hat, damit jede gemeine Zunge sich gegen ihn rührt. Und was für eine Sorte Leben führen diese Menschen, die sich als moralisch aufspielen, selber? Mein Lieber, du vergißt, daß wir in der Heimat der Heuchler leben!«

»Ebenbild,« rief Dorian, »darum handelt es sich nicht. Du bist nicht gut gewesen. Man hat ein Recht, einen Menschen nach der Wirkung zu beurteilen, die er auf seine Freunde übt. Deine scheinen allen Sinn für Ehre, für Tugend, für Reinheit zu verlieren. Du hast sie mit einer wahnsinnigen Genußgier erfüllt. Sie sind in die Tiefe gesunken. Du hast sie dahin geführt. Jawohl, du hast sie dahin geführt und kannst doch lächeln, und lächelst jetzt!"

"Gewiß," versetzte das Ebenbild, "ich habe ihnen zu ihrem Charakter verholfen, und das ist doch ein löblicher Zug an mir. Mich wird im übrigen niemand eines Vergehens verdächtigen können. Dir jedoch wird etwas sehr Kluges einfallen müssen, wenn Du diesen Mord vertuschen möchtest. Wohin mit der Leiche, wohin auch nur mit den Kleidern?"

Dorian warf einen Blick auf Basils Tasche und den Mantel in der Ecke. Sie mußten irgendwo versteckt werden. Er schloß einen Geheimschrank in

der Holzverkleidung auf, in dem er die eigenen Kleidungsstücke aufbewahrte, die er manchmal für seine Vermummungen brauchte, und tat die Sachen hinein. Er konnte sie später leicht verbrennen. Dann sah er nach der Uhr. Es war zwanzig Minuten vor zwei. Er setzte sich und fing an zu überlegen. In jedem Jahr - in jedem Monat beinahe - wurden in England Menschen für solche Dinge, wie er eben eins getan hatte, gehenkt. Eine tolle Mordlust war in der Luft gewesen. Ein roter Stern war der Erde zu nahe gekommen ... Aber was für einen Beweis gab es gegen ihn? Basil Hallward hatte das Haus um elf Uhr verlassen. Niemand hatte gesehn, daß er noch einmal zurückgekommen war. Paris! Ja. Basil war nach Paris gefahren, und zwar mit dem Zwölfuhrzug, wie er vorgehabt hatte. Bei seinen seltsamen Gewohnheiten, sich von allem zurückzuziehen, würde es Monate dauern, bevor sich ein Argwohn regte. Monate! Jede Spur konnte lange vorher getilgt sein.
Eine Viertelstunde lang ging er im Zimmer hin und her, biß sich auf die Lippen und überlegte. Dann nahm er das Adreßbuch aus einem der Fächer und fing an zu blättern.»Alan Campbell, 152, Hertford Street, Mayfair.« Ja; das war der Mann, den er brauchte.

Vierzehntes Kapitel

Er wurde nervös, und eine schreckliche Angst überfiel ihn. Wie, wenn Alan Campbell nicht in England wäre? Tage könnten verstreichen, ehe er zurückkäme. Vielleicht lehnte er ab, zu kommen. Was sollte er denn tun? Jeder Augenblick war von tödlicher Wichtigkeit.

Sie waren einmal sehr befreundet gewesen, vor fünf Jahren - fast unzertrennlich sogar. Dann war die Intimität plötzlich zu Ende gewesen. Wenn sie sich jetzt in Gesellschaft trafen, war es nur Dorian Gray, der lächelte, Alan Campbell nie.

Er war ein äußerst begabter junger Mann, obwohl er kein wirkliches Verhältnis zu den sichtbaren Künsten hatte und das bißchen Sinn für Poesie, das er besaß, gänzlich Dorian Gray verdankte. Die geistige Leidenschaft, die ihn beherrschte, ging ganz auf die Wissenschaft. In Cambridge hatte er einen großen Teil seiner Zeit auf Arbeiten im Laboratorium verwandt und hatte sein Examen in der Naturwissenschaft mit Auszeichnung bestanden. Er beschäftigte sich noch immer mit chemischen Studien und hatte sein eigenes Laboratorium, in das er sich oft den ganzen Tag einschloß, sehr zum Kummer seiner Mutter, die es sich in den Kopf gesetzt hatte, er solle fürs Parlament kandidieren, und die undeutliche Vorstellung hatte, ein Chemiker sei eine Art Drogist. Er war indessen auch ein trefflicher Musiker und spielte Geige und Klavier besser als die meisten Dilettanten. In der Tat war es die Musik, die ihn und Dorian Gray zuerst zusammengebracht hatte - die Musik und die unerklärliche Anziehung, die Dorian auszuüben imstande schien, wenn er wollte, und oft auch ausübte, ohne es zu wissen. Sie hatten sich bei Lady Berkshire an dem Abend, wo Rubinstein dort spielte, kennen gelernt, und von da an sah man sie immer zusammen in der Oper und überall, wo gute Musik zu hören war. Anderthalb Jahre dauerte ihre Freundschaft. Campbell war immer entweder in Selby Royal oder in Grosvenor Square. Für ihn wie für viele andere war Dorian Gray der Typus alles dessen, was im Leben wundervoll und bezaubernd ist. Ob es zwischen ihnen einen Streit gegeben hatte oder nicht, hat nie ein Mensch erfahren. Aber plötzlich bemerkten die Leute, daß sie kaum miteinander sprachen, wenn sie sich trafen, und daß Campbell jede Gesellschaft früh zu verlassen schien, bei der Dorian Gray anwesend war. Er hatte sich auch verändert - war manchmal seltsam melancholisch, schien fast keine Musik mehr hören zu wollen und spielte nie mehr selbst. Wenn er aufgefordert wurde, sagte er zu seiner Entschuldigung, die Wissenschaft nehme ihn so in Anspruch, daß ihm keine Zeit zum Üben übrig bleibe. Und dies war schon ein- oder zweimal in wissenschaftlichen Zeitschriften in Verbindung mit gewissen absonderlichen Experimenten genannt worden.

Das war der Mann, auf den Dorian Gray wartete. Fast jeden Augenblick sah er auf die Uhr. Als Minute um Minute verging, kam er in furchtbare Aufregung. Schließlich stand er auf und fing an, im Zimmer hin und her zu gehn. Er machte lange Schritte und trat leise auf. Seine Hände waren seltsam kalt.

Das Warten wurde unerträglich. Die Zeit schien ihm mit bleiernen Füßen zu schleichen, während er von ungeheuren Stürmen dem schroffen Grat eines schwarzen Abgrunds zugeschleudert wurde. Er wußte, was dieses Warten für ihn bedeutete; er sah es und drückte schaudernd mit seinen feuchten Händen die brennenden Lider zusammen, als wolle er dem Hirn die Sehkraft nehmen und die Augäpfel in ihre Höhle sperren. Es war umsonst. Das Hirn hatte seine eigene Nahrung, von der es sich mästete, und die Phantasie, die von der Angst ins Groteske gesteigert war, drehte und wand sich vor Schmerz wie ein lebendes Wesen, tanzte wie eine schnöde Puppe in einem Schaukasten und grinste durch bewegliche Masken hindurch. Dann blieb plötzlich die Zeit für ihn stehn. Ja, die blinde, langsam atmende Zeit rührte sich nicht mehr, und, da sie tot war, jagten entsetzliche Gedanken mit furchtbarer Schnelligkeit über ihn hin und wühlten eine gräßliche Zukunft aus ihrem Grab und zeigten sie ihm. Er starrte darauf, und ihre Entsetzlichkeit machte ihn zu Stein.

Schließlich läutete es an der Türe, und Alan Campbell kam herein. Er sah sehr finster und etwas blaß aus, und seine Blässe trat noch stärker hervor durch seine kohlschwarzen Haare und die dunklen Brauen.

»Alan, das ist freundlich von dir. Ich danke dir, daß du gekommen bist.«

»Ich hatte die Absicht, dein Haus nie mehr zu betreten, Gray. Aber du schriebst, es sei eine Sache auf Leben und Tod.« Seine Stimme war hart und kalt. Er sprach langsam und überlegt. Es lag ein verächtlicher Ausdruck in dem festen, forschenden Blick, den er auf Dorian richtete. Er behielt die Hände in den Taschen seines Astrachanmantels und schien die Hand, die sich zur Begrüßung ausstrecken wollte, nicht zu bemerken.

»Ja, es ist eine Sache auf Leben und Tod, Alan, und für mehr als einen Menschen. Setz dich!«

Campbell setzte sich an den Tisch, und Dorian nahm einen Stuhl ihm gegenüber. Die Augen der beiden Männer trafen sich. In denen Dorians lag unendliches Mitleid. Er wußte, was er jetzt tun mußte, war furchtbar.

Nach einem Augenblick gespannten Schweigens beugte er sich vor, und während er die Wirkung jedes Wortes auf dem Gesicht des Mannes, den er hatte holen lassen, beobachtete, sagte er: »Alan, in einem verschlossenen Zimmer unter dem Dach dieses Hauses, in einem Zimmer, zu dem außer mir niemand Zutritt hat, sitzt ein toter Mensch an einem Tisch. Er ist jetzt seit zehn Stunden tot. Spring nicht auf und blick mich nicht so an! Wer der Mann ist, warum er starb, wie er starb, kümmert dich nicht! Was du zu tun hast, ist ...«

»Halt! Gray. Ich will nichts weiter hören. Ob, was du mir gesagt hast, wahr ist oder nicht, geht mich nichts an. Ich lehne es völlig ab, in dein Leben verwickelt zu werden. Behalte deine gräßlichen Geheimnisse für dich! Sie haben kein Interesse mehr für mich.«

»Alan, du wirst Interesse daran nehmen müssen! Dies Geheimnis wird dich interessieren müssen! Es tut mir furchtbar leid um dich, Alan, aber ich kann mir nicht helfen. Du bist der einzige Mensch, der mich retten kann! Ich bin gezwungen, dich in die Sache hineinzuziehen. Ich habe keine Wahl! Alan, du bist Naturwissenschaftler. Du verstehst dich auf Chemie und derlei Dinge. Du hast Experimente gemacht. Was du zu tun hast, ist, das Ding da oben zu vernichten - es so zu vernichten, daß nicht eine Spur davon übrig bleibt. Niemand hat den Mann ins Haus kommen sehn. Man vermutet ihn in diesem Augenblick in Paris. Er wird monatelang nicht vermißt werden. Wenn er vermißt wird, darf hier keine Spur von ihm gefunden werden. Du, Alan, mußt ihn und alles, was zu ihm gehört, in eine Handvoll Asche verwandeln, die ich in die Luft streuen kann.«

»Du bist toll, Dorian!«

»Ah! Darauf habe ich gewartet, daß du mich Dorian nennst.«

»Du bist toll, sage ich dir, toll, daß du erwartest, ich würde einen Finger rühren, um dir zu helfen; toll, daß du mir dieses ungeheuerliche Bekenntnis ablegst? Ich will mit dieser Sache, sie mag sein, wie sie will, nichts zu tun haben. Glaubst du, ich werde für dich meinen Ruf aufs Spiel setzen? Was geht es mich an, mit was für einem Teufelswerk du zu tun hast?«

»Es war Selbstmord, Alan.«

»Das freut mich. Aber wer trieb ihn dazu? Wahrscheinlich du.«

»Lehnst du noch immer ab, das für mich zu tun?«

»Natürlich lehne ich es ab. Ich will nicht das geringste damit zu tun haben. Ich kümmere mich nicht darum, was für eine Schande über dich kommt. Du verdienst sie völlig. Ich würde nicht bedauern, dich entehrt zu sehn, öffentlich entehrt. Wie darfst du es wagen, mich, von allen Menschen in der Welt mich in diese Schändlichkeit hineinzubringen? Ich hätte gedacht, du verständest dich besser auf den Charakter eines Menschen. Dein Freund Lord Henry Wotton kann dir nicht viel Psychologie beigebracht haben, was er dir auch sonst beigebracht hat. Nichts wird mich vermögen, dir zu Hilfe einen Schritt zu tun. Du bist an den Unrechten gekommen. Geh zu einem deiner Freunde, aber nicht zu mir!«

»Alan, es war Mord. Ich habe ihn umgebracht. Du weißt nicht, was für Weh er über mich gebracht hat. Mein Leben mag sein, wie es will: er hatte mehr damit zu tun, es zu erzeugen und zu verderben als der arme Harry. Er mag es nicht gewollt haben, es kommt aufs gleiche heraus.«

»Mord! Guter Gott, Dorian, so weit bist du gekommen? Ich werde dich nicht anzeigen. Es ist nicht meines Amtes. Überdies wird man dich festnehmen, auch ohne daß ich mich einmische. Niemand begeht je ein Verbrechen, ohne eine Dummheit zu machen. Aber ich will nichts damit zu tun haben.«

»Du mußt etwas damit zu tun haben! Warte, warte einen Augenblick; hör mich an! Nur hören sollst du, Alan. Alles, worum ich dich bitte, ist, ein bestimmtes wissenschaftliches Experiment zu machen. Du gehst in Krankenhäuser und Leichenhallen, und das Fürchterliche, was du da tust, rührt dich nicht. Wenn du diesen Mann in irgendeinem gräßlichen Sezierraum oder in einem stinkenden Laboratorium auf einem plumpen Tisch liegen fändest, mit roten Rinnen, die man hineingeschlagen hat, damit das Blut hindurchfließt, würdest du ihn einfach als prächtiges Objekt betrachten. Kein Haar sträubte sich dir. Du nähmest nicht an, daß du irgend etwas Schlechtes tust. Im Gegenteil, wahrscheinlich hättest du das Gefühl, der Menschheit einen Dienst zu erweisen, oder die Summe des Wissens für die Welt zu vermehren, oder die wissenschaftliche Neugier zu befriedigen oder so etwas Ähnliches. Was ich von dir verlange, ist nichts anderes, als was du schon oft getan hast. Wahrhaftig, einen Leichnam aus der Welt zu schaffen muß weit weniger gräßlich sein als vieles, woran du gewöhnt bist. Und vergiß nicht: er ist das einzige Beweisstück gegen mich. Wenn er entdeckt wird, bin ich verloren; und er muß entdeckt werden, wenn du mir nicht hilfst.«

»Ich habe keine Lust, dir zu helfen. Du vergißt das. Die ganze Sache ist mir gleichgültig. Ich habe nichts damit zu schaffen.«

»Alan, ich beschwöre dich! Denk an die Lage, in der ich bin. Jetzt eben, ehe du eintratst, sank ich fast in Ohnmacht vor Angst. Vielleicht lernst du eines Tages die Angst selbst kennen. Nein, denk nicht daran! Betrachte die Sache einfach vom Standpunkt der Wissenschaft. Du forschest nicht nach, woher die toten Dinge, an denen du experimentierst, kommen. Forsche jetzt auch nicht danach! Ich habe dir sowieso zuviel gesagt. Aber ich bitte dich, zu tun, was ich sagte. Wir waren einmal Freunde, Alan.«

»Sprich nicht von diesen Tagen, Dorian; sie sind tot.«

»Tote Dinge verweilen manchmal. Der Mann da droben geht nicht fort. Er sitzt mit vorgebeugtem Kopf und ausgestreckten Armen am Tisch. Alan! Alan! wenn du mir nicht zu Hilfe kommst, bin ich verloren. Alan! sie werden mich hängen! Verstehst du nicht? Sie werden mich für das, was ich getan habe, hängen!«

»Es hat keinen Wert, diese Szene länger fortzusetzen. Ich lehne es völlig ab, in der Sache etwas zu tun. Es ist wahnsinnig von dir, es von mir zu verlangen!«

»Du lehnst ab?«

»Ja.«

»Ich beschwöre dich, Alan!«

»Ich kann es nicht tun,« sagte er mechanisch, als ob Worte die Dinge ändern könnten.

»Du mußt! Zögere nicht!«

Er schwieg einen Augenblick. »Ist da oben in dem Zimmer ein Ofen oder so etwas?«

»Ja, es ist ein Asbest-Gasofen oben.«

»Ich werde nach Hause gehn müssen und einiges aus dem Laboratorium holen.«

»Nein, Alan, du darfst das Haus nicht verlassen! Wir schicken nach deinem Diener um die Sachen, die du brauchst, und er wird sie dann mit einer Droschke bringen!« **Dorian ging jetzt zielbewußt und energisch vor.**

Als die Vestibültür sich schloß, fuhr Campbell nervös zusammen, stand auf und trat an den Kamin. Eine Art Fieberfrost schüttelte ihn. Fast zwanzig Minuten lang sprach keiner der beiden Männer ein Wort. Eine Fliege schwirrte im Zimmer umher, und das Ticken der Uhr war wie das Schlagen eines Hammers.

Als das Glockenspiel ein Uhr schlug, wandte sich Campbell um, blickte auf Dorian Gray und sah, daß seine Augen in Tränen schwammen. Es lag etwas in der Schönheit und dem Adel dieser leidvollen Züge, was ihn in Wut zu bringen schien. »Du bist infam, völlig infam!« rief er halblaut.

»Still, Alan, du hast mir das Leben gerettet!« sagte Dorian.

»Dein Leben? Daß Gott erbarm! Was für ein Leben ist das! Ein fortwährender Verfall, und jetzt hast du dein Leben mit dem Verbrechen gekrönt. Wenn ich tue, was ich tun werde, was zu tun du mich zwingst, so ist es nicht dein Leben, an das ich denke.«

»Ach, Alan,« sagte Dorian leise seufzend, »ich wollte, du hättest den tausendsten Teil des Mitleids mit mir, das ich mit dir habe.« Er wandte sich ab, als er so sprach, und blickte in den Garten hinaus. Campbell gab keine Antwort.

Nach etwa zehn Minuten klopfte es an die Tür, und der Assistent trat mit einem großen Mahagonikasten voller Chemikalien ein. Außerdem trug er eine lange Rolle Stahl und Platindraht und zwei sehr seltsam geformte Eisenklammern.

»Jetzt, Alan, ist kein Augenblick zu verlieren. Wie schwer dieser Kasten ist! Ich trage ihn dir. Du bringst die andern Sachen.« Er sprach hastig und in befehlendem Tone. Campbell fühlte sich von ihm bezwungen. Sie verließen zusammen das Zimmer.

Als sie den letzten Treppenabsatz erreicht hatten, zog Dorian den Schlüssel heraus und schloß auf. Dann hielt er inne, und ein unruhiger Ausdruck kam in seine Augen. Es schauderte ihn. »Ich glaube nicht, daß ich hineingehn kann, Alan,« flüsterte er.

»Das macht mir nichts. Ich brauch dich nicht,« sagte Campbell kalt.

Dorian öffnete halb die Tür. Als er es tat, sah er dem Porträt, das hell von der Sonne beleuchtet war, gerade ins Gesicht. Auf dem Boden lag der heruntergerissene Vorhang. Er erinnerte sich, daß er in der Nacht zum erstenmal im Leben vergessen hatte, die verhängnisvolle Leinwand zu verbergen, und wollte gerade hineilen, als er schaudernd zurücktrat.

Er holte tief Atem, öffnete die Tür etwas weiter und ging mit halb geschlossenen Augen und abgewandtem Kopfs schnell hinein, entschlossen, nicht ein einziges Mal nach dem Toten zu sehen. Dann bückte er sich, nahm den gold- und purpurprangenden Vorhang auf und warf ihn über das Bild.

Da blieb er stehn; er hatte Angst, sich umzudrehn, und seine Augen richteten sich auf die verworrenen Muster des Vorhanges. Er hörte Campbell den schweren Kasten und die Eisen und die andern Dinge, die er für sein furchtbares Werk sich hatte kommen lassen, hereinbringen. Er fing an, sich zu fragen, ob Campbell und Hallward sich je gekannt hätten, und wenn ja, was sie voneinander gehalten hatten.

»Laß mich jetzt allein,« sagte eine rauhe Stimme hinter ihm.

Er wandte sich und eilte hinaus. Gerade hatte er noch gesehn, daß der Tote in den Stuhl zurückgelegt worden war, und daß Campbell in ein glänzendes, gelbes Gesicht blickte. Als er die Treppe hinabeilte, hörte er, wie das Zimmer geschlossen wurde.

Es war lange nach sieben Uhr, als Campbell in das Bücherzimmer herunterkam. Er war blaß, aber völlig ruhig. »Ich habe getan, was du verlangtest,« sagte er. »Und jetzt, adieu! Wir wollen uns nie wieder begegnen.«

»Du hast mir das Leben gerettet, Alan. Ich werde das nie vergessen!« sagte Dorian schlicht.

Sowie Campbell fort war, ging er hinauf. Es roch furchtbar nach Salpetersäure im Zimmer. Aber was da am Tische gesessen hatte, war verschwunden.

Fünfzehntes Kapitel

Als er die Tür seines Zimmers geschlossen hatte, öffnete er den Geheimschrank, in dem er Basil Hallwards Mantel und Tasche verborgen hatte. Es brannte ein starkes Feuer. Er legte noch ein Scheit darauf. Der Geruch der versengten Kleider und des brennenden Leders war schrecklich. Er brauchte drei Viertelstunden, bis alles verbrannt war.

Sechzehntes Kapitel

Danach saß Dorian lange im Lehnstuhl und dachte über das Geschehen nach. Auch am Tode - den zufällig jetzt er ins Werk gesetzt hatte - ließ sich das Geheimnis der Verbindung von Seele und Fleischlichkeit aufspüren. Das Fleisch war sperrig, eine hinderliche Last, aber auch die einzige Quelle der Lust - und der abfälligen Gedanken über die Lust.

»Die Seele vermittelst der Sinne und die Sinne vermittelst der Seele zu heilen!« Wie die Worte ihm in den Ohren klangen! Seine Seele jedenfalls war krank zum Tode. Ist es wahr, daß die Sinne sie heilen konnten? Unschuldiges Blut war vergossen worden. Womit konnte das gesühnt werden? Dafür gab es keine Sühne; aber wenn Vergebung unmöglich war, war doch Vergessen möglich, und er war entschlossen zu vergessen, das Ding niederzutreten und auszutilgen wie eine Schlange, die einen gestochen hat. Was

für ein Recht hatte denn Basil gehabt, so zu ihm zu sprechen, wie er es getan hatte? Wer hatte ihn zum Richter über andere gemacht? Er hatte Dinge gesagt, die furchtbar, entsetzlich, unerträglich waren.
Dorian erhob sich und ging zu seinem Feind auf der Staffelei. Wenn ihn jemand von Gewissensbissen entlasten konnte, dann dieses gewissenlose Phantom. Vor dessen rücksichtslosem Leben schrumpfte auch die Tat, die er, Dorian, begangen hatte, zu einem überschaubaren und sinnvollen Geschehen. Als er den Vorhang zurückschlug und den Blick seines unerreichbaren ehemaligen Ebenbildes suchte, schien es ihm, als ob jener etwas außer Atem oder wenigstens von einem dramatischen Vorgang mitgenommen wäre. Bei der Unwandelbarkeit des Bildes war das natürlich eine Illusion, aber Dorian wußte, daß er sie rasch von dem Phantom richtiggestellt bekäme, wenn sie nicht zuträfe. "Wen hast du diesmal zu Grunde gerichtet?" unterstellte Dorian in jener freundschaftlichen Abneigung, mit dem er seinem Feind im täglichen Umgang begegnete.
Der Jüngling auf dem Gemälde warf ihm einen verächtlichen Blick zu, antwortete aber vergleichsweise ernsthaft und sachlich. "Ich habe mir angesehen, womit kümmerliche Menschen ihrem Kummer zu entfliehen versuchen - mit chemischen Substanzen."
Dorian fühlte einen Stich ins Herz, als hätte sein Gegenüber bereits Kenntnis darüber, wie er die Quelle seines Unheils mit chemischen Substanzen aufgelöst und zum Verschwinden gebracht hatte. Er wußte jedoch, daß er erfolgreich gewesen war, und trug diesen Erfolg forsch vor: "Chemische Substanzen können sehr nützlich und wirksam sein. Wenn du das nicht weißt, bist du nicht auf der Höhe der Zeit!"
Dorian erhielt einen zugleich mitleidigen und etwas abwesenden Blick zur Antwort, als wisse er nicht, wovon er rede. Dabei fiel ihm ein, daß Basils Tod für den Abgebildeten ja etwas anderes bedeuten mußte. Das Gemälde hatte seinen Schöpfer verloren und war in der Welt nun auf sich gestellt. Vielleicht hegte es trotz allem sentimentale Gefühle und erhöbe deshalb gegen den Täter Vorwürfe. Dorian beschloß, vorerst nichts von den Ereignissen verlauten zu lassen, und wie sich zeigte, war sein Gegenüber seinerseits von Ereignissen gepackt worden.
Zunächst tönte es freilich nachsichtig-abschätzig von der Leinwand. "*Künstliche Paradiese!* Käuflicher Wahn für diejenigen, die zu schwach sind, um aus dem Leben selbst Genuß zu ziehen. Ich habe am Hafen jene Opiumhöhle aufgesucht, von der ich wußte, daß sich

mein Freund Adrian, mein ehemaliger Freund Adrian Singleton, dort aufhielt."
"Du wolltest dich also an dem Unglück weiden, das du über ihn gebracht hast," führte Dorian die vermeintliche Geste der Zuwendung auf ihren wahren Kern zurück.
"Du täuschst dich. Es geht ihm gut. Er hatte ja damals schon Glück, daß sein Bruder den fälligen Wechsel bezahlt hat und er selbst deshalb England nicht mehr zu verlassen brauchte."
"Du unterschlägst, daß er gesellschaftlich erledigt ist," wandte Dorian ein.
"Gewiß, kein Mensch spricht mehr mit ihm," gab das Ebenbild zu, ließ diesen Sachverhalt aber zugleich als plausible Entwicklung erscheinen. "Er erklärte mir freilich, daß er dort, wo er jetzt ist, auch keine Freunde mehr brauche."
"Er zieht also seine Menschenwürde aus der Pfeife," resümierte Dorian bitter, "ein Wrack, das außer seiner gesellschaftlichen Stellung auch seine Seele verloren hat."
"Weißt du, wo die Seele aufhört und die Physis des Menschen anfängt? Wo seine Physis aufhört und er ihre chemischen Reaktionen für seine - "eigenen" - Gedanken zu halten beginnt?"
Dorian sah sich von diesen Aporien wieder in die Enge getrieben und fürchtete auch, daß er jenem künstlichen Wesen, das da so fordernd und rücksichtslos mit ihm sprach, nichts über die physiologischen Grundlagen der condicio humana erzählen konnte - weil es ihrer nie teilhaftig werden konnte oder weil es bereits über sie hinaus war; wer konnte das wissen?
"Hast du dort in dieser Illusionswelt nicht auch gleich wieder eine Frau verführt," griff Dorian seinen Konkurrenten rüde an, denn daß dieser eine Umgebung der Schwäche nicht ausnützen würde, wenn sie ihm einen neuen Funken Genuß verschaffen würde, war unwahrscheinlich.
"Dort nicht, aber kurz darauf habe ich dort eine Frau getroffen, mit der ich einmal zu tun hatte," bestätigte das Ebenbild, "allerdings in dem üblichen verfallenen Zustand, in den die Natur den Menschen erbarmungslos bringt. Die Natur macht ihm dadurch übrigens auch klar, daß er nichts mehr vom Leben zu erwarten hat, nur noch geduldet ist.

»Warum hast du ihn nicht getötet?« zischte sie und brachte ihr verfallenes Gesicht ganz nahe an seines. »Ich wußte, daß du ihm folgtest, als du von Dalys Haus fortstürztest. Du Narr! Du hättest ihn töten sollen. Er hat eine Menge Geld und ist der Schlechteste der Schlechten.«

»Er ist nicht der Mann, den ich suche,« antwortete er, »und ich suche nicht das Geld eines Menschen, ich suche sein Leben. Der Mann, dessen Leben ich suche, muß jetzt fast vierzig sein. Der da war fast noch ein Knabe. Ich danke Gott, daß sein Blut nicht an meinen Händen klebt.«

Das Weib lachte bitter auf. »Fast noch ein Knabe!« rief sie höhnisch. »Mann, wahrhaftig, es sind fast achtzehn Jahre, seit Prinz Wunderhold mich zu dem gemacht hat, was ich bin.«

»Du lügst!« schrie James Vane.

Sie hob die Hand zum Himmel. »Bei Gott, ich sage die Wahrheit!« rief sie.

»Bei Gott?«

»Du kannst mich stumm machen, wenn es nicht so ist. Er ist der Schlechteste von allen, die herkommen. Sie sagen, er hätte für ein hübsches Gesicht dem Teufel seine Seele verkauft. Es sind fast achtzehn Jahre, daß ich ihn kennen gelernt habe. Er hat sich nicht viel verändert seitdem. Um so mehr ich,« fügte sie mit traurigem Blick hinzu.

»Das schwörst du?«

»Ich schwöre es!« kam es wie ein heiseres Echo aus ihrem häßlichen Munde. »Aber verrate mich ihm nicht,« greinte sie, »ich habe Angst vor ihm. Gib mir ein bißchen Geld, daß ich schlafen gehn kann.«

Von dieser Frau ist nicht weiter zu reden, doch hatte ich in dieser üblen Gegend, als ich das Haus verließ, auch eine etwas heikle Begegnung mit Jim Vane."

"Ach, der Bruder des armen Geschöpfes."

"Ja, das Geschöpf, das ich glücklich gemacht habe. Aber sie hätte auch nicht gleich für ihre Illusionsbereitschaft in den Tod zu gehen brauchen."

"Warum hat er dich nicht endlich umgebracht?" stieß Dorian angeekelt und erbost hervor.

"Er hätte in der Tat die Gelegenheit dazu gehabt," erwiderte das Ebenbild gelassen und betrachtete die wohlgepflegten Fingernägel. "Ein Würgegriff mit seinen groben Händen, oder ein rasch gezogenes Messer, ein gegen mich erhobener schwerer Stein - und erloschen wäre mein ebenso filigranes wie erfülltes Leben. Indes bin ich ja der Zeitlichkeit enthoben, und so erkannte man mich nicht, weil mir die verflossenen 18 Jahre ja nichts anhaben konnten. Meine Schönheit und Jugend haben mich gerettet. Ist es nicht wunderbar, sie unverlierbar zu besitzen?"

Dorian würgte einen unartikulierten Laut hervor.

Von der Staffelei tönte es in salbungsvollem Tone weiter: "Ich rate dir also, dich bei James Vane nicht blicken zu lassen. Er würde dich an deinem passenden Alter erkennen und hinschlachten."

Siebzehntes Kapitel

Eine Woche später saß Dorian Gray im Gewächshause zu Selby Royal bei der Teestunde. Lord Henry hatte ihn zu einer seiner Bekannten mitgenommen. Man tauschte neuen Klatsch aus, und die Gegenwart mehrerer Frauen führte auch dazu, den Zwiespalt der Geschlechter aufs Neue erklären zu wollen. Die beiden Geschlechter fanden einander gegenübergestellt und bestätigten sich wechselseitig ihre Unersetzlichkeit. Dorian, zu keiner der Fraktionen gehörig, hatte sich beizeiten abgesondert und zu einigen exotischen Pflanzen zurückgezogen, deren vorgeschlechtliche Lebensweise ihm humaner dünkte. Er scheute den gesellschaftlichen Umgang auch schon deshalb, weil er nicht glauben mochte, daß sein körperlicher Verfall unbemerkt geblieben wäre. Man schwieg darüber taktvoll, so wie auch seit jener unglücklichen Affäre mit Sibyl Vane nie mehr jemand die leiseste Frage stellte, ob er nicht mal mit einem netten Mädchen ausgehe oder an Heirat denke. Er war als Mensch einfach Luft, ein Neutrum auf zwei Beinen. Nicht einmal Henry, der scharfe Beobachter menschlicher Schwächen, hatte sich zu irgend einer boshaften Bemerkung über sein Aussehen hinreißen lassen, obwohl sie ihm ein Leichtes gewesen wäre. Er tat, als ob nichts wäre. und diese Schonung - als etwas anderes konnte Dorian sie kaum deuten - erschien ihm fast noch grausamer als der offene Angriff.

Unversehens vernahm die Tischgesellschaft aus der Tiefe des Treibhauses einen erstickten Schrei, dem der dumpfe Ton eines schweren Falles folgte. Alles sprang auf. Die Herzogin stand vor Schreck regungslos da. Und mit dem Ausdruck der Angst in den Augen eilte Lord Henry unter den hängenden Zweigen der Palmen hindurch und fand Dorian Gray am Boden liegen. Er lag, mit dem Gesicht auf den kalten Ziegeln, in schwerer Ohnmacht da und sah aus wie tot.

Man trug ihn schnell in den blauen Salon und legte ihn auf ein Sofa. Nach kurzer Zeit kam er wieder zu sich und sah sich verstört um.

»Was ist geschehen?« fragte er. »Oh, ich weiß! Bin ich hier sicher, Harry?« Er fing an zu zittern.

»Lieber Dorian,« antwortete Lord Henry, »du hattest nur eine Ohnmacht. Das war alles. Du scheinst übermüdet. Es wäre besser, du kämst nicht zum Diner herunter. Ich werde dich vertreten.«

»Nein, ich werde herunterkommen,« sagte er und stand mühsam auf. »Ich komme lieber herunter. Ich darf nicht allein sein.«

Er ging in sein Zimmer und kleidete sich um. Er zeigte eine unbekümmerte Fröhlichkeit, als er bei Tisch saß, aber hie und da überlief ihn ein Schauder, wenn er daran dachte, daß er gegen die Scheiben des Gewächshauses gepreßt wie ein weißes Tuch das lauernde Gesicht James Vanes gesehn hatte.

Achtzehntes Kapitel

Am nächsten Tag verließ er das Haus nicht und blieb fast immer in seinem Zimmer. Eine wilde Angst vor dem Tod hatte ihn erfaßt, und dabei war ihm das Leben gleichgültig geworden. Das Gefühl, **ausgestoßen, verloren und von einer Welt von Feinden gnadenlos gejagt zu werden**, aufgespürt, gehetzt und umstellt zu sein, verließ ihn nicht mehr. Wenn nur der Wandteppich im Wind zitterte, fuhr er zusammen. Das tote Laub, das gegen die Scheiben geweht wurde, schien ihm seinen eigenen vergeblichen **Versuchen, ein wenig Leben zu gewinnen**, zu gleichen. Wenn er die Augen schloß, sah er wieder das Gesicht des Matrosen und die Augen, die sich durch das feucht beschlagene Glas bohren wollten, und das Entsetzen schien ihm wieder ans Herz zu fassen.

Aber vielleicht war es nur seine Phantasie gewesen, die die Rache aus der Nacht hervorgerufen und ihm die gräßliche Gestalt der Strafe vorgespiegelt hatte. Das wirkliche Leben war Chaos, aber es lag eine schreckliche Logik in der Phantasie. Die Phantasie hetzte den Gewissensbiß gegen die flüchtigen Füße der Sünde. Die Phantasie ließ jedes Verbrechen Entsetzen im Schoße tragen. In der gemeinen Welt der Tatsachen wurden die Bösen nicht bestraft und die Guten nicht belohnt. Der Erfolg gehörte den Starken, die Schwachen mußten unterliegen, und weiter geschah nichts. Überdies wäre jeder Fremde, der um das Haus gestreift wäre, von den Dienern oder den Pförtnern gesehn worden. Wären irgendwelche Fußspuren auf den Beeten bemerkt worden, so hätten es die Gärtner berichtet. Ja, es war bloße Phantasie gewesen. Sibyl Vanes Bruder war nicht zurückgekommen, um ihn zu töten. Er war mit seinem Schiff fortgefahren, um in irgendeinem stürmischen Meer unterzugehn. Vor ihm war er jedenfalls sicher.

Und doch, wenn es nur eine Gestalt der Phantasie gewesen war, wie furchtbar war der Gedanke, daß das Gewissen so schreckliche Hirngespinste erzeugen, ihnen sichtbare Form und Bewegung geben konnte! Was für ein Leben war ihm beschieden, wenn Tag und Nacht die Schatten seines Verbrechens in dunklen Ecken auf ihn lauerten, ihn an stillen Orten narrten, ihm ins Ohr flüsterten, wenn er beim Mahle saß, ihn mit eisigen Fingern weckten, wenn er im Schlafe lag! Als der Gedanke sich ihm ins Gehirn schlich, wurde er blaß vor Angst, und die Luft schien ihm auf einmal kälter geworden. Oh! in was für einer wilden Stunde des Wahnsinns hatte er seinen Freund getötet! Wie grauenhaft war schon die Erinnerung an die Szene. Er sah alles wieder vor sich; jede gräßliche Einzelheit kam mit verstärktem Grausen wieder zu ihm. Aus dem schwarzen Grab der Zeit stieg furchtbar und in Scharlach gehüllt das Bildnis seiner Sünde auf. Als Lord Henry um sechs Uhr hereinkam, fand er ihn weinend. Er weinte wie einer, dem das Herz brechen will.

Nach dem Frühstück ging er mit der Herzogin eine Stunde im Garten spazieren und fuhr dann durch den Park, um die Jagdgesellschaft zu treffen. Der Reif lag wie Salz auf dem Gras. Der Himmel sah aus wie ein umgestülpter Becher aus blauem Metall. Eine dünne Schicht Eis war am Rande des flachen, schilfumwachsenen Teiches.

An der Ecke des Tannenwaldes gewahrte er Sir Geoffrey Clouston, den Bruder der Herzogin, der eben zwei verbrauchte Patronen aus seiner Büchse entfernte. Dorian sprang vom Wagen, sagte dem Groom, er solle mit dem Pferd nach Hause fahren, und ging durch das welke Farnkraut und das Gestrüpp des Unterholzes auf seinen Gast zu.

»Gute Jagd, Geoffrey?« fragte er.

»Nicht sehr gut, Dorian. Die meisten Vögel scheinen aufgeflogen. Ich denke, es wird nach Tisch besser sein, wenn wir einen andern Platz suchen.«

Dorian schlenderte an seiner Seite weiter. Die starke, würzige Luft, die braunen und roten Lichter, die im Walde schimmerten, das laute Geschrei der Treiber, das manchmal erschallte, und die scharfen Schüsse aus den Büchsen, die dann folgten, das alles belebte ihn und erfüllte ihn mit einem Gefühl entzückender Freiheit. Er war von sorgloser Heiterkeit durchdrungen, von der hohen Unbekümmertheit der Freude.

Plötzlich brach an einer Stelle, an der dicke Büschel alten Grases standen, kaum zwanzig Meter vor ihnen, die schwarzgestülpten Ohren steif haltend und die langen Hinterbeine nach vorn werfend, ein Hase heraus. Er jagte auf ein Erlengebüsch zu. Sir Geoffrey warf die Büchse an die Schulter, aber in der graziösen Bewegung des Tieres war etwas, was Dorian Gray seltsam entzückte, und er rief schnell: »Schieß nicht, Geoffrey! Laß ihn leben!«

»Unsinn, Dorian!« lachte sein Gefährte, und wie der Hase mit langen Sätzen ins Dickicht springen wollte, feuerte er. Man hörte zwei Schreie, den

Schrei eines getroffenen Hasen, der schrecklich ist, und den Schrei eines Menschen im Todeskampf, der noch furchtbarer ist.

»Gott im Himmel! ich habe einen Treiber getroffen!« rief Sir Geoffrey. »Was war das für ein Esel, vor die Büchse zu kommen! Hört auf mit Schießen!« rief er mit lauter Stimme. »Ein Mann ist getroffen worden!«

Der Wildhüter rannte mit einem Stock in der Hand herbei.

»Wo, Herr, wo?« rief er. Zur selben Zeit hörte das Feuern auf der ganzen Linie auf.

»Hier,« antwortete Sir Geoffrey ärgerlich und eilte auf das Dickicht zu. »Warum in aller Welt halten Sie Ihre Leute nicht weiter zurück? Für heute hab ich genug vom Jagen.«

Dorian sah ihnen nach, wie sie in das Erlengebüsch gingen und die Zweige zur Seite bogen. Nach ein paar Augenblicken erschienen sie wieder und zogen einen Körper ins Freie heraus. Er wandte sich entsetzt weg. Es schien, das Mißgeschick folgte ihm, wohin er ging. Er hörte, wie Sir Geoffrey fragte, ob der Mann wirklich tot sei, und die bejahende Antwort des Hüters. Der Wald schien ihm plötzlich von Gesichtern zu wimmeln. Er hörte unzählige Tritte und das leise Flüstern von Stimmen. Ein großer kupferfarbener Fasan schwirrte durch die Zweige über ihm.

Nach ein paar Augenblicken, die für ihn in seiner verstörten Verfassung wie viele qualvolle Stunden waren, spürte er eine Hand auf seiner Schulter. Er fuhr zusammen und sah sich um.

»Dorian,« sagte Lord Henry, »es wäre besser, ihnen zu sagen, daß die Jagd für heute abgebrochen ist. Es würde keinen guten Eindruck machen, wenn sie fortgesetzt würde.«

»Ich wollte, sie würde für immer abgebrochen, Harry,« antwortete er bitter. »Die ganze Sache ist häßlich und grausam. Ist der Mann ...?«

Er konnte den Satz nicht zu Ende sprechen.

»Leider ja,« erwiderte Lord Henry. »Er bekam die ganze Ladung in die Brust. Er muß sofort gestorben sein. Komm, gehn wir nach Hause.«

Sie gingen zusammen in der Richtung der großen Allee und sprachen ungefähr fünfzig Meter lang kein Wort. Dann blickte Dorian Lord Henry an und sagte tief aufseufzend: »Es ist ein böses Omen, Harry, ein sehr böses Omen.«

»Was denn?« fragte Lord Henry. »Oh, dieser Zwischenfall vermutlich! Mein Lieber, da ist nichts zu ändern. Der Mann war selber schuld. Warum kam er direkt vor die Büchsen? Außerdem geht es uns nichts an. Für Geoffrey ist es natürlich recht unangenehm. Es ist nicht gut, Treiber niederzuknallen. Das bringt die Leute auf den Gedanken, man sei ein schlechter Schütze. Und das ist Geoffrey nicht; er schießt sehr gut! Aber es hat keinen Wert, über die Sache zu reden.«

Dorian schüttelte den Kopf. »Es ist ein böses Omen, Harry. Ich habe das Gefühl, als ob einem von uns etwas Schreckliches geschehen müßte. Mir selbst vielleicht,« fügte er hinzu und legte in schmerzlicher Bewegung die Hand über die Augen.

Der andere lachte. »Was in aller Welt könnte bei dir geschehen, Dorian?«

»Es gibt keinen, mit dem ich nicht tauschte, Harry. Du mußt nicht lachen, ich sage die Wahrheit. Der elende Bauer, der eben gestorben ist, ist besser daran als ich. Ich sehne mich nach dem Tode. Aber wie gelange ich zu ihm? Seine ungeheuren Flügel scheinen in der bleiernen Luft um mich zu schwingen."

Lord Henry hielt diese Anwandlung für eine Ausgeburt überreizter Phantasie. Ein zufälliger Tod hatte Dorian an die Endlichkeit des Menschen erinnert, auf die er keine Antwort hatte. "Der Tod wird dann erstrebenswert, wenn man bereits aufgehört hat, zu leben," mahnte er seinen Schützling. "Es gibt ein einziges Mittel gegen den Tod, wie du weißt, und das liefert, wie man so sagt, vorher auch noch den Himmel auf Erden. Das ist die Liebe."

»Ich wollte, ich könnte lieben,« rief Dorian Gray, und tiefes Pathos klang in seiner Stimme. »Aber es scheint, ich habe die Sehnsucht vergessen. Ich bin zu sehr in mich selbst konzentriert. Meine eigene Person ist mir zur Last geworden. Ich muß entfliehen, fortgehn, vergessen! Es war töricht von mir, überhaupt hierher zu kommen..«

»Wovor sicher, Dorian? Irgend etwas beunruhigt dich.«

»Ich kann es dir nicht sagen, Harry,« wiederholte er düster. »Und es ist wohl nur eine Anwandlung. Dieser unglückliche Zwischenfall hat mich aus der Fassung gebracht. Ich habe eine gräßliche Vorahnung, etwas Ähnliches könne mir zustoßen.«

»Was für ein Unsinn!«

»Ich hoffe, es ist Unsinn, aber ich habe die Empfindung..«

In seine Wohnung zurückgekehrt, legte sich Dorian Gray auf das Sofa. Jede Fiber seines Körpers erbebte. Das Leben war für ihn auf einmal eine gräßliche Bürde geworden, die nicht mehr zu tragen war. Der schreckliche Tod des unglücklichen Treibers, der im Dickicht wie ein wildes Tier erschossen worden, war ihm eine Vorbedeutung seines eigenen Todes. Er war fast in Ohnmacht gesunken, als Lord Henry in einer zufälligen Laune seinen zynischen Scherz gemacht hatte.

Ihm fiel ein, daß er Henry einen Brief schreiben sollte, wegen des von ihm vorgeschlagenen Besuches beim Arzt. Er war gerade fertig geworden, als es an der Türe läutete und Thornton offensichtlich etwas Wichtiges mitteilen wollte.

»Sie kommen vermutlich wegen des Unglücksfalles von heute morgen, Thornton,« sagte er und legte die Feder zur Seite.
»Wir wissen nicht, wer es ist, Herr. Deswegen nahm ich mir die Freiheit, vorzusprechen.«
»Sie wissen nicht, wer es ist?« fragte Dorian, ohne recht hinzuhören. »Was meinen Sie damit? War es nicht einer von Ihren Leuten?«
»Nein, Herr. Hab ihn nie im Leben gesehn. Sieht aus wie ein Matrose, Herr.«
»Ein Matrose!« rief er aus. »Sagten Sie ein Matrose?«
»Ja, Herr. Er sieht aus, als wäre er eine Art Matrose gewesen; auf beiden Armen tätowiert und so in der Art.«
»Hat man irgend etwas bei ihm gefunden?« fragte Dorian, beugte sich vor und sah den Mann mit starren Augen an. »Etwas, woraus man seinen Namen erfährt?«
»Einiges Geld, Herr - nicht viel, und einen Revolver. Nichts von einem Namen. Sieht anständig aus, der Mann, aber etwas struppig. Eine Art Matrose, denken wir.«

In dem Augenblick erfaßte mich eine wilde Hoffnung, über die ich mir sofort Gewißheit verschaffen mußte.

»Wo liegt der Leichnam?« rief er. »Schnell! Ich muß ihn sofort sehn.«
»Er liegt in einem leeren Stall in der Home Farm, Herr. Die Leute mögen so was nicht in ihrem Haus. Sie sagen, eine Leiche bringt Unglück!«
»Home Farm! Gehn Sie sofort hin und warten Sie auf mich! Ein Stallknecht soll mein Pferd bringen! Nein, ist nicht nötig. Ich gehe selbst zum Stall, es geht schneller.«

Nach kaum einer Viertelstunde galoppierte Dorian Gray, so schnell er konnte, die lange Allee hinab. Die Bäume schienen in gespenstigem Zuge an ihm vorbeizufliegen und wilde Schatten sich ihm in den Weg zu werfen. Einmal scheute das Pferd vor einem weißen Pfosten und warf seinen Reiter fast ab. Er schlug dem Tier die Peitsche über den Nacken. Das Pferd teilte die dämmernde Luft wie ein Pfeil, die Steine stoben von seinen Hufen.

Endlich hielt er an der Home Farm. Zwei Männer standen im Hof. Er sprang aus dem Sattel und warf einem die Zügel hin. Im letzten Stall schimmerte ein Licht. Ihm war es, als ob da die Leiche liegen müsse; er eilte zur Tür und legte die Hand auf die Klinke.

Da hielt er einen Augenblick inne. Er fühlte, daß er vor einer Entdeckung stand, die sein Leben entweder rettete oder zerstörte. Dann warf er die Tür zurück und trat ein.

Auf einem Haufen Sackleinwand am Ende des Stalles lag die Leiche eines Mannes in einer groben Bluse und blauen Hosen. Ein schmutziges

Taschentuch war ihm übers Gesicht gelegt worden. Eine schlechte Kerze hatte man in eine Flasche gesteckt, sie brannte düster.

»Nehmen Sie das hier vom Gesicht! Ich will ihn sehn,« sagte er. Als der Knecht es getan hatte, trat Dorian vor. Ein Schrei der Freude entfuhr ihm. Der Mann, der im Dickicht erschossen worden war, war James Vane.

Er stand ein paar Minuten da und sah den Leichnam an.
Dann ritt er befriedigt und gelassen nach Hause.

Neunzehntes Kapitel

Unser Grab erwärmt der Ruhm.
Torenworte! Narrentum!
Eine beßre Wärme gibt
Eine Kuhmagd, die verliebt
Uns mit dicken Lippen küßt
Und beträchtlich riecht nach Mist.

Heine

"Es hat keinen Sinn, daß du mir sagst, du hast zu leben begonnen,« rief Lord Henry und tauchte seine Finger in eine rote Kupferschale, die mit Rosenwasser gefüllt war. »Du bist schon seit einiger Zeit am Leben! **Das genügt doch.«**

Dorian Gray schüttelte den Kopf. »Nein, Harry, das genügt nicht und hat nie genügt. Ich bin gestern eines Stückchen Lebens teilhaftig geworden.«

»Wo warst du gestern?«

»Auf dem Lande, Harry. Ich war in einem kleinen Dorfwirtshaus.«

»Lieber Junge,« sagte Lord Henry lächelnd, »erzähle mir nicht, daß dich die Natur lebendig gemacht hat. Die Natur ist nur die Abwesenheit von Geist - und das ist noch beschönigend ausgedrückt. In Wirklichkeit ist sie die Bühne für Langeweile und Grausamkeit, eine diabolische Kombination, die mich allenfalls dazu bringen könnte, einen Schöpfer für möglich zu halten. Auf eine solche Kombination muß man jedenfalls erst einmal kommen."

auf dem Lande kann jeder gut sein. Da gibt es keine Versuchungen. Das ist der Grund, warum die Leute, die nicht in der Stadt wohnen, so ganz und gar ohne Kultur sind. Kultur ist eine Sache, die keineswegs leicht zu erreichen ist. Es gibt nur zwei Wege, zu ihr zu kommen. Der eine heißt Bildung, der andere Verdorbenheit. Die Leute auf dem Lande haben zu beiden keine Gelegenheit, darum versumpfen sie.«

"Die Natur hat mir tatsächlich ein Stück Leben geschenkt," wiederholte Dorian, "denn ich habe eine neue Erfahrung gemacht, Harry.«

»Du hast mir noch nicht erzählt, was dir widerfahren ist. Wie war es doch? Einmal oder öfter ist dir etwas Erfreuliches widerfahren?« fragte sein Gefährte und nahm sich eine kleine rote Pyramide Erdbeeren auf seinen Teller, auf die er aus einem muschelförmigen durchlöcherten Löffel weißen Zucker streute.

»Ich kann es dir erzählen, Harry. Es ist eine Geschichte, die ich niemand sonst erzählen könnte. Das Mädchen war sehr schön und hatte eine wunderbare Ähnlichkeit mit Sibyl Vane. Ich glaube, das war es, was mich zuerst anzog. Du erinnerst dich an Sibyl, nicht wahr? Wie lange das her ist! Nun Hetty gehörte natürlich nicht dem besseren Stande an. Sie war nichts weiter als ein Dorfmädchen, gerade frisch mit einem rohen Fuhrmann verheiratet. Aber ich liebte sie wirklich. Ich bin sicher, daß ich sie liebte. Während dieses ganzen wundervollen Monats Mai, den wir gehabt haben, ritt ich hinaus und sah sie zwei-, dreimal in der Woche. Gestern erwartete sie mich in einem kleinen Obstgarten. Die Apfelblüten fielen auf ihr Haar hernieder, und sie lächelte. Diesen Morgen vor Sonnenaufgang sollte sie mit mir kommen, doch wie hätte ich sie in mein Gasthaus mitnehmen können, wo doch alle Welt sofort darüber getratscht hätte? Man wußte ja, daß ihr Gatte stets unterwegs war und sie deshalb alle Muße der Welt hatte, sich anderswo umzuschauen.

Trotzdem entschloß sie sich, mitzukommen und mich wie eine Blume zu pflücken, die sie gefunden hatte. Und zwar trotz meines traurigen Äußeren und meiner trüben Stimmung. Es war sicher auch Mitleid bei ihr dabei.«

»Ich glaube, schon das Ungewohnte, das du dabei empfunden hast, muß ein richtiger Wollustschauer für dich gewesen sein, Dorian,« unterbrach Lord Henry. »Aber ich kann dein Idyll für dich zu Ende erzählen. Sie hat dir dein Herz gebrochen.«

»Harry, du machst es dir zu leicht, wie immer! Vielleicht hat sie mir mein Herz überhaupt erst entdeckt. - Ja, sie hat mich verführt."

"Das heißt: sie hat dich zu dir selbst geführt."

"Zu dem," fuhr Dorian, den überraschenden Einwurf sogleich vereinnahmend, fort, "was mir von mir bisher selbst nicht bekannt war. Es ist äußerlich auch nicht besonders ungewöhnlich abgelaufen. Wir gerieten durch irgendwelche Umstände in eine Konstellation und eine Stimmung, in der ein solches Geschehen wahrscheinlich wurde. Mich hatte ja an der Verführung immer schon gestört, daß sie einer-

seits durchsichtig und vorhersehbar ist, sich andererseits trotzdem verkleiden zu müssen glaubt. Ich hasse Heuchelei. Wer etwas will, soll es sagen."
"Aber Dorian, wo kämen wir da hin, wenn jeder die Wahrheit sagen würde? Nicht einmal vor sich selbst ertrüge er sie, geschweige, daß er sie den anderen zumuten dürfte."
"Ich gebe ja schon nach," zeigte sich Dorian kompromißbereit. "Es scheint, daß zuerst eine gewisse gemeinsame Gestimmtheit hergestellt werden muß, ehe man die Grenzen der eigenen Person zu überschreiten vermag,"
"und die Hüllen der Konvention abzustreifen vermag," setzte Harry in gewohnter Deutlichkeit fort. "Sie hat also an deinem Jackett gespielt und deine Hemdknöpfe geöffnet, und du hast gemerkt, daß sich ihr Mund einem Kuß nicht verweigern würde."
Dorian war fast zum Lachen zumute, als er sein Erleben, gespiegelt durch ein fremdes Ich, auf eine banale Abfolge von Handlungen zurückgestuft sah. Er vermeinte, Harry bleibe mit seiner Schilderung hoffnungslos hinter dem Geschehen zurück, ein bedauernswerter Ignorant, aber er konnte ihm andererseits keinen Fehler nachweisen. So vermied er weiterhin, sich über die Details jener Begegnung mit Hetty auszulassen, die ihn doch nur angreifbar gemacht hätten. Er wollte einerseits ihre Aura wahren, die ihn immer noch umgab, und andererseits mußte er sich ihre psychologische Bedeutung klarmachen, wenn er dauerhaften Nutzen daraus ziehen wollte. Harry hätte - wenn er seinem Schützling bei diesem Gedankengang hätte zuschauen können - wahrscheinlich vermutet, daß er zuviel Literatur gelesen hätte, die sich neuerdings ja als Seelenzergliederungskunst verstand. Aber Harry wußte auch, daß in der dekadenten und degenerierten Epoche, in der sie jetzt lebten, der Kunst und der Literatur im Besonderen nichts anderes übrig blieb, als in die Gehirnwindungen zu kriechen, und die Wissenschaft befand sich ohnehin auf diesem Wege.
"Wir befanden uns plötzlich im Bett," gab Dorian mit entwaffnender Einfalt zu - als ob man einen 18jährigen verhörte, den man als Schwängerer eines minderjährigen Mädchens angeklagt hatte, dachte sich Harry. "Mit ihrer sanften Hilfe hat sich unser Zusammensein dann so abgespielt, -" Dorian stockte, weil er nach einem dezenten Vergleich suchte, "wie es seit Adam und Eva vorgesehen ist."
"Das war natürlich keine Kleinigkeit," betonte Harry in gespielter Bedeutsamkeit, auf die Dorian indes nicht hereinfiel. Statt dessen nahm er sie offensiv auf.

"Das war weiß Gott keine Kleinigkeit, für jemanden wie mich, der bisher nie einem anderen Menschen so nahe kommen durfte. Daß so etwas möglich wurde, hat mich weit über mich hinausgehoben. Ich konnte es nicht fassen. Ich weinte über soviel Sinnenfreude und Leiblichkeit. Ich erlebte den Akt wie eine ganz natürliche Verrichtung. Obschon er eigentlich Mechanik ist, berühren sich mit den Körpern auch die Seelen. Und obschon er eigentlich der fremde Auftrag der fortpflanzungsbedürftigen Natur ist, können wir uns ihn zunutze machen, dem anderen Menschen ins Antlitz schauen und in seinen Augen Verzückung, Verwandlung und Vergehen lesen. Wir erleben im Augenblick die reine Gegenwart und zugleich deren Flüchtigkeit. Warum hat sich dieses Mädchen mir hingegeben? Mir unansehnliche Gestalt. Weil sie mir für die zusammen verbrachte Zeit dankbar sein wollte und weil ihr Leib dafür kein zu großes Geschenk war."
Henry, dem ein solch emphatischer Ton verdächtig war, weil er seiner eigenen Natur widersprochen hätte, stellte den Bezug zu den gesellschaftlichen Konventionen her, der nicht eben günstig ausfiel: "Immerhin hat sie einen Seitensprung gewagt, oder, um es moralisch dramatisch auszudrücken, die Ehe gebrochen."
"In der Tat," stimmte Dorian in aller Gelassenheit zu, "obwohl das für mich das geringste Kriterium wäre. Für mich verläuft die Trennungslinie anderswo, Henry, das muß Ihnen doch klar sein. Wo nichts möglich ist, ist alles erlaubt."
Henry sah seine Lebensweise bestätigt: "Endlich kommt der Amoralist in dir zum Vorschein."
"...der um das eigene Leben aber zu teuer erkauft ist, " widersprach Dorian. "Im übrigen war das keine amoralische Feststellung, sondern nur das Eingeständnis von Schwäche und Inferiorität. Hetty hat mir gezeigt, was möglich wäre, wenn etwas möglich wäre. Sie hat mir eine Probe dessen gegeben, was mir bislang vorenthalten war. Sie hat alles so einfach gemacht, obwohl sie dabei sicher nicht auf ihre Kosten gekommen ist. Ich bin ja nicht einmal für mich selbst existent, geschweige, daß ich anderen etwas geben könnte. Freundlich hat sie über meine Ahnungslosigkeit hinweggesehen und meine Verwunderung gelassen hingenommen. Ich wundere mich selbst, daß ich überhaupt mitspielen konnte, jedenfalls näherungsweise. Ich war sozusagen ungefähres Zitat von etwas, das ich als Original noch gar nicht kenne/beherrsche."
Neugierig-spöttisch fragte Henry: "Und, hast du dich wiedererkannt/wiedergefunden?"

Dorian antwortete sanf und ernsthaft: "Liebe ist etwas anderes, Liebe ist immer etwas anderes, so wie Gott, wenn man unseren Theologen glauben soll, immer der ganz andere ist."
Henry lenkte mit einer gelehrten Anspielung ab: "Allerdings, Liebe ist kein Schäferspiel, wie schon Chloe beim alten Longus festgestellt hat."
Dorian ging darauf ein, versuchte aber, seine eigene Erfahrung in dem antiken Liebes- und Schäferroman wieder zu finden: "Longus hat damals an eine Bereicherung gedacht."
Henry wunderte sich: "Und, ist sie das nicht?"
"Ja und nein." Dorian suchte nach einem Bild, einem Vergleich, mit dem er dem stets in andere Richtung denkenden Zyniker seine Empfindung ohne zu große Selbstentblößung verständlich machen könnte. "Sie gehen doch gelegentlich ins Konzert, Henry."
"Da ich selbst nicht Musik machen kann, muß ich sie machen lassen."
"Haben Sie schon mal in eine Partitur geschaut?"
Henry schüttelte den Kopf: "Nein, wie käme ich dazu?"
"Dort bekommen Sie die Eingeweide dessen zu sehen, was Sie sich sonst als fertiges Tongemälde präsentieren lassen. Und Sie stellen fest: alle schönen Stellen, alles in der Musik überhaupt, besteht nur aus harmonischen Fortschreitungen, Gegenbewegungen und Parallelführungen, Kadenztypen, Vorhalten, übermäßigen Akkorden, Stimmverdopplungen, geblasenem Holz und gestrichenen Saiten. Wie illusionslos, wie handwerklich, eine Welt aus Arbeit. Ebenso braucht der Akt eine Dramaturgie, einen Anfang, Mittelteil und Finale, er braucht zuverlässige Werkzeuge und beherrschtes Handwerk."
Henry warf frivol-süffisant ein: "wobei der Gebrauch der Hand hier gerade nicht statthaft ist, wenn ich mir diesen Zwischenruf erlauben darf."
"Vermutlich, weil es sich dabei – musikalisch gesprochen – um Etüdenliteratur handelt," führte Dorian seinen Vergleich ungerührt fort. "Darüber muß man irgendwann hinausgelangen. Aber selbst um die moralische Anerkennung dieses Verfahrens mußte Jahrtausende hindurch gerungen werden. Und im übrigen, Harry; selbst hinter einen solchen sensorischen Kurzschluß kann man zurückfallen; er kann unerreichbar werden. Bei Hetty ist mir das klar geworden. Ich habe nichts mehr, was ich begehren könnte. Ich hatte es auch früher nicht, doch damals konnte ich mich darüber hinwegtäuschen, weil ich den Beweis für das Gegenteil nicht antreten mußte."

Lord Henry lehnte sich zurück und erwiderte mit einem nachsichtigen Lächeln: "Dorian, du bist ein wunderliches Wesen. Zuerst beglückst du uns mit einer unfähigen Schauspielerin - die sich dann auch als unfähig zur Bewältigung des eigenen Lebens erweist -, und jetzt preist du uns eine Magd vom Lande als große Entdeckung an. Aber ich höre mit Interesse zu, mit welcher Beredsamkeit du das Lob deiner Wohltäterin singst. Wir werden sie ja leider nie zu Gesicht bekommen. Literaturgeschichtlich scheinst du im Zeitalter der Schäferlyrik angelangt zu sein; das unverdorbene Landleben, die wahren Gefühle."
Dorian störte sich nicht an den verächtlichen Untertönen, die er hier bei der Verteidigung seines Erlebens aushalten mußte. Er wußte, wie verschieden die Perspektiven auf allgemein menschliche Regungen sein konnten, und er gestand allenfalls einem Philosophen zu, darin Ordnung zu schaffen. Dazu allerdings fehlten Harry doch wohl einige Facetten an Erfahrung. "Die Gefühle sind dort vielleicht nicht wahrer, aber der Alltag ist mit weniger Gegenständen vollgestellt, und auch die Gespräche bewegen nicht so viel Gegenstände, aus dreitausend Jahren Kulturgeschichte. Sie lebt in einer einfachen Welt, und als Frau ist ihr ohnehin jene Abstraktion, in der sich unsereins gerne verliert, fremd. Man mag ihr alle möglichen Motive unterstellen, die nichts mit mir zu tun hätten, und bin mir auch im Klaren, daß sie gewissermaßen unbewußt gehandelt hat. Sie begreift begreiflicherweise nicht, was ihr gutes Werk für mich bedeutet. Trotzdem behält es seinen Wert und sie ihr Verdienst."
Mit charakteristischer spöttischer Ironie drehte Henry den Spieß wieder um: "Hat sie das Abenteuer mit dir denn heil überstanden?"
"Sie wird ohne Vorbehalt künftig wieder ihrem Gatten dienstbar sein," mischte auch Dorian seiner Darstellung eine Spur Sarkasmus bei, "und sie ist unzerstörbar."
"Wie das Leben selbst." stimmte Lord Henry bei. "Und du bist jetzt ein anderer Mensch?", setzte er spitz nach.
Dorian erklärte mit schlichten Worten, die jedoch einer schmerzlichen Erfahrung abgerungen waren, wie ihn diese Begegnung verändert hatte: "Sie hat mir das Gefühl verschafft, daß sie mich braucht und will - daß ich also ihrer nicht nur wert bin, sondern daß sie meiner bedarf, auch als Körper. Zum ersten Mal in meinem Leben habe ich etwas richtig gemacht. Ich war da, und mein Körper war da, und mein Körper war für sie da. Früher glaubte ich, etwas besonderes sein oder mitbringen zu müssen, und fürchtete, die fremden Anforderungen nicht erfüllen zu können."

Henry hörte aus Dorians dezent bleibenden Andeutungen einschlägige physiologische Vorgänge heraus: "Ach, Dorian, so eng mußt du das nicht sehen. Wenn du nicht durch die enge Pforte gehen willst, gibt es auch andere Wege, dich ans Ziel der Lust zu bringen."
Dorian war von solch drastischen Unterstellungen keineswegs überrascht und nahm sie seinem Mentor auch nicht übel, wies sie aber mit gewissermaßen resignierter Bestimmtheit zurück. "Henry, wenn Sie mich verstünden und ernstnähmen, wüßten Sie, daß es diese Wege nicht gibt. Nur, indem ich dem Weg der Natur folge und das Werk der Natur verrichte, kann ich mein Glück finden - könnte ich, wenn es dafür nicht schon zu spät wäre. Ich bin im Land der Lebenden angekommen, aber jetzt ist es zu spät für ein Leben. Mir fehlen Orientierung, Erfahrung, Werkzeuge. Jetzt steht mir nur noch der Tod bevor."
Henry spottete: "Für die Liebe ist es doch nie zu spät - sagt man. Davon abgesehen ist es schade, Sie zum Naturapostel degeneriert zu sehen. Welch merkwürdiger Bildungsgang: das ganze Spektrum rückwärts von Basils Kunstwerk bis zum neu-naiven Naturprodukt. Wo wollen Sie enden?"
Das kümmerte Dorian aber nicht mehr. "Bemühen Sie sich nicht. Ich bin schon am Ende. Ich bin schon länger tot, bemerke es aber erst jetzt."
Henry war seinerseits nicht überrascht von Dorians wiederkehrenden Anwandlungen des Pessimismus und Selbstzweifels und meinte sanft: "Sollen wir trotzdem versuchen, Sie nachträglich zu beerdigen?"
Überraschend wütend reagierte Dorian diesmal: "Verscharren Sie diesen Kadaver doch, wo Sie wollen!"
Harry, dem Ausbrüche stets zuwider waren, lenkte ein, verband damit aber zugleich einen neuen Angriff. "Sie lebt also wie Perdita in ihrem Garten bei Krauseminze und Ringelblumen weiter, und kann das – recht und schlecht, aber lebendig und dereinst lebensspendend – mit ihrem Gatten fortsetzen, was sie dir so beiläufig gewährt hat. Doch was wird aus dir?«
Dorian schaute ihn wortlos an, einige Wörter und Sätze liefen durch seinen Kopf, die er jedoch verwarf, und indem er aufstand und sich bewegte, versuchte er, gewissermaßen eine bessere Argumentationsposition zu finden, doch auch das brachte ihn nicht weiter. Schließlich entzog er sich - seinem Gesprächspartner, seiner selbst und seiner Verpflichtung - und verließ das Haus.

Auf dem Wege in seine Wohnung waren Lord Henrys Spitzen gegen ihn bereits verheilt und verblasst. Die an ihn gestellte Frage wurde jedoch immer größer und lebendiger. Als Dorian wieder in seinem Zimmer saß, machte sich, allmählich wie stets, die Gegenwart seines virtuellen Ebenbildes bemerkbar, obschon es noch vom Vorhang verhüllt war. Dieser unangreifbare Egoist hatte niemals mit derartigen Schwierigkeiten zu kämpfen gehabt. Rasch schlug Dorian den Vorhang zurück, als ob er den Portraitierten bei einer niedrigen Handlung überraschen wollte, doch das Bild blickte ihn in unveränderter Ausgewogenheit an. Es zeigte weiterhin die schamlose Unschuld der Jugend, die Pracht der Schönheit, und versteckte dahinter auch noch eine lebensfrohe, ja lebensgierige Triebhaftigkeit und Durchtriebenheit. Das Schöne sei nichts als des Schrecklichen Anfang, würde dereinst ein ebenfalls sehr triebhafter Dichter feststellen. Allerdings, dachte Dorian. Schönheit ist die schrecklichste Erfindung Gottes. So lange man sie selbst besitzt, ist sie zu nichts nutze, und wenn man sie bräuchte oder sie einzusetzen verstünde, ist sie unerreichbar geworden. Und wenn sie sich an Anderen zeigt, werden diese natürlich auch unerreichbar. Gott versteckt die Bosheit seiner Schöpfung hinter ihr. Er wirft sie uns hin, um sich aus ihr beweisen zu lassen. Wie kurzsichtig wir darauf reinfallen. Er macht sie ja noch an den selben Personen kaputt, denen er sie zu verleihen geruhte. Am Ende soll man auch noch dankbar sein, daß man möglichst lange dem eigenen Verfall hat zusehen dürfen.
Dorian geriet in Wut und streckte die Hände aus, um sein Ebenbild zu erwürgen. Vor der glatten Oberfläche des Bildwerkes erlahmten seine krallig verzerrten Finger, da sie in die Welt der unvergänglichen Schönheit und Lebendigkeit nicht eindringen konnten. "Du entsetzlicher Mensch!", stieß er nur noch hervor, "warum verhöhnst du mich jeden Tag mit dem Anblick meiner Vergangenheit und meiner Möglichkeiten? Einst warst du ein Geschenk und ein Versprechen, jetzt bist du ein Verbrechen – und ein Verbrecher."

Zwanzigstes Kapitel

Er ging ins Badezimmer, zog die Strümpfe aus und wog sich. Er hatte schon wieder zugenommen. Grimmig griff er zum Rasiermesser und schabte seine Wangen glatt, um nicht noch zerknitterter auszusehen. Mit Gesichtswasser befeuchtete er die rauhe und faltige Haut und schaute prüfend in den Spiegel.

Die Häßlichkeit des Alters holte ihn ein. Die Wangen wurden hohl oder schlaff. Gelbe Krähenfüße sammeln sich um die glanzlosen Augen und machen sie gräßlich. Das Haar verliert seinen Glanz, der Mund sinkt ein, sieht gemein aus, wie alter Leute Mund aussieht. Der Hals ist faltig, die Hand kalt und voll blauer Adern, der Rücken gekrümmt.
Es war hoffnungslos. Als er, wie magisch angezogen, zum Bild ging und es aufdeckte, fühlte er den Anblick wie einen Stich ins Herz. Auf dem Wappenschildspiegel hatte er seinen tatsächlichen Zustand unmittelbar neben dem Inbild seiner Möglichkeiten, das er nicht erreichen konnte, vor Augen und sank in sich zusammen.
"Ja, schau nur," höhnte sein Ebenbild. "Schau dich nur an, häßlicher Alter. Büßen mußt du für deine 'Sündlosigkeit', also deine Ungeliebtheit und Leblosigkeit, mit ewiger Verdammnis, nämlich jener Ewigkeit, die das eigene Leben umfaßt (Wer blamierte sich, diese in ein unbekanntes, unerkennbares Jenseits zu verlegen?)." Dorian stöhnte unter diesem Keulenschlag, dem er nichts entgegen zu setzen hatte. Er wich aus.
"Warum siehst du trotz deines Lebenswandels noch immer so jugendlich aus?"
"Ich sehe **wegen** meines Lebenswandels so jugendlich aus. Ich habe regelmäßigen geschlechtlichen Verkehr, mit allen schönen Menschen, die sich mir darbieten, mein Begehren wird nach Wunsch erfüllt und ich genieße jedes Liebesglück, das dem Menschen üblicherweise erreichbar ist. Wie sollte sich mein Wohlbefinden nicht in unvergänglicher Jugend und Schönheit äußern? - Im übrigen bin ich nicht deshalb erfolgreich, weil ich schön bin, sondern schön, weil ich erfolgreich bin, d.h. meinem Willen Geltung verschaffe. Die Welt teilt sich keineswegs in Schön und Häßlich - wie du dem armen Basil richtig klargemacht hast - sondern in Gut und Schlecht, also Tauglich und Untauglich."
"Warum hatte ich nie die Möglichkeit zu eigenem Willen und Erfolg?"
"Zwei oder drei Weichenstellungen in früher Zeit, die falsch waren, aber erst viel zu spät als solche erkannt wurden. Ich habe mit Selbstvertrauen und entsprechendem Werkzeug begonnen, und der erste Erfolg speiste den zweiten, und die beiden brachten die nächsten hervor. Die Lawine war nicht mehr aufzuhalten. Du hast nur mit Selbstwahrnehmung begonnen - was zu wenig ist - und hast dir von der zugegebenermaßen heuchlerischen und heimtückischen Gesellschaft deine Leiblichkeit ausreden lassen, bist also ohne Werkzeug dagestanden. So zog der erste Mißerfolg den nächsten nach sich, und mit jedem weiteren wurde der Erklärungsbedarf - und der Nach-

holbedarf - größer, bis schließlich keine neue Bekanntschaft eine solche Hypothek mehr ertragen und abtragen konnte. Unsere maßgebende Gesellschaft hat naturgemäß keinen Bedarf an Problemfällen und sondert sie daher aus. So wurde der Widerstand, gegen den du vergeblich angerannt bist, tatsächlich immer stärker. Insofern waren deine Klagen formal auch berechtigt, aber das war Recht, für das es keinen Richter gibt. Nur, wer sich nimmt, was er braucht, lebt. Das Leben selbst ist das Prinzip, sich zu nehmen, was es braucht. Und der Mensch, als seine Krone, nimmt sich alles, auch immer von seinesgleichen."
"Das ist verbrecherisch!", wandte Dorian moralisierend ein, doch sein Gegner setzte sich leicht darüber hinweg.
"Schade, daß du kein Verbrechen begangen hast - außer demjenigen gegen dich selbst, aber das ist ja nicht justiziabel."
Dorian setzte an, um ihm zu widersprechen, konnte aber den Redefluß seines Gegenübers nicht aufhalten.
"Dann hättest du Gelegenheit für einen ehrenwerten Tod erhalten und mit einer heroischen Anwandlung, der Annahme der höchsten Strafe, diesem für dich und alle Anderen nutzlosen Leben ein Ende setzen können. Selbst eine Belanglosigkeit, eine Beleidigungsklage mit Rufmord, symbolischem Tod durch erniedrigenden Kerker und tatsächlichem Tod durch erniedrigendes Exil hätte dich immerhin zu einer interessanten Erscheinung gemacht."
"Darf ich dich daran erinnern, daß ich tatsächlich ein Verbrechen begangen habe," brachte Dorian in beinahe geliehenem Stolz vor.
Sein Doppelgänger stutzte und mußte nachdenken: "Ach ja, der gute Basil, stimmt."
Dorian pochte auf seine Leistung: "Gut war er nicht, und deshalb reut mich die Tat auch kein bißchen."
Der Doppelgänger konnte das leicht begrüßen, fand aber sogleich wieder einen Einwand: "So gehört es sich. Aber trotzdem habe ich recht, denn diese Tat ist ja unbekannt geblieben, genauso privat wie deine ganze Existenz privat geblieben ist, also völlig bedeutungslos. Es war ein solipsistischer Mord, wenn ich so sagen darf, und zählt nicht."
Dorian fühlte sich unter Wert verkauft und beleidigt und kehrte einen Hauch von Genugtuung hervor: "Wenigstens habe ich mich gerächt."
Sein Gegner schlug ihm diese kleine Waffe sogleich wieder aus der Hand: "Eine Privatrache um einer schönen Idee willen - ein Disput zweier Engel auf einer Nadelspitze, wobei dummerweise einer runterfällt. Wen soll das interessieren?"

Dorian konnte darauf nur noch mit kindlichem Trotz reagieren: "Er hätte mich eben nicht so schaffen sollen."
"Er hat dich nicht geschaffen, sondern nur projektiert. Ich muß es wissen, denn ich bin die Wirklichkeit seiner Fiktion."
"Die mein eigenes Leben aufsaugt und zunichte macht", setzte Dorian giftig fort.
"Ja, so ist das," bestätigte die eloquente Fiktion und erklärte ihrem einstigen Urbild ihrer beider Verhältnis. "Ich bin der Inbegriff aller Möglichkeiten, die du, aus welchen Gründen auch immer, nicht genutzt hast. Dein Leben ist seit langem nur noch eine Hülle - und Hölle. Mehr Hölle gibt es auch im Jenseits nicht - wenn es ein solches gäbe. Insofern brauchst du dir wegen deines beiläufigen Mordes auch keine Gedanken zu machen. Du hast ihn zu der Verantwortung gezogen, die er dir schuldig geblieben ist. Im übrigen war sein Lebenswerk ja getan, sein Leben war in anderer Weise überflüssig geworden. Eigentlich müßte er glücklich gewesen sein, daß das Urbild seines Bildes die Hand gegen ihn erhoben hat. War es nicht ein autoerotischer Tod?"
Dorian begriff die frivole Unterstellung, den mühelosen Übergang in die ihm verschlossene Leiblichkeit, und mußte zur Verachtung Zuflucht nehmen: "Ekelhafter Hedonist! Ich bin doch schon lange nicht mehr der, den er gemalt hat. Ein häßlicher Versager hat ihm das Lebenslicht ausgeblasen, ohne doch das eigene davon anstecken zu können."
Erbarmungslos bestätigte dies das Ebenbild. "Ja, richtig. Unter diesem Umständen - das muß ich schon sagen - wäre ein unverhohlener Selbstmord als Ende mit Schrecken immer noch besser als der Schrecken ohne Ende, in dem du seit 30 Jahren vegetierst, obwohl auch einer solchen selbstvernichtenden Handlung etwas Defensiv-Depressives anhaftet - jedenfalls in unserer Zeit, die sich weit von der Größe der stoischen Haltung in der Antike entfernt hat. Aber du hast dich auch noch von unseren Moralaposteln und Transzendenzpropagandisten einschüchtern und an der Nase herumführen lassen. Glaubst du wirklich, du würdest im Jenseits für dein hiesiges Elend belohnt? Du hast auf Dinge verzichtet, die allen anderen legitim und gattungsüblich zur Verfügung standen und zu gattungsüblichem Genuß genutzt wurden. Welche Entschädigung erwartest du dafür - in einem Jenseits, das definitionsgemäß keinen Leib mehr kennt?"
Dorian wollte dem Skrupellosen die Folgen seines amoralischen Tuns vorhalten, aber es hatte keine, wie ihm rechtzeitig einfiel (bevor er sich blamierte). Auf den Schurken wartete kein sühnender Gott,

und er konnte das Leben nach dem Tode leicht erübrigen, da er eines vor dem Tode gehabt hatte. Ansonsten war er ohnehin unsterblich, jedenfalls so lange das Kabel nicht ausgesteckt wurde. "Leben und Wahrheit schließen einander aus," setzte der virtuelle Dorian die grausame Lektion fort. "Leben ist, schon thermodynamisch-biochemisch betrachtet, Betrug. Und fortwährend betrügt sich der Geist im einzelnen Menschen über die Natur, der er sich doch verdankt, gaukelt sich herrliche Schattenbilder von Ideen vor, während man in Wirklichkeit nur von intaktem oder defektem Stoffwechsel zu reden hätte."

Dorian sah sich um und erblickte das Messer, das Basil Hallward erstochen hatte. Er hatte es oft gereinigt, bis kein Fleck mehr darauf war. Es war blank und glänzte. Wie es den Maler getötet hatte, so sollte es das Werk des Malers und alles, was es bedeutete, töten. Es sollte die versäumte Vergangenheit töten, die ihm in dem Bild entgegenblickte und zugleich die immerwährende Zukunft seines Ebenbildes war, und wenn die tot wäre, würde er frei sein. Es sollte dieses ungeheuerliche Leben der Seele töten, und wenn diese gräßlichen Zeichen der Drohung nicht mehr wären, hätte er Frieden. Er ergriff das Messer und durchbohrte das Bild damit.
Was Dorian nicht wußte, war, wie das Innenleben des geheimnisvollen Bilderrahmens beschaffen war. Basil hatte die Stromversorgung für die Illumination und Animation elegant und platzsparend in den Rahmen eingebaut, nicht zuletzt, weil er unbeantwortbaren Fragen seiner ignoranten Zeitgenossen aus dem Weg gehen wollte. Dort glaubte er das Netzteil auch ohne weiteres Gehäuse sicher. Dorian stach jedoch zufällig auf die Primärwicklung des Transformators und einige Drähte ein, und die noch feuchten Hände und bloßen Füße leiteten den Strom so gut, daß Dorians Leib dadurch verbrannt und sein Leben zerstört wurde.
Man hörte einen Schrei und ein Krachen. Der Schrei war in seiner Todesnot so gräßlich, daß zwei Herren, die auf dem Platz unten vorbeigingen, stehen blieben und an dem stattlichen Haus empor blickten. Sie gingen weiter, bis sie einen Schutzmann trafen, und nahmen ihn mit zurück. Der Mann läutete mehrmals, aber es meldete sich niemand. Außer einem Licht in einem der Dachfenster war das ganze Haus dunkel. Nach einer Weile ging er fort und stellte sich in einen anstoßenden Säulengang und behielt das Haus im Auge.

»Wer wohnt in diesem Haus, Schutzmann?« fragte der ältere der beiden Herren.

»Herr Dorian Gray,« war die Antwort des Polizisten.

Sie blickten einander an, als sie weitergingen, und lächelten. Der eine von beiden war der Oheim Sir Henry Ashtons.

Nach etwa einer Viertelstunde schlich er die Treppe hinauf. Sie klopften an, aber es kam keine Antwort. Sie riefen. Alles war still. Schließlich traten sie ein und sahen auf einer Staffelei ein schwachschimmerndes, halb aufgerissenes Porträt des ehemaligen Bewohners lehnen, eine drähtewirre Erinnerung an das Wunder seiner köstlichen Jugend und Schönheit. Auf dem Boden aber lag ein toter Mann im Gesellschaftsanzug, mit einem makellos sauberen Messer in der Hand. Er war welk, runzlig und noch mehr Abscheu als sonst erregend.

FINIS

Der Rabe vom See

Seinen Urlaub hatte sich Ralf so zurechtgelegt: um die Anspannung zum Semesterende mit Prüfungs- und Korrekturstreß auf einen Schlag abzuschütteln, wollte er an einen einsamen See in den Alpen fahren, dort inmitten möglichst unberührter Natur seine Gedankenfracht abladen und Platz für neue Gedanken schaffen. Oder es wäre vielleicht sogar sinnvoll, die Zeit ganz ohne Denken hinzubringen. In unmittelbarer Berührung mit den Elementen, hauptsächlich Wasser, dazu noch Wind und Sonne, könnte er sein abgenutztes Wahrnehmungsvermögen reinigen und auffrischen. Als geübter Taucher könnte er auch der möglicherweise ebenfalls abgenutzten Landschaft entkommen, denn die Seeschaft - bezeichnenderweise besaß die Sprache für diesen Erfahrungshorizont kein Wort - blieb dem gewöhnlichen Publikum und seinen verzehrenden Blicken verborgen und umgestaltenden Eingriffen unzugänglich. Sobald nach einer Woche sein Bedürfnis nach Sinnfreiheit gestillt wäre, begänne er, ein wenig zu lesen, in einigen Partituren zu blättern und sich beim Nachmittagskaffee im Gasthaus Hörbücher vom MP3-Spieler vorlesen zu lassen. In der dritten Woche wollte er über eine neue Vorlesungsreihe nachdenken, in der er einen neuen methodischen Ansatz ausprobieren wollte.
Inhaltlich ging es, grob gesagt, um eine Theorie der Epigonalität - in ihrem Spannungsfeld zu einer normativen Ästhetik. So lange nämlich in der Kunst Tradition verpflichtend war und überlieferte Werke den Maßstab bildeten, konnte Nachfolgerschaft weder Makel noch Mangel sein. Eine innovationsgetriebene oder -gepeinigte Kunst hingegen müsse sich auf längere Sicht ebenfalls erschöpfen, weil das Material ja naturgemäß endlich sei. An dieser Stelle würde er bei Adorno einhaken und ihn in die Schranken weisen. Nach Ralfs Überzeugung müßte man Epigonalität rezeptionsästhetisch konstituieren, nicht werkästhetisch. Wenn man ein unerfahrenes Publikum im Visier habe, könne man, so seine Vermutung, alle Stile der Moderne, d.h. seit der Renaissance in der Bildenden Kunst und seit dem Generalbaßzeitalter in der Musik, legitim wieder- und weiterverwenden.
Ralf wählte einen kleinen Gasthof in der Nähe des Sees, buchte per Telefax, suchte sich eine Zugverbindung aus und begann zu packen. Über mehrere Tage hinweg akkumulierte er seine Utensilien, d.h. er bildete in Gedanken seine mutmaßlichen Tagesabläufe auf den je-

weils vorhandenen Materialstand ab und bemerkte dabei, wo es noch Lücken gab. Endlich kam der Tag der Abreise, und Ralf fand sich mit einem großen Rollkoffer, der die Taucherausrüstung enthielt, im Bahnhof ein.
Nach einigen Stunden Fahrt und einmal Umsteigen erreichte er sein Ziel. Der Gasthof war bald gefunden, das Zimmer einfach, aber dem günstigen Preis angemessen und das Personal freundlich, wenngleich der ungenierte Dialekt Ralfs stilistisches Orientierungsvermögen etwas ins Wanken brachte. Die gewohnten Distanzen von Hoch und Niedrig schrumpften oder verschwanden dort. Den Hund, der ihn im Hof zuerst neugierig beschnupperte, dann schwanzwedelnd begrüßte, hielt er ebenfalls für einen Dialektsprecher. In der Stadt wurde disziplinierter gebellt, nicht zuletzt mit dem kommunalen Regelwerk der im Mietwohnungsbau einzuhaltenden Ruhezeiten im Rücken.
Der See lag unmittelbar am Fuße eines steil aufragenden, wenngleich nicht allzu hohen Berges. Am gegenüberliegenden Ufer stand ein Wäldchen mit einer Lichtung, in der Ralf ein Gebäude zu erkennen glaute. In einem ersten Tauchgang machte er sich mit Temperatur, Lichtverhältnissen, Wassercharakteristik und Bodenbeschaffenheit des Sees vertraut. Ein Gebirgssee hatte üblicherweise klares Wasser, während der Boden aufgrund der geologischen Jugend des Gebirges recht wild und unübersichtlich gestaltet sein konnte. Es gab auch Fische, die aber vor dem ungewohnten Taucher rasch das Weite suchten.
Beim zweiten Tauchgang am anderen Tag geriet Ralf an eine Stelle in Ufernähe, die wie ein dunkles Loch aussah. Er leuchtete mit seiner Stirnlampe hinein und glaubte einen Gang zu erkennen, vielleicht sogar den Eingang in eine Höhle. Er mußte die überraschende Entdeckung vorerst auf sich beruhen lassen. Am nächsten Tag nahm er eine Taschenlampe und eine Rolle Seil mitsamt einem Gewicht zum Beschweren des Seilanfanges mit. Wie einen Ariadnefaden wollte er es auslegen, um sicher zurückzufinden, denn die Höhle konnte verzweigt sein, aus mehreren Kammern bestehen, und in den labilen Lichtverhältnissen war die Orientierung ohnehin schwierig.
So rollte er das Seil hinter sich ab und drang im Lichtkegel der Lampe nach und nach in den Höhlengang ein. Schließlich schien es nicht mehr weiter zu gehen, eine Felswand verhinderte sein Weiterkommen. Ralf wendete und wollte sich schon, etwas enttäuscht, auf den Rückweg machen, als ihm über sich eine Anomalie auffiel. Statt der

Felsendecke war hier wieder ein schwarzes Loch. Ralf stieg empor, stieß auf keinen Widerstand, stieg weiter und durchstieß unversehens die Wasseroberfläche. Vorsichtig nahm er die Maske ab, um die Luft zu schmecken. Sie war feucht und kalt, ohne eigentlich zu modern. Albernerweise fiel ihm der Text von Schönbergs 2. Streichquartett ein, *Ich fühle Luft von anderen Planeten.*
Er leuchtete den Raum ab, eine scharfkantig ziselierte, aber begehbare Höhle. Nachdem er aus dem Wasser gestiegen war und die Flossen abgelegt hatte, schaute er sich genauer um, das Lampenlicht zwischen Boden, Wand und Decke schweifen lassend. An einer Stelle tat sich eine zunächst dunkle Öffnung auf, die niedriger, aber noch passierbar war. Dahinter weitete sich der Raum wieder, und Ralf stand in einer geräumigen Höhle, die einige Regelmäßigkeit und glattere Wände aufwies. Hier hätten sich Urmenschen vielleicht einrichten können, wenn sie die unterseeische Barriere hätte überwinden können. Ein heller Schimmer an der Decke erinnerte sogar an ein Oberlicht, wie es in der Architektur seit jeher als besonders edle Beleuchtungsart gilt.
Was Ralf aber in größtes Erstaunen setzte, war eine Farbenorgie an der Decke und an einer der Wände. Er trat heran und glaubte, seinen Augen nicht zu trauen. Hier lebten wahrhaftig die Figuren von Michelangelos Jüngstem Gericht auf dem Felsen, natürlich nicht freskiert, und um die Unebenheiten der Oberfläche herumgebogen, aber doch mühelos wiedererkennbar. Da war der jugendliche Christus als Weltentrenner und Weltenrichter, der verängstigte Adam, der zu sagen schien:
Quid sum miser tunc dicturus?
Quem patronum rogaturus?
Cum vix iustus sit securus?
wie es in der Missa pro defunctis hieß, und da waren die Trauben von unglücklichen oder bösen Gestalten, die in den Rachen des Löwen zu stürzen schienen.
Das Verblüffendste dabei war jedoch, daß diese Gestalten keine Menschen, sondern schwarze Vögel waren, Raben offensichtlich. Dem Künstler war es gleichwohl gelungen, die Tiere in einem Maße zu individualisieren, das Ralf nicht für möglich gehalten hätte. Jedes schien ein eigenes Gesicht zu haben, einen Seelenzustand auszudrücken, eine Haltung wiederzugeben, einen Charakter zu repräsentieren. Obwohl Vogelköpfe keinen Spielraum für menschliche Züge zu haben schienen, erkannte Ralf alle Gestalten Michelangelos wieder – eine faszinierend kongeniale Transformation.

Ralf ertappte sich dabei, diesem naiven Märchen Glauben schenken zu wollen, so lebensnah waren die Charaktere geschildert. Jeden kann es treffen, schien Michelangelo gesagt zu haben, und stellte sich zugleich in den Dienst der klerikalen Propaganda, die ja Erlösungskompetenz gegenüber Höllenstrafen beanspruchte (und sich bezahlen ließ). Dabei hatte der Maler an der Decke bereits das wirkliche Unheil gezeichnet, freilich wiederum verklärt, denn was anderes als die beste aller möglichen Höllen war die Schöpfung?
Ralf suchte an der Wand vor sich das berühmte Selbstbildnis des Malers, um daran vielleicht ablesen zu können, ob er die Vision ernst gemeint habe. Dieser Rabe sah ebenso bestürzt und sündenbewußt drein, wie im Original. Er hatte jedoch helles Gefieder, war dadurch herausgehoben, als ob ihn das Geschen nur am Rande beträfe, und wirkte auch etwas preziös.
"Was guckst du?"
Ralf zuckte zusammen und drehte sich um. Die Stimme, schwach und heiser im Ton, schien von hinten zu kommen, aber der überakustische Raum ließ keine genaue Ortung zu.
"Gute Arbeit, nicht wahr?"
Ralf meinte, die Stimme von der Höhlendecke aus zu hören, und suchte mit dem Strahl seiner Lampe das unregelmäßige Gestein ab.
"Das ist unhöflich, du blendest mich."
Das enge Stimmvolumen hatte ihn inzwischen auf den Gedanken gebracht, daß es sich um keinen Menschen handeln könne. Das Krächzen klang eher tierisch. Auf einem Wandvorsprung glaubte er auch, ein Tier zu erkennen, blieb aber im Unklaren, was es sein könne. Im Lampenlicht und den irrlichternden Reflexionen vom Bodenwasser war keine Farbe zuverlässig zu erkennen, und der ungewohnte Schattenwurf ließ auch die Form undeutlich werden. War es ein kleines Säugetier oder ein großer Vogel?
"Ja, was man nicht erwartet, nimmt man auch nicht wahr, nicht wahr?"
Die sonderbare Wortwiederholung erinnerte Ralf an einen Papagei, doch sah er kein farbenprächtiges Geflügel an der Wand. Die Schnabelbewegung bestätigte ihm jedoch, daß auf dem Wandvorsprung tatsächlich ein lebendiges Tier saß. Er hätte es für einen Vogel mit dickem schwarzen Schnabel gehalten, vielleicht einen Raben, doch das weiße Gefieder deutete eher auf eine Möwe.
"Ich bin's wirklich", ermunterte ihn das Tier mit zarter Ironie, soweit diese bei einer unzarten Stimme wie der seinigen möglich war.

"Ein Tier, das sprechen kann?", fragte sich Ralf, peinlich bedacht, sich nicht lächerlich zu machen, und hatte deshalb mit einem Satz zu begonnen, den er auch zu sich selbst gesagt haben könnte.
"Warum nicht, verehrter Reisender?" erwiderte etwas spöttisch der Vogel.
"Ein weißer Rabe?" balancierte Ralf nochmals zwischen Selbstgespräch und Anrede.
"Ein weißer Rabe!" bestätigte der weiße Rabe.
"Und wenn wir schon im Märchen sind", fuhr Ralf, nun die Flucht nach vorne antretend, fort, "trägt dieser weiße Rabe sicher auch einen Namen."
"Gewiß tut er das, Aber das tut vielleicht auch der verehrte Reisende."
Ralf stutzte ein wenig, ehe er die Retourkutsche begriff, und beeilte sich dann, mit einer Beflissenheit, die ihn im gleichen Augenblick wegen ihrer menschlich-tierischen Unangemessenheit ärgerte, Auskunft zu geben: "Mein Name ist Ralf. Da fällt mir ein: es heißt immer, Raben hießen Ralf."
"Natürlich", höhnte der Rabe, "Ralph oder gar noch Ralphi! Der kluge Rabe, der im Fernsehen oder in Lernsoftware den Kindern das Bruchrechnen erklärt oder von der Relativitätstheorie schwadroniert. Nichts davon!"
"Äh, Entschuldigung", wiegelte Ralf den Ausbruch ab.
"Aber du liegst nicht ganz falsch", lenkte auch der Rabe ein, "ich heiße Rolf, mit vollem Namen Rolf Aufdermauer."
"Guten Tag, Herr – äh – Rabe Rolf!" gab Ralf unwillkürlich von sich, mit der menschlichen Begrüßungsformel sogleich entgleisend.
Rolf stichelte auch sogleich nach. "Tag gibt es hier nicht, wie du ja wohl selber siehst. Hier herrscht ewige Finsternis, es sei denn, ein Oberirdischer funzelt hektisch herum. Und jemanden als Gattung anzureden, ist auch nicht gerade höflich, Mensch Ralf!"
Ralf zuckte wieder leicht zusammen, denn reflektiertes Sprachbewußtsein und philosophische Präzision hatte er von einem Tier mit einem so kleinen Gehirn wie dem eines Raben nicht erwartet. Außerdem mußte er sein Gegenüber wohl als eine Person einstufen oder zumindest behandeln, was nach seiner philosophischen Vorbildung eigentlich nur bei Menschen – und nicht einmal dort durchgängig – möglich sein könnte. Insofern fehlte in der Sprache auch eine angemessene Anredeform für die ungewöhnliche Konstellation, der sich Ralf ausgesetzt sah. Ralf setzte gerade zu einer Rechtfertigung

an, in der er diese Überlegungen als Entlastungsargumente vorbringen wollte, als ihm Rolf das Wort abschnitt.
"Schon gut, du weißt es nicht besser", erledigte Rolf sein Vorhaben und wechselte das Thema. "Verstehst du wenigstens etwas von Kunst?"
"Ich bin hingerissen von diesem Fresko und seiner kühnen Neuinterpretation", erwiderte Ralf mit nachdrücklicher Begeisterung und glaubte wohl, daß dies als Ausweis seiner Kennerschaft genügen werde. "Weiß man, von wem dieses grandiose Werk stammt?"
Jetzt stutzte Rolf ein wenig, jedenfalls glaubte Ralf aus der Entfernung ein irritiertes Zögern und einen schrägen Blick wahrzunehmen.
"Willst Du mich aufs Glatteis schubsen? Tust so, als ob es von einem großen Unbekannten gemalt worden wäre. Dabei weißt Du doch, daß es nur von mir stammen kann." Daß er nach einer Luftpause hinzusetzte: "Das ist ja offensichtlich", verriet seine Unsicherheit.
"Ach nein!" entfuhr es Ralf fast glaubhaft überrascht. "Ach ja!" echote Rolf.
"Tatsächlich sind viele Raben auf dem Bild," gab Ralf zu, "und deshalb könnte es auch ein Rabe angefertigt haben, möchte man meinen. Aber wie sollte ein Rabe, auch der kluge Rabe Rolf Aufdermauer, physisch ein Fresko zustande bringen?"
"Die Menschen halten sich für erfindungsreich," spottete Rolf, "können sich aber die Listen der Natur nie vorstellen. Seid auf der Hut, zu wenig Einbildungskraft ist ein Evolutionshindernis. Natürlich ist es kein Fresko," gab Rolf zu, "das ist aber nicht nötig. Ich habe mir in meiner Privathöhle die nötigen Farbdosen zurechtgelegt, ein Fixiermittel dazugemischt und dann mit dem Schnabel aufgetragen."
"Wo hast du denn die Farben hergenommen?" wollte Ralf nun doch wissen.
"Drüben am anderen Ufer wohnt ein Dr. Heinrich Silbereisen, Studienrat i.R. oder pensionierter Mediziner oder sonst irgendwas, jedenfalls Hobbymaler, seit Jahren Witwer und nur sporadisch von den Resten seiner Familie besucht. Ich habe Verständnis für seine Lage, aber er ist ein windiger Dilettant, der Berge, Bäume und das Seeufer malt. Als ob an Bergen etwas gelegen wäre. Berge stehen nur im Weg rum und behindern das Fliegen." zog er verächtlich über den vermutlich liebenswürdigen Ruheständler her, obwohl er ihm doch materiell sein Kunstwerk verdankte.

"Und du hast ihn freundlich um Unterstützung für dein kühnes Projekt gebeten, welche er dir ebenso freundlich gewährt hat?" vermutete Ralf ironisch.
"Ich habe ihm einen Farbtopf nach dem anderen geklaut, natürlich nur offene, und manchmal mußte ich lange warten, bis er eine bestimmte Dose aufmachte. Wenn es mir zu dumm wurde, habe ich allerdings auch Blumen mit der betreffenden Farbe gesucht und sie ihm in sein Blickfeld drapiert. Aber der Typ hat nicht immer hingeschaut, sondern nur gesehen, was er sehen wollte."
"Warum hast Du nicht die Menschen Michelangelos übernommen?" wurde Ralf nun endlich die Frage los, die ihn seit dem Anblick des Gemäldes beschäftigt hatte.
"Ich bin ein Rabe. Meine Welt ist die Rabenwelt, und mein Herr ist der Herr der Vögel." stellte Rolf apodiktisch fest. "Das haben die Philosophen auch immer gewußt: wenn die Ochsen und Rosse und Löwen Hände hätten oder malen könnten mit ihren Händen und Werke bilden wie die Menschen, so würden die Rosse roßähnliche, die Ochsen ochsenähnliche Göttergestalten malen und solche Körper bilden, wie jede Art gerade selbst das Aussehen hätte. Beispielsweise behaupten die Äthiopier, ihre Götter seien schwarz und stumpfnasig, die Thraker, ihre seien blauäugig und rothaarig."
Mit wissendem Lächeln meinte Ralf dazu: "Ich höre einen Vorsokratiker aus dir reden, den Beginn der Religionskritik."
"Er ist überhaupt ein Skeptiker, und insofern sehr wohltuend unter all den Bescheidwissern, die auf uns einreden," fuhr Rolf fort. "Was nämlich die Wahrheit betrifft, so gab es und wird es Niemand geben, der sie wüßte in bezug auf die Götter und alle Dinge, die ich nur immer erwähne. Denn spräche er auch einmal zufällig das allervollendetste, so wüßte er's selber doch nicht. Denn nur Wahn ist allen beschieden."
Ralf gab sich damit aber trotzdem nicht zufrieden.
"Ich dachte bisher, auch den Vögeln sei das Evangelium gepredigt worden, und zwar deshalb, weil sie den gleichen Gott wie die Menschen hätten. Denk an Antonius von Padua und Franz von Assisi."
Rolf fixierte ihn und antwortete wiederum sehr bestimmt: "Wenn ich eine beste aller möglichen Welten entwerfen will oder voraussetzen soll, kann sie meinesgleichen doch nicht als inferiore, explizit nicht einmal erwähnte Wesen enthalten. Nein, ein Herr der Raben muß schon auch ungefähr wie ein Rabe aussehen."
"In deinem weißen Kleid siehst du ziemlich elegant aus, wie ein weißer Smoking in einer Herde von schwarzen Smokings; etwas feminin

vielleicht." Ein etwas spöttisches Kompliment, das Rolf sogleich zurückwies.
"Ich bin nicht feminin – wie man ja schon an meinem Namen Rolf sieht."
"Der paßt auch nicht gut zu dir." Ralf hoffte, daß ihn Rolf nicht um einen besseren bat. Ihm wäre keiner eingefallen. Bevor Rolf antworten konnte, schob er eine Frage nach. "Wie kommst Du eigentlich in diese Höhle? Als Taucher doch wohl nicht?"
Rolf hob den Kopf und deutete nach oben. "Dort befindet sich mein Einflugloch.."
"Aber du konntest doch nicht wissen, daß es auch einen unterseeischen Zugang gibt?"
"Das nicht, doch habe ich es geahnt, vielleicht auch gewünscht. - Mag dem sein, wie ihm wolle, ich habe noch zu tun. Würdest Du mich bitte entschuldigen," meinte Rolf dann so schonend, wie es ihm sein rabenartiges Gemüt erlaubt. "Gewiß doch," erwiderte Ralf beflissen und wunderte sich gleich wieder über seine Bereitwilligkeit, das sprechende Tier wie seinesgleichen zu behandeln. Es war sozusagen ein Tier, das den Turing-Test bestanden hatte, fiel ihm ein. Ob Rolf das auch so sah? Ihn danach zu fragen, schien jedoch unangebracht, weil er das Gespräch ja schon beendet hatte. "Für deinen nächsten Besuch," schnarrte Rolf ihn an, "könnten wir uns eine Bootsfahrt vornehmen, was meinst Du?"
"Äh, ich...,äh, hm, du möchtest also gerudert werden," flüchtete Ralf nach vorne. "Auch das," bestätigte Rolf, "ich möchte nicht immer in der dunklen Höhle hocken, und einen peripatetischen Philosophen unaufhörlich zu umflattern, sähe etwas albern aus."
"Ja," stimmte Ralf zu, "ich täte mich mit einem so mobilen Gesprächspartner auch schwer. Die Höhle freilich ist ein philosophisch sehr angemessener Ort. ‚In gewissen Höhlen fürwahr tropft das Wasser herab.' Wir könnten zusammen auch das Höhlengleichnis aufführen. Ich sitze ahnungslos und verblendet da und du kommst von draußen und erzählst und erklärst mir die Welt."
"Haben wir das nicht tatsächlich so gemacht?", bemerkte Rolf mit sanfter Unbescheidenheit, wurde aber gleich wieder grob: "Aber mit dem Ideenverbrecher will ich nichts zu tun haben."
"Wie dem auch sei," dämpfte Ralf seine Antipathie, "wo bekomme ich ein Boot her?"
"Das wird dir als Taucher doch nicht schwer fallen," gab Rolf etwas schnippisch zurück, "habe mich ohnehin gewundert, daß du nicht schon im Boot gekommen bist."

"Woher weißt du das?" hakte Ralf ein.
"Ich habe dich beobachtet, als du ins Wasser gestiegen bist," bekannte Rolf, "und bin dann durch mein Einflugloch hereingekommen, um auf dich zu warten. - Also bis morgen," schnitt er das Gespräch ab und erhob seine Flügel. Ralf sah ihm nach, ließ die Taschenlampe sinken, machte das Licht aus und überließ sich der Finsternis. Er dachte lange über das Geschehene nach und entschloß sich erst zu gehen, als ihn ein feuchtkalter Windhauch anwehte. Unter der Führung des gelegten Seiles durchmaß er die Wasserschleuse, tauchte im Freien wieder auf, legte den hinderlichen Teil seiner Ausrüstung ab und wanderte zum Gasthof zurück.
Dort lief er der Wirtin über den Weg, die seinen nachdenklichen Gesichtsausdruck bemerkte und nach seinem Befinden fragte ("Is' E-ahna wos?" hieß das in ihrer Lautung). Ralf hatte zwar nicht über genau diese Begegnung nachgedacht, sich aber doch klargemacht, daß sein Erlebnis nicht sozialverträglich vermittelbar sei. Daß man ihm nicht glauben würde, wäre noch das mindeste. Schlimmer war, daß man ihn für verschroben oder verrückt hielte, und selbst, wenn er Ralf bäte, die Konstellation mit eigener Person - nun ja, sozusagen eben - zu beglaubigen, konnte er eher sicher sein, daß jener ihn im Stich ließe, als daß er ihm hülfe. "Wo denkst du hin?" führe ihn Rolf wahrscheinlich an, "damit sie mich einfangen oder totschießen? Wahrscheinlich sind sie noch abergläubisch."
"Das nicht," erwiderte Ralf der Wirtin, "aber wo ich Sie gerade treffe, könnten Sie mir vielleicht sagen, wo ich ein Boot mieten kann," fuhr er auf ganz anderem Geleise fort und lenkte die Aufmerksamkeit auf ein leichter beherrschbares Thema. Die tüchtige Wirtin wußte natürlich Antwort und nannte ihm Namen und Straße des Verleihers. Nachdem er sich umgezogen hatte, ging Ralf dorthin, suchte sich ein Boot aus und vereinbarte die Abholung am anderen Tag. Das Abendessen nahm er abwesend und unbeteiligt ein, wurde zum Beobachter seiner selbst. Die Gabel führte einen Knödel zum Mund, und darin verschwand der Knödel. Das Messer zerteilte den dunkelbraunen Rostbraten - oder war es Sauerbraten? - und die Stücke verschwanden erneut in der Mundhöhle. Steife Salatblättchen fanden sich aufgespießt und knackten zwischen den Zähnen. Ralf ertappte sich bei dem Gedanken: wenn Rolf jetzt neben mir säße, könnte ich ihm auch ein Salatblatt anbieten. Aber würde ihm die essig-ölige Salatsoße schmecken? Vielleicht bekäme er Durchfall.
"Bitte für den Herrn in Weiß ein Dressing extra dry," hörte er sich im

Geiste in einer solchen Konstellation sagen und war froh, als er nach dem Essen sein Zimmer aufsuchen konnte. Dort ging ihm das Geschehen weiter durch den Kopf, und der hypothetische Einfall, den Raben als Tischgenossen bei sich zu haben, irritierte ihn nachträglich. Er hatte offenbar eine mythologische Begegnung zu bestehen, aber natürlich unter den aufgeklärten Bedingungen der Moderne - oder Postmoderne? Frech bemächtigte sich der Vogel einer anthropologische Urszene, der Morgendämmerung der Kunst in der Höhle von Lascaux. Die dortigen Tierdarstellungen waren sozusagen echt stilisiert, naive Beschwörungen einer Welt, die gerade anfing, als Umwelt zurückzutreten. Der Außenraum wurde in einen Innenraum gepinselt, der aber wiederum das Außen eines geistigen Innenraumes war. Rolf dagegen war wie ein Heckenschütze über die religiöse Gesamtdeutung der Welt hergefallen. Er war - mit Schiller und sehr wohlwollend gesprochen - ein sentimentalischer Künstler. Offenkundig machte er sich über Gott und die Welt und die Menschen lustig - aber hatte ein Rabe eine andere Möglichkeit? Das Tier malt den Menschen - welch ironischer Kommentar zu den Steinzeitmenschen -, doch der Mensch hat gar nichts davon. Das Tier stellt nur wieder seinesgleichen, also Tiere dar, und das Kunstwerk selbst bleibt unzugänglich.

So überlegen, wie er sich gebärdete, war Rolf aber wohl nicht. Er hatte doch auch die Sehnsucht nach seinesgleichen gemalt, und er brauchte jemanden, mit dem er reden konnte. Inhaltlich zitierte er zwar bloß, aber die Vorlage war ihm als sinnvoller Rahmen seiner Weltsicht erschienen. *Träumen Roboter von elektrischen Schafen?* hatte sich vor einiger Zeit mal ein Autor gefragt. *Träumen Raben von gefallenen Menschen?* mochte Rolfs Darstellung fragen. Weshalb wiederholte Rolf jene Schöpfungs- und Erlösungsmythologie mit eigenem Personal, wenn er sie im Original schon als (wenngleich kunstgeeignete) Illusion erkannt hatte? Da Gott nur Adam beseelt hatte - und sich damit jede Menge Schwierigkeiten an Land gezogen hatte -, war er offenkundig ungerecht gegenüber jemandem wie Rolf gewesen, der hinreichend Geist besaß und mit seiner liebenden Seele allein dastand. „Liebende Seele"? Liebenswürdigkeit versprühte er keineswegs, aber das war über die biologische, ontologische Kluft hinweg auch nicht zu erwarten. Trotzdem war sich Ralf sicher, daß ihm das Kunstwerk ein *fühlend Herz* anzeigte. Nur der Wille zur Kunst kam noch als Wille zum Leben in Betracht. Das Kunstwerk warb für Rolfs Innenwelt. Ein bestimmter Grad an Geist, d.h. an Selbstbeobachtungsfähigkeit, rief vermutlich zwangsläufig ein Bedürfnis nach Austausch hervor, das der anthropologische Obskurantismus Liebe zu nennen pflegte. Welch ein tragischer Fall, den Raben in all seiner kunstreichen und intellektuellen Pracht in einer unzugänglichen Höhle irgendwo im österreichischen Gebirge vegetieren zu sehen. Wer würde ihm gerecht? Ralf sah sich als Rolfs Entdecker vom Schicksal begünstigt. Ich rette ihn - sagte er sich volltönend, und mit einem leisen Nachsatz: für mich. Er soll nicht umsonst gelebt haben. Ohne Gönnerhaftigkeit ginge es nicht ab, gewiß, doch wenn er sich Rolfs Einsamkeit annahm und ihm als Gesprächspartner zur Verfügung stünde, täte er zweifellos ein gutes Werk. Mit diesem beruhigenden Gedanken schlief er am Ende ein.

*

Am andern Tag machte er sich nach dem Mittagessen auf den Weg zum Bootsverleih und nahm sein Boot in Empfang. Anfangs fand er die lange nicht geübte Bewegungsart etwas mühsam, die gleichsinnig symmetrische Auf- und Ab- und Vor- und Zurückbewegung, für Kurven dann eine dosiert unsymmetrische Abwandlung mit langer Reaktionszeit des Fahrzeugs. Musikalisch entspräche der Ablauf vielleicht einem 16/8-Takt, oder waren es 12/8 - etwa Schub, Hub, Zug?
In der Nähe des Höhleneinganges kam Rolf aus dem Himmel geflattert und setzte sich auf den Bug. "Du hättest auch schon früher kommen können, statt mich den ganzen Weg alleine machen zu lassen," dachte sich Ralf, sagte es aber nicht.
"Tach, der Herr," begrüßte ihn Rolf in der ihm eigenen Tonlage kühler Jovialität.
"Schön, dich zu sehen," meinte Ralf vermeintlich überzeugt, tatsächlich aber nicht ganz überzeugend.
"Alleine Boot zu fahren, ist doch etwas fade," ließ sich Rolf recht konventionell vernehmen, und es dauerte ein wenig, bis Ralf den Doppelsinn begriff. Rolf konnte sich selbst nicht gemeint haben, weil er ja stets auf einen menschlichen Ruderer angewiesen wäre und nicht allein fahren konnte. Wenn er aber von und für Ralf gesprochen hatte, unterstellte er, selbst der erwünschte Begleiter zu sein.
"Das Licht steht dir gut," wich Ralf aus und hoffte, daß der fachbezogen ästhetische Aspekt dabei das Kompliment hinreichend relativierte. "Du siehst in konventioneller Hülle auch besser aus, denn als Froschmann. Ich habe eher selten mit Tauchern zu tun," erläuterte Rolf.

Ralf hielt inne, ließ die Ruder hängen und blickte ebenfalls über die nur leicht gekräuselte Wasseroberfläche. *Über dem Wasser zu singen* von Schubert fiel ihm ein, in As-Dur; die *Wasserflut* aus der Winterreise hätte in die Höhle gepaßt. *Gesang der Geister über den Wassern* wohlfeile Naturmystik von Goethe, und sehr affirmativ auch seine *Meeresstille und glückliche Fahrt*. "Wir können uns schon nicht mehr davon freimachen, wie Turner das Wasser gesehen und Liszt und Debussy es gehört haben," dachte Ralf, "wir verfangen uns im Netz unserer eigenen Hervorbringungen und halten nur noch, was wir selbst geschaffen haben, für wirklich."
"Und darüber hinaus," holte ihn Rolf aus seinen gelehrten Assoziationen, "bin ich auch als Künstler nicht anerkannt. Gewiß, ich bin Michelangelo nachgefolgt, doch wer außer mir hat ihn für die Rabenwelt adaptiert?"
"Noch dazu eine Rabenwelt, die das nicht einmal zu schätzen weiß," sekundierte Ralf, "und die Menschenwelt schätzt das ohnehin nicht." Rolf schüttelte langsam den Kopf, was bei ihm seltsam spielzeugartig wirkte.
"Vielleicht solltest du es als Originalgenie versuchen," riet Ralf frech, und tatsächlich wandte ihm Rolf nun wieder den Kopf zu und schaute ihn durchdringend an. "Ach ja," höhnte er zurück, "und wenn ich aktuelles Krixelkraxel mache oder Farbtöpfe auf die Leinwand fallen lasse, höre ich dann nachsichtig: er ist ja nur ein Rabe, kann ja nur Rabenkunst herstellen. Nein, ich mußte mich schon altmeisterlich unangreifbar machen."
"Aber damit ist die Kunst dann auch zu Ende," zielte Ralf erneut auf einen wunden Punkt.
"Kurz ist das Leben und kurz die Kunst," stellte Rolf grimmig eine lateinische Schulweisheit richtig. Ralf blickte einigen Möwen nach, die kreischend über die Wasserfläche fegten.
"Gibt es noch andere weiße Raben?"
Rolf antwortete nicht gleich, sondern blickte – so schien es Ralf – versonnen in die Weite, ehe er langsam erklärte:
"Man wird nicht als weißer Rabe geboren, sondern verbleicht mit den Jahren."
"Hm, bei unsereinem gibt es Haarfärbemittel," wandte Ralf süffisant ein. "Will ich in Gustav Aschenbachs Fußstapfen treten?" indignierte sich Rolf. "Ich habe auch nicht behauptet, daß ich die Verwandlung einer Idiosynkrasie in eine Gattungseigenschaft für ein größeres Unglück halte."

"Ein mittelgroßes reicht auch schon, nicht wahr," stichelte Ralf in Rolfs nicht ganz kaschierbarer Resignation. "Es ist nicht lustig, diesseits einer ontologischen Grenze zu vegetieren, die man nicht überschreiten kann," stach er zu, und tatsächlich wandte Rolf den Kopf und blickte auf den See. "Vor allem, wenn man weiß, daß jenseits davon in Saus und Braus gelebt wird und alle Möglichkeiten offen stehen," ließ sich Rolf widerstandslos auf die Selbsterkenntnis ein.
"Warst du als schwarzer Rabe einst glücklich?" fragte Ralf sanft. "Ich weiß nicht mehr," entgegnete Rolf bekümmert, "erst als weißer Rabe habe ich Ich sagen gelernt, und da war es schon zu spät. Es ist wohl auch kein Zufall, daß du allein durchs Leben gehst."
Ralf traf die Frage nicht unvorbereitet. "Vielleicht bin ich auch ein weißer Rabe. In meiner Zunft sicherlich, wo ich daneben leider auch normale Wissenschaft betreiben muß. Ansonsten habe ich keine Verpflichtungen," euphemisierte er eleganter, als es seinem Zustand entsprach.
"Wenn niemand etwas von dir will, kommst du dir allerdings auch ziemlich überflüssig vor," zog ihn Rolf auf den Boden zurück. "Ausgeschlossen zu sein, ohne eine andere Krankheit zu haben, als man selbst zu sein, ist hart, nicht wahr?"
Ralf sagte nichts, schaute durch Rolf hindurch und ließ beiläufig eine weitere altrömische Weisheit, *tacet consentit*, vorbeigleiten. Ihn überkam das Gefühl, Rolf schon lange zu kennen. Ihn überkam auch das Bedürfnis, ihn in die Hand zu nehmen und zu streicheln, aber er wußte, daß Vögel das nicht mögen. So blieb die Kluft zwischen den Gattungen unüberbrückbar.
"Ich bin fast versucht, dich als Freund zu betrachten. Aber das geht nicht, und Liebe ginge erst recht nicht." wagte sich Ralf hervor, aber Rolf schlug erst einmal wieder zu.
"Tierliebe geht doch immer!"
"Das wäre etwas wie Sodomie."
"Nein, Du meinst wohl Zoophilie." Rolf hatte seinen Ausfall ausgeführt, war zufrieden gestellt und wurde nachgiebiger. "Die Menschen verstehen das als Perversion, weil sie Tiere nicht als Person akzeptieren wollen. Dabei ist ihre Art der Liebe fast immer nur tierisch, aber das verdrängen sie systematisch und *kulturbildend.* Rolf ekelte es geradezu vor diesem Wort. "Dein Ansatz wäre sinnvoll und verständlich. Du nimmst mich als Seele wahr, als mehr oder minder schöne Seele, weil ich klug reden kann und durch meinen Namen als Person erscheine. Trotzdem kann mich niemand lieben, weil ich keinen passenden Leib habe."

"Aber die Idealisten, Philosophen und religiöse Leute, behaupten doch immer, daß man im Andern die Seele lieben solle und sinnvollerweise nur lieben könne?" erinnerte sich Ralf des Erbes seiner Kultur, fühlte sich aber auch ein wenig wie Sokrates, der seinen Gesprächspartnern Fangfragen stellte.
"Richtig. Und ebendies widerlege ich mit meiner Existenz. Sollen sie doch kommen und ein vernunftbegabtes, seelenvolles Wesen wie mich lieben. Ich hacke ihnen mit meinem Schnabel die Augen aus. Vielleicht öffnet ihnen das die selbigen. Es gibt keine Liebe außer als Leib. All meine Seelentiefe, Gelehrsamkeit, Künstlertum und singulär elegantes Gefieder nützen nichts. Ich bin in eine Höhle verbannt, zu der es keinen irdischen Zugang gibt. Ich kenne weit und breit niemand meinesgleichen, und was ich schaffe, erblickt keines Menschen Auge."
"Für die Menschen ist solche Idolatrie auch nicht sehr interessant. Warum sollen sie sich mit Rabenmythologie beschäftigen? Das ist trübe Selbstbezüglichkeit."
"... der Raben", ergänzte Rolf bedauernd." In deinen Augen ist es also eher Desolatrie?"
"Das habe ich nicht gesagt," beschwichtigte Ralf. "Wir Menschen wissen eben, daß die Welt anders ist, als sie dein Rabenverstand zu sehen pflegt."
"Wen hätte ich denn sonst malen sollen? Ich kenne doch Michelangelos Modelle aus dem 16. Jhdt. gar nicht. Da mußte ich naturgemäß eigene Bekannte von früher hernehmen, und wie du sicher bemerkt hast, habe ich mich in der Hölle auch selbst dargestellt."
"Allerdings habe ich das bemerkt," bestätigte Ralf. "Aber ich muß auch zugeben, daß ich dich nur an deinem Gefieder erkannt habe. Sonst sehen Raben für mich alle gleich aus."
"Ich habe lange überlegt, ob die Individualität statthaft ist. Du darfst nicht glauben, daß ich mir auf meine weißen Federn irgendetwas einbilde, ebenso wenig wie ein Einhorn auf sein Horn oder der Hippogryph auf seine Tragkraft. Meine Weißheit und Weisheit sind nichts anderes als der Widerspruch zu meiner Gattung. Ich wäre gerne ein schwarzer Rabe (geblieben) und ginge Rabengeschäften nach, täte Rabentaten, hegte Rabenliebschaften und litte vielleicht auch Rabenplagen. Mein Volk will nichts von mir wissen. Ihm überlegen zu sein, nützt mir nichts, und um von euch Menschen anerkannt zu werden, reichen mein weiß angestrichener Widerspruch und meine Weisheit nicht aus. Bestenfalls würden sie mich ausstopfen und ins Museum stellen. Doch an meinem Leben teilnehmen –

niemals." Er hatte sich in Hitze und Wut geredet, was bei seiner überschaubaren Größe ein wenig komisch und unangemessen wirkte. Ralf sah darüber hinweg und nahm den kleinen traurigen Vogel ganz ernst.
"Sind weiße Raben unsterblich?"
"Das fehlte noch. Wir leiden ebenso an der Perfidie der Schöpfung wie ihr. Du denkst daran, daß es vielleicht schön wäre, wenn ich ein verwunschener Prinz wäre, der dich für deine emotionale Zuwendung und Liebenswürdigkeit belohnen wird." Rolf fand zu seinem ihn stabilisierenden Sarkasmus zurück.
"Hm. Keine schlechte Idee," ging Ralf darauf ein. "Ich hätte gern mal ein Märchen in Wirklichkeit erlebt."
"Das ist ja wohl ein bißchen daneben. Da kann ich nur mit gleicher Münze zurückzahlen: ich wäre auch gern mal ein verwunschener Prinz, oder fände einen Menschen, der sich als verwunschener weißer oder schwarzer Rabe entpuppte." Und Rolf griff seinen Begleiter ernsthaft an "Warum nähmest du mir bedenkenlos meine Gattungszugehörigkeit weg? Mit gleichem Recht verlange ich, daß du deine aufgibst."
Ralf ließ sich von dem scharfen Ton nicht zu einem Gegenangriff verleiten, sondern dämpfte die Erregung ab und meinte so sanft und sachlich wie möglich:
"Zufällig weiß ich, daß in mir kein Rabe steckt."
Auch Rolf wurde wieder friedlich, ohne freilich auf seine Selbstbehauptung zu verzichten.
"Ich kann dir versichern, daß es keine verwunschenen Prinzen gibt. Mit Sicherheit gibt es jedoch weiße Raben, zumindest einen davon, nämlich mich."
"Ich weiß die Ehre deiner Bekanntschaft sehr zu schätzen, Rolf," erwiderte Ralf mit einer generösen, nur leicht ironisierten Geste.
"Mir hat diese Ruderpartie auch sehr gefallen, Ralf", versicherte der Rabe mit ebenso leichtfüßiger Ironie. "Mag Er mich nun vor meiner Höhle absetzen?"
Ralf zuckte nicht einmal bei dieser Zumutung. Widerstandslos nahm er den Domestikenplatz an, den ihm die feudalherrliche Anredeform anwies. Ein Rabe, der zu bequem ist, seine Flügel in die Hand zu nehmen, mußte etwas Besonderes sein. Ralf nahm Kurs und ruderte gehorsam auf den Berg zu.
Die Erschaffung von Wirklichkeit durch Sprache war ihm zwar nicht neu, doch nun fragte er sich, weshalb er in seinem Leben so selten mit einer ähnlichen Prätention Erfolg hatte. Seine letzte Beziehung,

die schon vor Jahren zerbrochen war, hatte ihm vor Augen geführt, daß es ihm nicht gelang, einen anderen Menschen dauerhaft von sich zu überzeugen. Man war an ihm nicht interessiert, hatte keinen Bedarf an seiner Existenz, ignorierte seine Angebote und Wünsche. Sie hatte nach einer Phase scheinbar geordneten Zusammenlebens eines Tages erklärt, sich verändern zu wollen und sollen. Damals hatte er noch naiv eingewandt: "Aber warum nicht mit mir?"
"Ich muß mir erst einmal allein über mich klarwerden," war sie schließlich ausgewichen, "das hat nichts mit dir zu tun." Inzwischen kannte er solche Formulierungen und Argumentationsfiguren besser. Sie hatte eigentlich sagen wollen: Veränderung von dir weg und nicht zu dir hin. Im Nachhinein traten die Differenzen der Lebensauffassung natürlich deutlicher hervor, doch blieb unklar, welchen Einfluß sie an der Trennung tatsächlich gehabt hatten. Sie hatte beispielsweise kein Verständnis für seine Taucherei gehabt, für ein entenartiges Gründeln, wo es für den Menschen nichts sinnvolles zu finden geben konnte. Bei ihren damaligen Urlaubsreisen hatte sie sich, auf dem Trockenen bleibend, wohl gesagt: er taucht ab, er taucht ab vor mir; warum entzieht er sich mir? Den Boden unter den Füßen weggezogen hatte er ihr vielleicht auch dort, wo er kulturelle Überlieferung, symbolische Formen, schönen Schein analytisch durchdrungen und in ihren Augen zerrüttet hatte. Vermutlich wäre ihr ein Atheist als Partner lieber gewesen, denn eine beiseite gelegte Gottesfrage hätte die Geltung alles Übrigen nicht beeinträchtigen müssen. Einer jedoch, vor dem auch alles Übrige nicht sicher war, und der dekonstruierte, was jedermann und jedefrau zum Leben brauchte, war unberechenbar, ein Gefahrenherd. Kein Liebesgeständnis von ihm konnte glaubwürdig sein, und wie lange könnte sein Begehren aufrecht erhalten bleiben, wenn es täglich von einer Desillusionsmaschinerie bedroht war?
"Wir sind da," riß ihn des Raben rauhe Stimme aus seinen Gedanken.
"Ach ja," bemerkte er erleichtert. "Ich darf mich für die angenehme Gesellschaft und das Geleit bedanken," bekundete Rolf galant. "Morgen möchte ich einen Landausflug machen. Wir treffen uns am Ufer über meinen Höhleneingang."
Ralf zeigte sich auch davon nicht überrascht, sondern bestätigte die Abmachung. Rolf flatterte davon und Ralf ruderte nach Hause, d.h. zuerst zur Anlegestelle für das Boot. Der Verleiher fragte: "Alles in Ordnung?" und ließ offen, ob damit das Boot, so wie es Ralf erhalten, oder so, wie er es jetzt überbracht, gemeint sei, oder gar er,

Ralf, selbst. Das Abendessen nahm er mit mehr Anteilnahme zu sich, da ihn die körperliche Betätigung etwas hungrig gemacht hatte.

*

Beim Frühstück am anderen Tag fragte er seine Wirtin nach Dr. Silbereisen und bekam Rolfs Angaben bestätigt (natürlich ohne dessen Häme). Höflichkeitshalber bestätigte er seinerseits die Insinuation, daß die hiesige Natur und Landschaft erholsam und ruhig sei. Für die wohlgenährte Frau, die bald an Krampfadern leiden würde und dereinst vielleicht an Herzwassersucht stürbe, gab es jedenfalls keinen schöneren Platz auf Erden.
In seinem Zimmer nahm sich Ralf die topographische Karte vor, um Rolf an Ortskenntnis nicht allzu unterlegen zu sein. Die Höhenprofile zu interpretieren, war für ihn ungewohnt, aber er war Semiotiker genug, um diese Aufgabe als sinnvoll zu verstehen. Die Stilisierung der Vegetation belustigte ihn.
Er steckte die Karte ein, als er sich auf den Weg machte, um zur vereinbarten Zeit zur Stelle zu sein. Dort begrüßte ihn Rolf, gelassen auf einem Ast sitzend. "Wir können diesem Weg folgen, der um den Berg herumführt. An der Südseite werden wir zu einer idyllischen Wiese kommen, wo wir uns niederlassen können."
"Schön," pflichtete Ralf bei und schritt voran. Rolf folgte ihm unauffällig und überholte ihn auch immer wieder, um die unterschiedlichen Fortbewegungsgeschwindigkeiten auszugleichen.
Der Weg führte einen Wald entlang, und als Ralf leicht schmunzelnd seinen sonderbaren Gefährten vor und neben und über sich sitzen und auf ihn warten sah, vernahm er auch die Rufe der Vögel im Wald. "Sag mal, Rolf," fragte er dann, "verstehst du eigentlich, was deine gefiederten Brüder akustisch von sich geben? Ist das für dich Fremdsprache, Dialekt oder Gezwitscher?"
Ralf glaubte ein Lachen zu hören, jedenfalls etwas, was bei einem Raben einem Lachen entsprochen haben könnte. "Einem Vogelstimmenimitator käme ich schon auf die Schliche," ließ sich Rolf vernehmen, "aber sonst? Was geht einen hagestolzen Raben die Erotik von Nachtigallen oder die Frühaufsteherpropaganda von Lerchen auf Lärchen an? Ich könnte mich um Verständnis bemühen, wenn mir darum zu tun wäre." Ralf war nun nicht viel schlauer als vorher, hatte aber unversehens eine weitere Facette von Rolfs Entfremdung und Dissozialität zu Gesicht bekommen.

"Rolf," fing er nach einer Weile wieder an, "was wir hier machen, ist für dich ja wohl auch flugtechnisch ein Spaziergang. Raben können ja sehr viel höher und kraftvoller fliegen. Hast du beim Fliegen nicht auch das Gefühl grenzenloser Freiheit und schaust auf uns Menschen mitleidig herab?"
"*Wenn ich ein Vöglein wär, flög ich zu dir*, sagt das Volkslied. Ich kenne diese Idealisierung, die aber völlig unerheblich ist." Rolf wurde wieder sachlich rigide. "Unsereinem ist das Wasser als Fortbewegungsraum verschlossen, während du ihn virtuos beherrschst. Was du beim Tauchen erlebst, kannst du mir beim Fliegen unterstellen. Sogar die beiden Wissenschaften davon, Aerodynamik und Hydrodynamik, entsprechen einander, und die Technik hat für beides die gleichen navigatorischen Begriffe."
"Zum Glück haben wir den Erdboden, auf dem wir uns begegnen können," meinte Ralf. "Und da bin ich mit meinen kurzen Beinchen im Nachteil," wandte Rolf ein. "Der Unterschied im Blickfeld ist auch krass. Oben die kilometerweite Totale, unten nur Käfer und Ameisen vor überrabengroßen Gräsern und Sträuchern. Wir müssen uns die Landkarte gut merken, damit wir uns unten zurechtfinden."
Nachdem sie beide ein Stück schweigend weitergegangen waren, jeder in seiner natürlichen Bewegungsform, glaubte Ralf, daß seinem gefiederten Freund der Spaziergang Vergnügen bereite, so ungewöhnlich die Konstellation auch sein mochte. "Rolf," fing er alsbald wieder an, "wie kommt es, daß du allein durchs Leben gehst?"
"Ein Zoologe könnte dir das einfach erklären. Ich bin ein Nichtbrüter, gehöre zu denen, die man für die Art nicht braucht."
"Also entweder Ausgestoßene oder Luxusgeschöpfe?"
"So ist es," ignorierte der Rabe die Frage und bestätigte beides. "Man ist bei uns auch fürchterlich monogam, wie du weißt, noch mehr, als bei euch. Das heißt aber auch: wer niemanden findet, bleibt sein Leben lang allein."
"Das ist schade," stimmte ihm Ralf verständnisvoll bei.
"Im übrigen ist es eine ganz einfache Rechnung, Ralf," erwiderte der Rabe, zu einer wissenschaftlichen Rechtfertigung ausholend. "Es gibt tendenziell unzählige Möglichkeiten, wie etwas mißlingen kann, aber nur eine, in der etwas gelingt. Wo fände ich meinesgleichen, und wo fände meinesgleichen mich?"
Ralf nickte verständnisvoll und überlegte weiter. "Hm. Diese fatale Asymmetrie erinnert mich an Poppers Falsifikationsprinzip. Man kann etwas nicht zuverlässig beweisen, nur mühelos widerlegen."

"Interessant," lobte Rolf, "das solltest du in deiner noch zu verfassenden Sozialphilosophie näher untersuchen. Mein Spatzenhirn – wenn ich mal so sagen darf – reicht dafür nicht aus, jedenfalls nicht heute."
"Um mich auf kluge Gedanken zu bringen, reicht es allemal," versicherte Ralf, "ich ziehe nicht nur Gewinn aus der Unterhaltung mit dir, sondern bin fast versucht, dir Autorität in mancherlei Fragen zuzubilligen."
Rolf quittierte das Lob mit kaum merklicher Kopfbewegung und setzte nach einigen weiteren Schritten hinzu: "Ich bin schon auf den Schultern von Phöbus Apollon und Wotan gesessen."
"Ach ja," meinte Ralf zu diesem leichten Anflug von Unbescheidenheit, "Götter vergehen, Raben bleiben bestehen. Aber wenn du Unternehmensberater warst, oder Strategieassistent, dann muß man doch wohl eher sagen, daß du nicht erfolgreich warst."
"Warum denn?" fragte Rolf nach, "ich habe doch überlebt. Genügt das nicht?"
Ralf verzichtete auf weitere Einreden und ging stumm weiter.
Sie erreichten die von Rolf angekündigte Wiese. Ralf suchte sich eine Stelle, auf der er sich niederlegen wollte, und Rolf landete neben ihm. Die Sonne verstreute quadratmeterweise Kilojoule, die Bienen waren auf Begattungstournee, das Gras jubilierte, es jauchzte das Chlorophyll. Ralf drehte sich auf die Seite und stützte den Kopf auf den Ellbogen. Mit wohlgefälligem Lächeln schaute er das einzigartige Tier an, das gewissermaßen in seinen Sonntagsstaat gekleidet war und sich schon dadurch von der eigenen Gattung abhob. Rolf wirkte wie im Kostüm, doch andererseits paßte dies auch wieder zu seinem übertierischen Geist. Edle Gedanken in edler Garderobe, dachte Ralf und schätzte seinen neuen Freund um so mehr. Welchen Ruhm würde er ernten, wenn er mit Rolf auf der Schulter Vorlesung hielte! Aber halt - würde Rolf vielleicht die Natur vermissen? Käme er ohne weiteres in die Großstadt und verließe seine grandiose Höhle? Vielleicht verstünde er sich wenigstens zu einem Gastauftritt und würde danach zurückgebracht werden wollen. Eine so lange Reise konnte man ihm natürlich nicht fliegend zumuten. Ralf bemerkte zu seiner eigenen Beunruhigung, daß er sich ein Leben ohne den klugen Rolf nicht mehr vorstellen konnte. Die Unvorhersehbarkeit seiner Antworten und die Unerreichbarkeit seiner animalischen Sphäre waren von unschätzbarem Wert. Schon jetzt sah Ralf sein Vorlesungskonzept über den Haufen geworfen. Er mußte neu nachdenken. Das Philosophieren begann jetzt erst.

"Nun, mein liebes Naturwesen," begann er einen wohlvorbereiteten Disput und holte aus, "was ist für dich die Natur?" Er ließ diese große Frage ein wenig einwirken und setzte hinzu: "die Gelegenheit, Nachricht aus der begrifflosen Welt des reinen Willens zu erhalten, ist doch zu günstig."
Rolf hüstelte. "Dumme Natur," stieß er verächtlich hervor. "Die Natur ist nicht natürlich, sondern bloß unmenschlich!"
"Ach, was!" entfuhr es Ralf. "Keine Unschuld des Werdens, derer uns der Geist entfremdet hat?"
"Unschuld des Tötens!" statuierte Rolf grimmig. "Zwar bin ich von meinesgleichen selbst nicht bedroht, doch sitze ich zwischen den Stühlen. Die Menschen, von deren Kultur ich lebe, würden mich der Freiheit berauben, wenn sie meiner habhaft werden könnten."
"Bei mir wärest du sicher," neigte sich Ralf ihm zu.
"Willst du mich adoptieren?" hakte Rolf ein.
"Warum nicht?" erwiderte Ralf leichthin.
"Darüber reden wir noch," beschied Rolf.
"Als Bewohner zweier Welten und gelernten Überflieger kann ich dich vielleicht noch etwas zu unserem Menschenwerk fragen, querelles humaines. Im Märchen sind es üblicherweise drei Fragen, in denen Weltwissen verdichtet wird."
Rolf blickte ihn erwartungsvoll an.
"Gibt es Glück in der Welt?"
"Nimmermehr. Es gibt Ideologien, bis hinauf zum Verfassungsrang, und Illusionen. Aber es gibt Glückliche und Unglückliche. Die Glücklichen wollen unter sich glücklich werden und bleiben und keinesfalls einem Unglücklichen zu sich hinaufhelfen."
"Gibt es Gerechtigkeit?" stellte Ralf die zweite Frage.
"Nimmermehr. So groß ist die Ungerechtigkeit, daß am Ende alle Dinge ihre Schuld bezahlen müssen, nach der Ordnung der Zeit."
"Du hörst dich an," bemühte sich Ralf nach einer Weile des Wägens, das Gewicht der Worte zu mildern, "als ob du schon zu Zeiten der Vorsokratiker gelebt hättest."
"Wer weiß? Antworten gibt es jedenfalls schon lange; man muß nur für sich selbst die Fragen (neu) entdecken."
"Wer bin ich, und wie wird mein Ende sein?"
"Nimmermehr kennen die Sterblichen
Tag oder Stunde des
eigenen Todes und hart
ergreift sie das Schicksal,
entreißt sie dem feinen

Geflecht ihres Wirkens,
wann immer es will,
wen immer es hat,
wie grausam es mag."

Ralf wollte etwas erwidern, schloß aber seinen Mund wieder, weil es nicht mehr darum ging, dieses Schicksalslied ästhetisch zu verorten. Der Gesang der Parzen rührte an sein tatsächliches Leben. So schwieg er, legte sich flach hin und schloß die Augen vor der Sonne. Nach einer Weile sagte Rolf: "Ich komme gleich wieder, ich habe nur eine Kleinigkeit zu erledigen." Ungesehen hob er sich mit einiger Anstrengung so hoch wie möglich in die Luft und landete schließlich auf dem Berg. Dort suchte er sorgfältig nach einem geeigneten Stein. Dieser mußte gerade das richtige Gewicht haben, daß er ihn fliegend tragen konnte, ohne allzu rasch abzusacken, und doch schwer und kantig genug sein, um den gewünschten Effekt zu erzielen. Als er ihn gefunden hatte, flog er die geplante Strecke übungshalber ab und nahm Maß. Dann startete er erneut, mit dem Stein im Schnabel.

Er flog über Ralf, visierte sein Ziel an und ließ den Stein wie eine Bombe fallen. Durch die Schwerkraft mit der nötigen Energie ausgestattet, traf der Stein den Liegenden genau auf den Kehlkopf und wirkte dort wie ein heftiger Schlag mit der Handkante. Ralf war indes nicht sofort tot, sondern röchelte noch, als Rolf auch selbst unten angekommen war. Er setzte sich auf das Gesicht des bewegungsunfähig Sterbenden und begann, ihm mit dem Schnabel die Augen auszuhacken. Mit seinem Restleben stöhnte Ralf noch, doch gab es nichts mehr zu verteidigen. Unnachsichtig stach Rolf immer wieder spitz zu und besudelte dabei sein elegantes, perlmuttartig in der Sonne schimmerndes Gefieder mit Schleim und Blut. Er achtete deß nicht, sondern hieb weiter ins weiche, noch warme Fleisch und zog wütend heraus, was er an Innereien fand. Auch Gehirnmasse schleuderte er von sich, als ob er etwas besonders Widerwärtiges zu beseitigen habe.

Zwischendurch hielt er inne, betrachtete wohlgefällig sein blutiges Werk und sprach dabei:

"Sei beruhigt, guter Freund, dich trifft keine Schuld. Du warst der einzige, dem bestimmt war, durch den geheimen Eingang meine Höhle zu betreten. Du hast diese Bestimmung erfüllt und wirst nun nach Rabengesetz behandelt. Es ist auch, wenn du so willst, rabenschwarzer Humor, wie ihn ein weißer Rabe ebenso beherrscht.

Wenn Gott sich, wie man manchmal sagt, mit der Schöpfung Unterhaltung verschafft, hörst du jetzt sein Gelächter. Er hat mit dir Schindluder getrieben, ich bin nur ausführendes Werkzeug. Du warst einst leibhaftig, du hast geliebt, wenn auch nur für kurze Zeit, und bist wieder geliebt worden. Dies kann nicht ungesühnt bleiben. Ich muß dir die Augen öffnen, damit du erkennst, wie es in der Welt zugeht und wie die Spielregeln sind. Wer redet von meinem Elend? Wer wird meinen Nachlaß pflegen? Mein Jüngstes Gericht wird nicht bis zum jüngsten Gericht an der Wand haften. Vielleicht wärest du besser in der Höhle und im Reich der Schatten geblieben. Hier, im Lichte des Tages und im Reich der Ideen, geht es anders zu."
Rolf plapperte in einem fort, ohne Acht darauf, daß Ralf schon lange tot war und zwar nicht mit gebrochenen, wohl aber zerfleischten Augen da lag. Keifend stakste der Vogel auf dem Leichnam umher, hackte hier und pickte da. Am Handgelenk schaute er sich die Uhr an, trennte mit einer Reihe von Schnabelhieben das Lederarmband auf und flog mit dem Zeitmesser in die Höhle. Dort legte er sie sich aufs Nachtkästchen. Als sie nach fast zwei Jahren wegen erschöpfter Batterie stehen blieb, ließ Rolf sie ins Wasser fallen. Zu diesem Zeitpunkt hatte man das, was von Ralf übrig war, längst gefunden und weggeschafft. Still ruhte der See, auf den Rolf von seinem Einflugloch auf dem Berg versonnen und vielleicht ein wenig traurig herabblickte.

FINIS

Paralipomena

Philologische Nachschrift

Die Krähen behaupten, eine einzige Krähe könnte den Himmel zerstören. Das ist zweifellos, beweist aber nichts gegen den Himmel, denn Himmel bedeuten eben: Unmöglichkeit von Krähen.

Franz Kafka: Prosa aus dem Nachlaß, Betrachtungen Nr. 32

Der Rabe

Wenn ich an einer nahe gelegenen Wiese vorbeifahre, sehe ich dort öfter einen Raben spazieren. Ich weiß, daß er dort wohnt, und ich weiß, daß er dies weiß. Er guckt mich an, sich fragend, wie er mich einschätzen soll. Er nimmt mich als Individuum wahr, obschon ich darüber hinaus noch Person bin, und auch für mich ist er mehr als Gattungswesen, nämlich ein örtlich gebundenes, eigentumsorientiertes, sehr zielbewußtes Individuum.
Wenn ich mich täglich dazusetzen würde, könnten wir ein Kommunikationsverhältnis herstellen, von seiner Seite aus zwar stumm, aber doch explorative Begegnungen zwischen Lebewesen verschiedener Gattungen an gemeinsamem Stamm. Sein Blick liegt prüfend auf mir, der meine neugierig auf ihm. Ist das Tier der leibhaftige Turing-Test, oder repräsentiert er die Irrelevanz von Turing-Tests? Ich anerkenne deine Intelligenz, die dir zu deinem klugen Leben verhilft, während mich meine Intelligenz arm und traurig macht. Ich könnte mich dir als Magier darstellen, mit raffiniertem Werkzeuggebrauch, doch umgekehrt erführe ich nicht, wie du mit deinem hagestolzen Nichtbrütertum fertig wirst, das mein Leben vergiftet. Mit welchen Augen betrachtest du die Paare deinesgleichen und ihren Nachwuchs? Fühlst du dich als Onkel? Ignorierst du sie gerne, oder scheucht man dich weg? Mich jedenfalls hat man weggescheucht, so daß ich jetzt bei dir sitze und deinem wortlosen Blick lausche.

5.8.11

In der Lustkolonie

Vorwort des Herausgebers

Das im Folgenden mitgeteilte Manuskript fiel dem Herausgeber anläßlich eines Besuches in Linz im Jahre 2000 in die Hände, und einige eigenwillige Aspekte darin veranlassen mich, es einer breiteren Öffentlichkeit zugänglich zu machen. Es handelt sich nicht einmal um einen Fund, jedenfalls was mich betrifft, sondern um blanken Zufall. Allerdings traf dieser Zufall auf einen gelernten Germanisten, dem die Verantwortung für Texte ja anerzogen worden war und der sich hier auch ohne materielle Honorierung zu einer Vormundschaft oder Adoption bereiterklärte.

Zweck der Reise war der Besuch des Ars-Electronica-Museums und der Anton-Bruckner-Gedenkstätten. Als Logis kam für den brotlosen Geisteswissenschaftler nur eine Privatunterkunft in Frage, die möglichst präemptiv über das Internet gebucht werden sollte. Tatsächlich konnte ich eine passende Unterkunft ermitteln, mußte die Buchung allerdings noch telefonisch abwickeln. Ankunft, Übernachtung und Orientierung in der Stadt verliefen ohne größere Komplikationen. Die Zimmerwirtin zeigte österreichische Freundlichkeit - für mich nicht zuletzt in der Weichheit des Dialektes ausgeprägt - und gab mir u.a. Hinweise für ein günstiges Frühstück (das im Logis nicht inbegriffen war), und da ich mit einem vorher eingewechselten, festen Betrag von Schillingen auskommen mußte, war ich dafür dankbar.

Aus einigen beiläufigen Fragen zu Herkunft und Tätigkeit ergab sich nach meinem Museumsbesuch eine längere Konversation mit ihr, denn sie hatte noch kaum je mit einem Philologen zu tun gehabt und vermochte sich nicht vorzustellen, was mich an der exotischen Maschinenwelt des Museums interessieren könnte. Daß ich mein Fach im Sinne einer Kulturwissenschaft verstand und mir insofern auch einen Eindruck von aktuellen oder zukünftigen Formen der Kommunikation verschaffen wollte, war nicht leicht zu erklären. Auch meine Geläufigkeit in der Handhabung des Internets bewunderte sie, denn zwar hatte sie ihr Logisangebot über das Fremdenverkehrsamt ins Netz gestellt bekommen, aber für eine Online-Buchung fehlten ihr eingestandenermaßen die technischen und begrifflichen Ressourcen.

So schien ich in ihren Augen einem zweifach magischen Wesen zu ähneln: einem, das Macht über das Wort ausübt, und zugleich einem, das über die Technik verfügt, diesem Wort Verbreitung zu verschaffen. Der nachfolgend zitierte Dr. Silbereisen hätte in seiner etwas verschatteten, aber tiefenscharfen Sprache vielleicht gesagt, ich sei nicht nur Moses, der das Wort zum Leben erweckt, sondern auch Aaron, sein "Mund", der es den Leuten verkündet. Eine solche Assoziation hätte ich indes als viel zu groß angelegt zurückweisen müssen und sie, wiederum kulturgeschichtlich, vielleicht eher Silbereisens mosaischer Religion zugeschrieben, wie man das seinerzeit genannt hätte.

Meine Zimmerwirtin fing an, mir eine längere Geschichte mit etlichen Namen und Verwandtschaftsbezeichnungen zu erzählen, die ich gleich wieder vergaß, weil ich als Germanist ja werkimmanent (und nicht biographisch) zu arbeiten pflegte. Indes war sie auf verschlungenen Wegen von Erbschaft, Bekanntschaft, Pflegschaft u.ä. in den Besitz des nachfolgenden Textes gelangt, mit dem sie zwar selbst nichts anfangen konnte, der sie aber wegen seiner gebildeten Sprache und der Reputation seines Verfassers, des zumindest in der Stadt geachteten und naturgemäß lange verstorbenen Dr. Silbereisens aber für irgendwie wertvoll hielt.

Da dieser alte Herr sein Lebensumfeld in den letzten Jahrzehnten kaum verlassen hatte - und bei seiner psychoanalytischen Arbeit auch zu einer fast mönchischen *stabilitas loci* genötigt war -, sich seinen Altersruhesitz in einem idyllischen Hause auf dem Lande noch gesellschaftsferner gewählt und sich bei Lebzeiten nicht energischer um Publikationsmöglichkeiten bemüht hatte, glaubte meine Zimmerirtin, daß man ihm wenigstens posthum die Ehre einer größeren Leserschaft erweisen möge. Und sie glaubte, daß ich durch Veröffentlichung im Internet gewissermaßen automatisch die gewünschte Publizität (oder vielmehr deren Wirkungen) herbeiführen könne. Vergeblich suchte ich ihr die Heimtücke aktueller Suchmaschinen und die krasse, wiederum mediengesteuerte Selektivität der öffentlichen Aufmerksamkeit zu beschreiben, damit sie nicht zuviel vom bloßen Faktum der Veröffentlichung erwarte. Ich gestehe auch, daß ich, zu diesem Zeitpunkt ja noch ohne Kenntnis des Textes, von dessen Wert keineswegs überzeugt war, sondern bestenfalls einen versponnenen Gelehrten erhoffte, schlimmstenfalls einen jener Weltverbesserer fürchtete, wie sie Thomas Bernhard als spezifisch österreichische Erscheinungen so eindrucksvoll (und lähmend) beschrieben hat. Viel lieber wäre mir gewesen, sie hätte mir die verschollenen Skizzen zum Finale von Bruckners 9. Sinfonie vorgelegt, nach denen die Musikwelt seit 100 Jahren vergeblich sucht. Andererseits

entging mir die subtile Ironie (die von Kafka hätte stammen können) nicht, daß genau jener Text, den dieser, wie auch schon von Silbereisen erwähnt, 1916 in München vorgelesen hatte, nun in verwandelter und gewissermaßen potenzierter Authentizität durch mich nach München zurückgekommen ist.
Sie zeigte mir also eine Mappe loser Blätter, auf denen die folgende Abhandlung in akkurater, wenngleich nicht leicht zu lesender Schrift notiert ist. Einem unvorbereiteten Leser erschiene die Schrift vielleicht fremd und als Ausdruck einer beschränkten Lebenswelt, doch der berufsmäßige Leser darf sich von Unverständlichkeiten nicht abschrecken lassen. Ihn beschäftigen andere Fragen. Vor allem die Datierung erwies sich als großes, letztlich unlösbares Problem. Zwar hätte man wohl über eine Papieruntersuchung einen terminus post quem ermitteln können, doch weil Silbereisen ein überaus beständiges, im besten Sinne konservatives Leben führte, konnte das verwendete Papier bei der Niederschrift auch schon 10 Jahre gelegen haben - ja es mochte Silbereisen sogar ein besonderes Vergnügen bereitet haben, in den Hungerjahren nach dem Kriege "unschuldiges" Vorkriegspapier zu benutzen. Auch die Erwähnung von F. de Saussure läßt sich nicht zur Datierung heranziehen. Zwar wurden seine Vorlesungen tatsächlich erst lange nach dem letzten Weltkrieg veröffentlicht, doch geht aus der Rekonstruktion von Silbereisens Biographie hervor, daß er in seinen Studienjahren u.a. auch die Schweiz aufgesucht hat, und zwar nicht nur wegen Bleuler und Jung. Er kann de Saussure sehr wohl selbst gehört haben.
Zu einer ähnlichen Ambivalenz gelangt m.E. auch eine stilistisch-semantische Untersuchung. Einerseits führen manche Formulierungen fast zwingend zum Schluß, daß Silbereisen aus der Distanz des überstandenen Krieges (und der Verfolgung von seinesgleichen) schrieb. Andererseits atmet die Abhandlung, wenn ich so sagen darf, den Geist oder die Atmosphäre der 20er und 30er Jahre. In dem Text drückt sich offenbar auch die Haltung der Zeitgenossenschaft zu Freud und Kafka aus, und natürlich allgemein der Gestus einer (aus heutiger Sicht veralteten) Gelehrsamkeit. Ich vermute daher, daß Silbereisen den Text seit den 20er, 30er Jahren mit sich getragen, aber erst nach dem Kriege aufgeschrieben hat, als ihm zu Bewußtsein gekommen sein muß, daß seine, zwar umständlich artikulierte, in der Sache aber unerschrockene und freigeistige Denkweise in seiner provinziellen Mitwelt nicht mehr auf Resonanz stieße. Wer hätte in jener restaurativen Zeit auch nur den Titel drucken oder in den Mund nehmen wollen! Die so eigentümlich erscheinende

Symbiose von Bürgerlichkeit und Schamlosigkeit ist wohl am besten aus dem Ideal des Psychoanalytikers zu verstehen. Für ihn darf es keine Denk- und vor allem keine Sprechverbote geben. Er muß jedem Gedanken, und sei er noch so abwegig oder ungewöhnlich, Raum geben. Im österreichischen Fin de siecle war diese Kombination übrigens auch vorher schon nicht selten, denken wir an Gestalten wie L. von Sacher-Masoch und Dr. A. Schnitzler. Die Germanistik kennt noch ein anderes, ferneres Beispiel einer Sozial- oder konkreter Sexualutopie, nämlich J.M.R. Lenzens Vorschlag von Soldatenbordellen in seinem Stück "Die Soldaten".

Jahre nach Silbereisens Tod sorgte die Kulturrevolution von 1968 für eine Öffnung des gesellschaftlichen Diskurses, und der Autor hätte wohl auch die Wiederentdeckung Wilhelm Reichs begrüßt. Trotzdem war es fast eine Ironie des Schicksals, daß zum Zeitpunkt meiner Entdeckung Silbereisens gerade der Romancier Michel Wellbeck Furore machte (den die Franzosen in forciert gallischer Transliteration Houellebecq zu nennen belieben) und auf seine Weise den gleichen Stoff behandelte. Auch Wellbeck ist im Niemandsland zwischen narrativem und diskursivem Gestus angesiedelt; es fehlte nicht viel, daß auch er ungedruckt und ungelesen geblieben wäre wie Silbereisen, und, veröffentlicht, hat er noch den Großteil der Kritik gegen sich. An Silbereisens makabrer Maschinerie hätte er wahrscheinlich seinen Gefallen gefunden, und Silbereisen hätte an Wellbecks deformierten und depravierten Figuren sein eigenes Personal wiedererkannt.

Silbereisens (freilich posthume und insofern leider auch nur virtuelle) Leistung besteht darin, den seinerzeit gängigen Kafka-Interpretationen, hauptsächlich objektivistisch-kulturalistischen Deutungen, worunter insbesondere auch religiöse zu rechnen sind, entschieden entgegengetreten zu sein. Ihm gelingt es, wie man, mit einer leider auch bereits abgegriffenen Floskel, im neueren Theaterjargon zu sagen pflegt, Kafka zur Kenntlichkeit zu entstellen. Seine Deutung, die ja auch eine Weiterführung ist, zumal in den auf den Prozeß zurückverweisenden Passagen, folgt einem Verfahren, das in der neueren Musik als komponierte Interpretation bezeichnet worden ist. Vielleicht dürfen wir uns Silbereisen als gütigen, nachsichtigen alten Herrn vorstellen, vielleicht entspringt seine Darstellung aber einem sardonischen Charakterzug; vielleicht wollte er die selbstverliebte, geistverliebte Germanistik vor den Kopf stoßen und der Lächerlichkeit preisgeben. Das prekäre Wechselverhältnis von Kunst und Leben hätte er sicherlich nicht geleugnet, wohl aber die Partei des letzteren ergriffen, und er hätte für seine Disziplin vermutlich auch dezidiert in Anspruch genommen, ebenso sehr vom Wort zu handeln und am Wort zu hängen wie die buchstabengläubige Philologie. Es ist indes eines, aus der "Heiligkeit des Wortes" eine Liturgie mit Priesterschaft zu machen, und ein anderes, das Wort als Brücke in die menschliche Seele zu verstehen, dann aber, die Leiter nach dem Aufstieg hinter sich werfend, wie Wittgenstein sagt, den Logos des Menschen als unerheblich oder zerstörerisch zu erkennen. Silbereisen hat leider auch nicht mehr jene, immer noch in erfreulicher Hurtigkeit voraneilenden Fortschritte der Neurowissenschaften erlebt, die seinen Entwurf in allen Punkten stützen. Insbesondere die methodische Idee einer Verstoffwechselung der Moral oder einer "Physik der Sitten" - in Überwindung der abgestandenen "Metaphysik der Sitten" Kants - hätten ihm zweifellos ganz und gar entsprochen.

Silbereisens Text wird ohne Eingriffe wiedergegeben. Lediglich die Orthographie wurde aktualisiert (wenn auch nicht in die von der letzten Rechtschreibreform geschaffenen Gefilde hinein), um nicht durch einen sozusagen virtuellen Exotismus einen irreführenden Reiz zu schaffen.

München, 2009

Der Herausgeber

Einleitung

An die Interpreten und zur Abschreckung unerwünschter Leser

Diese Darstellung entspringt nicht der Frivolität - nicht einmal insoweit, wie diese selbst einem normalen menschlichen Handlungsvermögen allezeit zu Gebote steht -, sondern versteht sich als Ausdruck des Mangels, eines den gattungsüblich erwachsenen und im bürgerlichen Sinne glücklich lebenden Mitgliedern des Menschengeschlechtes unvorstellbaren und leider auch unsichtbaren Mangels. Hierin folgt der Verfasser auch unbedingt seinem hochverehrten Vorgänger, Herrn Dr. Kafka aus Prag, in dessen Schatten zu wandeln nur ehrenvoll sein kann. Es mag wohl sein, daß der eine oder andere Interpret von dessen Vorlage schon in die Richtung gedacht hat, die mit der hiesigen Darstellung ausgeschritten wird. In beiden Fällen geht es um **verfügte Körperlichkeit**, und die Symmetrie beider Sphären wird jedem analytisch interessierten Betrachter einsichtig sein. Die Symmetrie nun einmal gestalthaft auszuführen, kann auch einer Verkürzung bei der Deutung der Vorlage Widerstand leisten, wie sie aus moralisierender Bequemlichkeit auch heute noch anzutreffen ist. Hiernach wäre die (strafende) Verfügung über den Körper des Anderen als Vorahnung der späteren politischen Gewaltherrschaft zu lesen. Indes heischt die conditio humana mehr Aufmerksamkeit als kurzfristige historische Emanationen, und meinem Vorgänger lag allemal jene mehr am Herzen als diese. Dabei war er gewiß auf das Vokabular seiner Zeit angewiesen, welches sich nur für die Darstellung der einen Sphäre eignete. Diese Einschränkung gilt für den Nachgeborenen nicht mehr, der nun auch der anderen Sphäre Ausdruck zu verleihen hat, wiewohl ihn bereits das Wort **Lust** befremdet. Das Mißvergnügen an untragischen Gegenständen zu überwinden, scheint nur jene Haltung geeignet, die wir im Werke des gleichfalls hochverehrten Kollegen Dr. Freud aus Wien ausgebildet finden.
Wir sehen uns in diesem Zusammenhang auch von der zeitgenössischen Rezeption bestätigt, welche den Autor im Jahre 1916 als "Lüstling des Entsetzens" perhorreszierte. Die damaligen Zuhörer seiner Lesung spürten offenbar den doppelten Boden der Lust, der unter der obsessiven Körperarbeit (wenn wir mit diesem Worte die ‚Seelenarbeit' des Dr. Freud aktualisieren wollen) des Narrators verborgen war.
Nicht genug gewarnt werden kann vor dem Mißverständnisse, die in der folgenden Darstellung enthaltenen anankastischen Züge seien Ausfaltungen und Steigerungen einer schon vorab vorhandenen Lust, wie einst der französische Graf von Sade in etlichen Studien und Fiktionen dargelegt. Vielmehr handelt es sich darum, daß etwas erzwungen werden muß, um überhaupt erst möglich

169

zu sein. Erst durch Verfügung (von außen) erhält das Subjekt die Sache zur (eigenen) Verfügung. Wenn in unserer Darstellung das in der Vorlage beschriebene Leiden durchschimmern sollte, dann nur in dem Sinne, zu betrauern, wieviel überwundenes Leiden die **physische Affirmation** voraussetzt, wenn man ihrer nicht naturhaft Eigentümer oder aus anderen Gründen verlustig gegangen ist.

Dr. Heinrich Silbereisen, Linz

Sonett XXIX

Wenn ich, zerfallen mit Geschick und Welt,
Als Ausgestoßner weinend mich beklage,
Umsonst mein Flehn zum tauben Himmel gellt,
Und ich verzweifelt fluche meinem Tage, -
Dann wär' ich gern wie andre hoffnungsreich,
So schön wie sie, bei Freunden so beliebt,
An Kunst und hohem Ziele manchem gleich,
Freudlos mit dem, was mir das Schicksal gibt.

Shakespeare

In der Lustkolonie

»Es ist ein eigentümlicher Apparat«, sagte der Offizier zu dem Forschungsreisenden und überblickte mit einem gewissermaßen bewundernden Blick den ihm doch wohlbekannten Apparat. Der Reisende schien nur aus Höflichkeit der Einladung des Kommandanten gefolgt zu sein, der ihn aufgefordert hatte, der Behandlung eines Kolonisten beizuwohnen. Das Interesse dafür war wohl auch in der Kolonie nicht sehr groß. Wenigstens war hier in dem tiefen, sandigen, von kahlen Abhängen ringsum abgeschlossenen kleinen Tal außer dem Offizier und dem Reisenden nur der Kolonist und ein Assistent zugegen.
Der Reisende hatte wenig Sinn für den Apparat und ging auf und ab, während der Offizier die letzten Vorbereitungen besorgte, bald unter den tief in die Erde eingebauten Apparat kroch, bald auf eine Leiter stieg, um die oberen Teile zu untersuchen. Das waren Arbeiten, die man eigentlich einem Maschinisten hätte überlassen können, aber der Offizier führte sie mit einem großen Eifer aus, sei es, daß er ein besonderer Anhänger dieses Apparates war, sei es, daß man aus anderen Gründen die Arbeit sonst niemandem anvertrauen konnte. »Jetzt ist alles fertig!« rief er endlich und stieg von der Leiter hinunter. Er war ungemein ermattet, atmete mit weit offenem Mund und hatte zwei zarte Damentaschentücher hinter den Uniformkragen gezwängt. »Diese Uniformen sind doch für die Tropen zu schwer«, sagte der Reisende, statt sich, wie es der Offizier erwartet hatte, nach dem Apparat zu erkundigen. »Gewiß«, sagte der Offizier und wusch sich die von Öl und

Fett beschmutzten Hände in einem bereitstehenden Wasserkübel, »aber sie bedeuten die Heimat; wir wollen nicht die Heimat verlieren. - Nun sehen Sie aber diesen Apparat«, fügte er gleich hinzu, trocknete die Hände mit einem Tuch und zeigte gleichzeitig auf den Apparat. »Bis jetzt war noch Händearbeit nötig, von jetzt aber arbeitet der Apparat ganz allein.« Der Reisende nickte und folgte dem Offizier. Dieser suchte sich für alle Zwischenfälle zu sichern und sagte dann: »Es kommen natürlich Störungen vor; ich hoffe zwar, es wird heute keine eintreten, immerhin muß man mit ihnen rechnen. Wenn aber auch Störungen vorkommen, so sind sie doch nur ganz kleine, und sie werden sofort behoben sein.«
»Wollen Sie sich nicht setzen?« fragte der Offizier, zog aus einem Haufen von Rohrstühlen einen hervor und bot ihn dem Reisenden an; dieser konnte nicht ablehnen. »Ich weiß nicht«, sagte der Offizier, »ob Ihnen der Kommandant den Apparat schon erklärt hat.« Der Reisende machte eine ungewisse Handbewegung; der Offizier verlangte nichts Besseres, denn nun konnte er selbst den Apparat erklären. »Dieser Apparat«, sagte er und faßte eine Kurbelstange, auf die er sich stützte, »ist eine Erfindung unseres früheren Kommandanten. Ich habe gleich bei den allerersten Versuchen mitgearbeitet und war auch bei allen Arbeiten bis zur Vollendung beteiligt. Das Verdienst der Erfindung allerdings gebührt ihm ganz allein. Haben Sie von unserem früheren Kommandanten gehört? Nicht? Nun, ich behaupte nicht zu viel, wenn ich sage, daß die Einrichtung der ganzen Lustkolonie sein Werk ist. Wir, seine Freunde, wußten schon bei seinem Tod, daß die Einrichtung der Kolonie so in sich geschlossen ist, daß sein Nachfolger, und habe er tausend neue Pläne im Kopf, wenigstens während vieler Jahre nichts von dem Alten wird abändern können. Unsere Voraussage ist auch eingetroffen; der neue Kommandant hat es erkennen müssen. Schade, daß Sie den früheren Kommandanten nicht gekannt haben!"
Der Reisende blickte wohl etwas skeptisch drein, was ja nicht ganz überraschend war, da man ihm von einem unbekannten Dritten in Hinsicht eines unbekannten Vierten erzählen wollte. Der Offizier bemerkte dies aber rasch und biß sich auf die Lippen: »Verzeihen Sie, wenn vielleicht meine Erklärungen ungeordnet sind; ich bitte Sie sehr um Entschuldigung. Die Erklärungen pflegte früher nämlich der Kommandant zu geben; der neue Kommandant aber hat sich dieser Ehrenpflicht entzogen; daß er jedoch einen so hohen Besuch« - der Reisende suchte die Ehrung mit beiden Händen abzuwehren, aber der Offizier bestand auf dem Ausdruck - »einen so hohen Besuch nicht einmal von der Form unserer Behandlung in Kenntnis setzt, ist wieder eine Neuerung, die -«, er hatte einen Fluch auf den Lippen, faßte sich aber und sagte nur: »Ich wurde nicht davon verständigt, mich trifft nicht die Schuld."

Wiederum fühlte sich der Reisende etwas unangenehm berührt, weil er die Ursache undurchschaubarer Schuldzuweisungen zu werden schien. Um den Offizier von weiteren kolonieinternen Überlegungen abzubringen und die unangemessene Ehrbezeigung richtig zu stellen, fing der Reisende an, seine tatsächliche Stellung und den Grund seines Hierseins zu erläutern.
"Ich bin lediglich in einer Nachlaßangelegenheit unterwegs, wenn ich so sagen darf," lenkte er von seiner Person ab. "Vor Jahren hat mein Onkel, M. mit Namen, - ich heiße übrigens L." warf er ein, "sich zum Gesetz aufgemacht, um dort einzutreten. Er kehrte aber nicht zurück. Meine Familie hat mich nun ausgeschickt, nach ihm zu fahnden, den wir freilich nicht nur verschollen wähnten, sondern als verstorben befürchten mußten.
Als ich vor kurzem zum Gesetz gelangte, konnte ich tatsächlich einen Türhüter ausfindig machen, der mir Auskunft geben konnte. An seinem Tore habe M. lange Jahre gewartet, indes er ihm, wiesungsgemäß, keinen Einlaß habe gewähren können. So sei er vor seinen Augen und in seinen Armen endlich verstorben. Ich war nicht besonders überrascht, aber doch erschreckt, als mir der Türhüter seinen Leichnam zeigte. Man hatte sich darum nicht mehr gekümmert und auch der Raben nicht geachtet, die sich daran zu schaffen gemacht hatten. Jedenfalls sahen die Überreste meines Onkels derart traurig aus, daß an eine Überführung nicht zu denken war, und wenn man beim Gesetz kein Begräbnis für nötig hielt, wollte ich mich auch nicht einmischen."
"Das Gesetz wird von verschiedensten Bestrebungen geleitet," gab der Offizier zu bedenken, der sich aufgrund seiner Stellung wohl zu einer halbamtlichen Stellungnahme veranlaßt sah.
"In der Tat habe ich auch schon die verschiedensten Einrichtungen in seinem Geltungsbereich zu Gesicht bekommen. Beim Gesetz einzutreten hielt der Türhüter in meinem Falle für unnötig und schickte mich statt dessen zum Gericht, falls ich den Gründen nachforschen wolle, deretwegen man meinem Onkel den Eintritt verwehrt hatte. Ich begab mich also zum Gericht und begegnete dort zufällig dem Angeklagten Josef K., wie er gerade auf dem Wege zu einer Verhandlung war. Er machte einen etwas abgehetzten und verstörten Eindruck. Auf mich blickte er mit einer sonderbaren Neugier oder sollte ich sagen: Bewunderung? Im Nachhinein wurde mir das bewußt, weil ich ja nur Besucher des Gerichts war, er jedoch amtlich bestellt worden war.

In einer Hinsicht ging es mir jedoch wie ihm: ich konnte keine nähere Auskunft erhalten, nur weiche Mutmaßungen, fahle Andeutungen, trügerische Versprechungen. Als ich erkannte, daß ich in diesem Geflecht der Zuständigkeiten und Überlieferungen nicht weiterkäme, zumindest nicht so zeitig, wie es mein befristeter Aufenthalt forderte, verließ ich das Gericht wieder. Es handelte sich um einen anderen Ausgang als den, zu dem ich hereingekommen war, doch hegte ich keine Furcht, meinen Rückweg nicht zu finden. Man hatte mir die Umgebung ausführlich beschrieben."
"So sind Sie also in freiem Entschluß hierher gekommen?" forschte der Offizier nach L.s Veranlassung.
"Nun," suchte dieser des Offiziers freudige Anwandlung zu dämpfen, "mein Hiersein hat zwei Gründe. Zum einen lernte ich auf meinen Gängen durch das Gericht auch Ihren Kommandanten kennen, der dort in dienstlichen Belangen unterwegs war und mit einem gewissen Interesse meiner oder vielmehr meines Onkels Vorgeschichte zuzuhören schien. Daraufhin lud er mich ein, seine Kolonie zu besuchen."
Der Offizier war nicht eben angetan von der Vorstellung, hier einen Gast zu haben, der gewissermaßen über seinen Kopf hinweg im Dialog mit seinem, nicht sonderlich geliebten Vorgesetzten stünde. L indes dachte keinen Augenblick lang an die Mechanik dieses Dreiecks, sondern schätzte sich glücklich, eine sozusagen amtliche Beglaubigung vorweisen zu können, statt nur ein neugieriger Reisender und Zufallsgast zu sein, der den Betriebsangehörigen mit ungehörigen Fragen auf die Nerven fällt.
"Der zweite Grund," fuhr er fort, "wurde mir im weiteren Verlauf überraschend nachgeliefert. In der Angelegenheit meines Onkels erwarte ich hier naturgemäß keinen Aufschluß mehr. Nicht weit vom Gericht entfernt kam ich jedoch an einem Steinbruch vorbei, in dem ein roter Fleck zu sehen war. Dies mußte die Hinrichtungsstätte sein, von der mir einige Gerichtsangehörige geraunt hatten. Daß es sie tatsächlich gab, hatte ich, offen gestanden, nicht für möglich gehalten."
"Sie haben sich den Prozeß wohl eher als eine symbolische Verhandlung mit symbolischer Verurteilung vorgestellt," vermutete der Offizier nachsichtig und kundig. "Ich kenne diese Einschätzung. Sie wäre auch nicht abwegig, und das Gericht könnte sich, wenn es wollte, auch leicht auf ein solches Verfahren beschränken. Es wäre aber nicht im Sinne des Angeklagten, der ja wirklich sein Leben verwirkt - entweder vor dem Prozeß oder als dessen Folge. So beläßt man es nicht beim symbolischen Tod, sondern schenkt dem Verur-

teilten einen wirklichen, der - wenn ich es paradox sagen darf - erst den Eintritt ins Leben bedeutet. Meine Kolonie folgt im Grunde der gleichen Überzeugung, doch das werde ich Ihnen noch erläutern. Ich wollte Sie indes nicht unterbrechen," fügte er verbindlich an.
"Ich ließ also die Schädelstätte hinter mir und kam an einer Kolonie vorbei, die einen abweisenden Eindruck machte und offenbar die mir ebenfalls benannte Strafkolonie war."
"Unser Schwesterinstitut," bemerkte der Offizier bestätigend.
"Dort hätte ich aber vermutlich auch Blut gesehen und ging daher nicht hinein." Der Offizier warf einen etwas abschätzigen Blick auf den Reisenden, wie ihn Angehörige des Militärs allenthalben gegenüber Zivilisten im Auge haben; als ob Blut oder nicht Blut ein Kriterium der Humanität wäre.
"Die Zweckbestimmung Ihrer Institution indes," wandte sich der Reisende nun mit tiefster Freundlichkeit an seinen Gesprächspartner, "ward mir so undeutlich geschildert, daß mir der Anblick zweier so unterschiedlicher Kolonien dringend nahelegte, mich hier persönlich unterrichten zu lassen. Ich darf Ihnen bereits jetzt für Ihre Bereitschaft zu den - für Sie sicherlich langweiligen, da oftmals wiederholten - Erläuterungen täglich geübter Praxis sehr herzlich danken."
Der Offizier fühlte sich geschmeichelt und hub zu seinem Vortrag an. "Wir sind zwar mit Gesetz und Gericht assoziiert, bedienen uns aber nicht in allen Belangen der selben Sprache. So haben wir keine Delinquenten, sondern Klienten. Man könnte gleichwohl sagen: Unsere Klienten werden zur Lust verurteilt. Diese Formulierung bedarf sofort der Erklärung, zu der ich allerdings weiter ausholen muß.
Sie sind doch, sagten Sie, auf dem Wege hierher am Steinbruch vorbeigekommen?"
"Ja, da bin ich vorbeigekommen und hatte einen Eindruck wie von einem griechischen Theater: im Mittelpunkt steht oder liegt der schuldig gewordene Held, aber wo ist das Publikum, um dessentwillen die Sühne eigentlich vollzogen wird?"
Das seit der Antike bestens bekannte Schuldthema erlaubte dem Offizier die Überleitung zum weithin ignorierten und unverstandenen Thema seiner Kolonie. "Ich wundere mich selbst immer wieder, wie das Gericht die einen auf jenen Weg schickt, die andern aber auf diesen. Wer von uns unterfinge sich, eine solche subtile Unterscheidung zu treffen? Auch vom Vollzug aus betrachtet, verlaufen beide Wege recht nah. Wir haben genügend Klienten, die sich den Tod gewünscht und ihn manchmal auch schon versucht haben, und tat-

sächlich muß man ja sagen, daß diese armen Leute lebende Leichen sind."
"Oder Tote bei lebendigem Leibe", warf L. ein.
"Das wohl gerade nicht, denn ihr Leib ist eben nicht lebendig. Er gehört ihnen nicht, weil er auch niemand anderem gehört. Unser Werk besteht darin, sich seiner zu bemächtigen und ihn ihnen dadurch wenigstens rudimentär zurückzugeben."
"Sie bemühen sich also, wenn ich recht verstehe, Leuten Lust zu verschaffen, welche aus eigenem Antrieb oder Vermögen dazu nicht in der Lage sind?" fragte L. ein wenig ungläubig.
"Noch nicht oder nicht mehr," präzisierte der Offizier zunächst das letztere Kriterium. "Menschen, die nie von dem Menschenrecht (und der Menschenpflicht) Gebrauch machen konnten, mit ihresgleichen in ein leibliches Verhältnis zu treten, einander Lust zu schenken und diese zur Grundlage einer institutionell gültigen Beziehung zu machen. Menschen, die ohne eigene Schuld Neutrum geblieben und demzufolge auf dem vegetativen Status etwa eines Regenwurms stehen geblieben sind. Menschen, welche, wenn sie denn einmal durch unerforschlichen Zufall dem Glück einer Begegnung ausgesetzt wären/würden, dieses gar nicht ergreifen könnten, weil sie den Gebrauch der Lust niemalen - Sie entschuldigen die archaisierende Deklination, die mir hier aber unerläßlich erscheint - haben lernen und kennen lernen dürfen."
"Sie zwingen Sie also zu ihrem Glück?"
"Zu einem Glück, auf daß es das ihrige werden möge. Wir versuchen, ihnen zu einer Fähigkeit zu verhelfen, die zwar jedermann, auf dem Papier auch der Philosoph, für naturgegeben, menschengemäß und gesellschaftlich anerkannt halten will, die unseren Klienten indes von allen ihren Mitmenschen zeitlebens zu entwickeln und auszuüben vorenthalten bleibt."
"Aber sagen Sie," fragte L. eingehender, "um welcherlei Menschen handelt es sich denn bei Ihren Klienten?"
"Diese Verteilung ist etwas, was ich, so lange ich im Vollzug tätig bin, vermutlich nie verstehen werde. Natürlich haben wir die erwartbaren Risikogruppen, häßliche, verwachsene, verkopfte oder sonstwie behinderte, unscheinbare, ältliche Menschen. Aber es kommen auch bildhübsche, jugendliche, liebenswürdige und liebesfähige Menschen oder welche, die das bis vor Kurzem noch waren, und da möchte mich oft ein heiliger Zorn ergreifen, wenn ich mir nicht sagte, daß es nutzlos wäre. Aus den Anamnesen, die dem Vorstrafenregister bei unseren Kollegen entspricht, wissen wir leider

auch, um wieviele Entwicklungsmöglichkeiten in der Gesellschaft unsere Klienten durch ihren spezifischen Mangel gebracht worden sind. Und wir wissen auch, daß wir mit unserem Vollzug meist zu spät kommen, weil diese Möglichkeiten auf Dauer versäumt sind und nicht eingeklagt werden können."
"Im Gesetzbuch stehen ja auch keine Anspruchsrechte, sondern nur Strafen." wandte der Reisende vorschnell ein.
"Im Strafgesetzbuch," korrigierte der Offizier denn auch sofort. "Den Anspruchsrechten gebührt indes die gleiche Achtung. Nur wer Gesetz und Strafe gleichsetzt, geht in die Irre. Wie übrigens auch Ihr Onkel M."
Der Reisende stutzte ein wenig und legte sich erneut zurecht, was er von M.s Schicksal erfahren hatte. In der Tat konnte hier ein Mißverständnis am Werke gewesen sein, jedoch eines, das zu beheben sich auch niemand bemüßigt gefühlt hatte. L. wollte sich nun wenigstens posthum Klarheit verschaffen. "Hat denn der Fall meines Onkels seinerzeit Aufsehen erregt - bei Ihnen oder beim Gericht?"
"Gewiß, der Fall kommt nicht allzu häufig vor, auch wenn Ihr Herr Onkel der Meinung gewesen zu sein schien, daß jeder andere Zeitgenosse an einem anderen, eben für ihn bestimmten Tore Einlaß begehrt haben müsse."
"Und ist das nicht so?"
"Die meisten Menschen brauchen das Gericht und das Gesetz gar nicht und verlangen daher auch keinen Einlaß zum Gesetz. Sie sind, wenn Sie so wollen, bereits Bestandteil des Gesetzes, handeln ihm gemäß und werden insofern auch von ihm geschützt."
"Aber mein Onkel hat nie unrechtmäßig gedacht oder gehandelt. Wie hätte ihm das Gesetz als etwas Fremdes gegenübertreten können?"
"Er hat es sich selbst gegenübergestellt, und als einzelner Mensch konnte er natürlich niemals gegen eine Institution, gegen angeborenen Brauch aufkommen. Den anderen Menschen ist angeboren, was er bewilligt zu bekommen versucht hat, und genau deshalb hat er es nicht bekommen, obwohl es ihm natürlich ebenfalls - um nicht zu sagen: in größtmöglichem Maße - zugestanden hätte."
"Aber das Gericht wird doch, wie ich dem Fall von Josef K. entnehme, von der Schuld angezogen?"
"Mag sein, aber nicht von Schuld in moralischem Sinne. Das Gericht hat ihn gewissermaßen darauf aufmerksam machen wollen, daß er sich selbst etwas schuldig ist. Er ist sich ein Leben, eine erfüllte Existenz schuldig. Das Gericht stellt sich lediglich als Maßstab zur Verfügung, der ihm sagt, **ob** er etwas schuldig geblieben ist. **Was** er

schuldig geblieben ist, kann es ihm schon kaum noch sagen, weil dies ja von ihm selbst, von seinen Zielen und Möglichkeiten, abhängt. Deshalb hat Josef K. auch nie eine genauere Anklage genannt bekommen können."
"Man hat ihn aber, wie meinen Onkel, im Unklaren gelassen und vor allem die Zuständigkeitsbereiche nicht erläutert."
"Haben Sie einmal die Ländereien des Grafen Westwest aufgesucht?"
"Nein, Ich habe nur von dem Fall eines Landvermessers gehört, der dort hätte tätig werden wollen oder sollen."
"In der Tat, wollen oder sollen - das ist wieder die entscheidende Frage. Wenn der dortige Herr K. in den Gasthof kommt, um zu übernachten, wird er sofort als Fremdling erkannt, zurechtgewiesen und ausgewiesen. Die anderen Menschen gehören bereits zum Schloß, sind Teil einer unsichtbaren Gemeinschaft, und K., obwohl er sich im selben Raum wie sie befindet, ist es gerade nicht und wird es nie werden. So können Sie sich auch die Welt des Gerichtes vorstellen. Die meisten Menschen gehören ihm von Natur aus an. Das Gericht ist jene geheime Verschwörung, in der sie ihr Handeln zum Gesetz erheben und erhoben bekommen."
"Dann ist mein Onkel einem schrecklichen Irrtum erlegen."
"Keinem größeren als Josef K."
"Aber man hat sich sicher über ihn lustig gemacht."
Der Offizier wehrte mit einer Handbewegung diese Unterstellung und die darin steckende Leidenschaft ab. "Es braucht keinen Prozeß, um das eigene Leben zu verwirken - oder zerstört zu bekommen, oder vielmehr: seine Zerstörung bestätigt zu bekommen. Es braucht auch keine Mauern, Tore und abweisenden Türhüter, um Menschen abzuhalten und niederzuhalten. Die Klienten, die zu uns kommen oder zu uns überwiesen werden, führen uns täglich vor Augen, wie mühelos Humanität allenthalben zu Grunde gerichtet werden kann."
"Hat man denn vor dem Gesetz auch Petenten erlebt, die es gewagt haben, zum nächsten Türhüter vorzudringen?"
"Selbstverständlich. Der Türhüter von M. hat auch nicht gelogen, als er ihm sagte, daß er den Anblick schon des dritten kaum mehr ertrüge. Er hat allerdings eine etwas bildhafte Einkleidung seiner Empfindung gewählt, weil er sich der bekannten Vorlage verpflichtet fühlte, welcher diese einleitenden Schriften zum Gericht hier folgen. Dort bewachen ja Engel mit dem Flammenschwert die Kreise des Weltenbaus, und der Anblick der Engel ist schrecklich und tödlich. Dies dient, genau besehen, nur der Aufwertung der göttlichen Majestät

und der Behauptung eines numinosen Geheimnisses. Wir vom Gericht wissen, wie gewöhnlich wir sind, aber dieses Wissen ist ungewöhnlich und schrecklich und, wenn es sich ergibt, auch tödlich.
So kam also einst ein anderer Mann vom Lande, nennen wir ihn B., an sein Tor, wurde gewarnt, ging hinein, überwand auch den nächsten Türhüter und stand dann vor einem weiteren, den wir T. nennen wollen. Im Gespräch brach er plötzlich tot zusammen, was von außen tatsächlich so aussehen mochte, als ob diese autoritative Gegenwart ihn niedergestreckt hätte. Ich habe später mit T. zufällig einmal reden können und erfahren, wie dies zugegangen war.
T. war ein junger Mann, nicht besonders gut bezahlt, aber dienstwillig. Er hatte seit langem eine Verlobte, arbeitete auf eine Heirat hin und sah insofern auch Nachkommenschaft als nächste Station seines Lebensweges."
Der Offizier sprach nicht weiter.
"Ja und?", fragte L. nach.
"Nichts und. Das ist alles. Mehr hat er ihm nicht gesagt, aber das genügte. B. wurde plötzlich klar, daß er dieses Glück - oder richtiger gesprochen: diese Normalität - nie erreichen könne. Nie würde er einen anderen Menschen davon überzeugen können, sein Leben mit ihm zu teilen - und den Leib. Er war zwar tatkräftiger als der erste Mann vom Lande und setzte sich - am ersten Tor - hinweg und in Bewegung, aber sein Schicksal ereilte ihn trotzdem."
L. begriff das hier waltende Mißverhältnis. "Dann hat ihm diese Energie ja auch nicht geholfen - außer daß sein Tod vielleicht gnädiger war."
"Er hat, wenn ich so sagen darf, mehr von *seinem* als seinem eigenen Schicksal erlebt und insofern mehr von seinem eigenen Tod erteilt bekommen. Was ihn umgebracht hat, war ja keine schreckliche Drohung von außen oder ein unerträglicher physiognomischer Anblick - wofür die griechische Mythologie bekannte Vorlagen liefert -"
Und L. warf ein: "Sie denken an die Medusa?"
"Sie sagen es; nein, umgebracht hat ihn die Wahrnehmung jener Differenz zum Leben, in der sein Leben bis dahin vor sich gegangen war. Die Gewalt, die ihn niederstreckte, hat er selbst ausgeübt. Schrecklich ist an dem Engel stets nur das unverstandene Herz dessen, der ihm gegenübertritt."
"So wäre er eigentlich nichts anderes als ein besonders wahrer Spiegel?" vermutete der Reisende.

Der gebildete Offizier konnte ein passendes Zitat unterbreiten. "Ein neuerer Kommentator sprach vom *stärkeren Dasein* des Engels und meinte damit eigentlich - ohne es sagen zu können - die Wahrnehmung des eigenen schwächeren Seins. Der Engel macht uns mit uns selbst bekannt und verschafft uns insofern einen grausamen Anblick."
L. war noch nicht klar, weshalb B. das Mißverhältnis seines Lebens nicht schon eher bemerkt hatte. "Aber was der Türhüter B. gesagt hat, hätte B. doch auch von anderen Leuten erfahren oder gehört haben können?"
"Die Welt plappert unaufhörlich, und je mehr Bücher von wechselnden Kulturen zusammengeleimt werden, desto babylonischer wird die Bibliothek. Man kann zu jeder Zeit des Lebens alles erfahren - und alles übersehen. Auch wir vom Gericht können keineswegs voraussehen, wann, wo und wodurch einen Angeklagten das Urteil erfaßt, d.h. wie er diejenige Erkenntnis erlangt, die sein Leben ausmacht - und auch ausmacht im Sinne von auslöscht. Bei B. war es eben der Anblick von T. in seiner zwar bescheidenen, doch auch gesicherten Stellung und die Einsicht, daß eine solche institutionelle Einordnung ein gültiger Lebensentwurf ist. B. hatte zwar den Mut, sich buchstäblich hinwegzusetzen, und das hat ihn hier vorangebracht, aber er hat sich offenbar auch über Anderes hinweggesetzt, dessen er sich hätte annehmen sollen."
"Und das hat ihn eingeholt in Gestalt von T." Dem Reisenden schien der Vergleich der Lebenshaltungen noch immer etwas zu krass ausgeprägt zu sein. "Aber war es nicht doch ein unangemessener Tod? Ist T. tatsächlich so viel glücklicher, daß B. vor seinem höheren Sein vergehen mußte?"
Dies konnte der Offizier begreiflicherweise nicht mit Sicherheit behaupten. "Wer wagt es, Willen und Wirkung zu wägen? Ich kann nicht sagen, ob T. mehr (Eigen-)Willen für sein Leben aufgewandt hat oder weniger. Immerhin scheint er frühzeitig einen Ausgleich von Außen und Innen gefunden zu haben, also zu einer harmonischen Wirkung gelangt zu sein. Es ist freilich keineswegs ausgeschlossen, daß nicht auch er, falls er etwa zum zehnten Türhüter vorgedrungen wäre, ein ähnliches Schicksal wie B. erlitten hätte. B. wiederum hätte ebenfalls, wenn er nicht zufällig auf T. gestoßen wäre, bis zum zehnten Türhüter vordringen können und wäre dann an einer anderen Wahrnehmung, einem anderen Sein zugrunde gegangen."
"Hätte er dann gewissermaßen mehr vom Leben gehabt?"

"Nun ja, wenn Sie die Schritte zählen wollen, die zurückgelegten Meter, dann schon. Aber in dieser Dimension ist das Gericht nicht zu sehen. Ich glaube allerdings, daß B. mit seinem Tode einverstanden war - so, wie ja auch Josef K. mit seiner Hinrichtung einverstanden wurde, wenn ich einmal so sagen darf. Sein Tod war der Ausdruck dessen, daß ihm kein gangbarer Weg mehr für eigenes Leben zur Verfügung stand. B. erkannte, daß diese scheinbar harmlos gewöhnliche Lebenskonstellation von T. für ihn, B., transzendent war. Ihm fehlten alle Voraussetzungen, auch nur einen Schritt in diese Richtung zu tun; es wäre gewesen, als hätte er auf Leitern den Mond erreichen wollen. In der Schrift, welche die Bildlichkeit der Engel so einprägsam darstellt, heißt es bezeichnenderweise von einem anderen, nicht unbegabten Manne und Vorläufer, er sei zwar der größte der Menschen, doch der kleinste im Reiche Gottes sei größer als er (Lk 28). B. hätte sonst alles erreicht haben und darin auch weit über T. hinausgelangt sein können, doch daß er T.s einfaches Sein auf keinem Wege erreichen konnte, machte sein Leben augenblicklich und zurecht zunichte und zuschanden."
"Wußte denn T., wer er selbst war und wie er wirkte?"
"Was T. für B. darstellte, ich betone: darstellte, ist Ihnen also klar geworden: für B. unzugängliche Bereiche des Lebens." Der Offizier war erfreut über die Auffassungsgabe des Reisenden in psychologisch und philosophisch so subtilen Fragen. "T. hingegen verstand sich natürlich keineswegs als höheres Wesen und sah überhaupt nicht auf B. herab, sondern betrachtete ihn als beliebigen Fremden, dem er auftragsgemäß zu begegnen hatte. Wir müssen uns das Gespräch der beiden human und freundlich, vielleicht sogar liebenswürdig vorstellen. Wie anders denn vertraulich konnte T. von seinen Lebensplänen gesprochen haben? Daß dies B. zu Tode rühren würde, dachte er keinen Augenblick lang."
L. versuchte sich das Gespräch vorzustellen. "War er dann aber nicht sehr erschrocken?"
"Jeder Mensch kann für den anderen in unvorhersehbarer Weise und unvorstellbarem Grade Schicksal werden. Dies hatte T. in seiner Ausbildung bereits gelernt. T. wußte, daß er nichts mehr für den Petenten tun konnte, der an sein Ziel gelangt war." Der Offizier stellte eine Verbindung zu seinem Auftrag her. "Ebenso hilflos sind wir hier in dieser Kolonie ja auch, wenn wir einen unserer Klienten durch einen Bilanzselbstmord verlieren, was immer wieder vorkommt."
"Gibt es denn kein Mittel, jene unselige Frontlinie zwischen Außen und Innen, Petenten, Toren und Türhütern zu entfernen? Es werden

doch immer wieder immer neue Leute vom Lande daran zugrunde gehen, wenn nicht am ersten oder dritten, so doch am zehnten oder fünfzehnten."
Hier mußte der Offizier wieder eine Mißdeutung aufklären. "Ihre Numerierung will nahelegen, daß hier eine Steigerung aufgebaut worden sei. Dies ist jedoch eine Täuschung. Die Türhüter sind lediglich über den Raum verteilt, und es ist völlig unvorhersehbar, welcher für welchen Petenten "zuständig" ist oder wird, wenn ich mal so sagen darf. Mir ist von einem Petenten berichtet worden - schon vor längerer Zeit -, der in "seinem" Türhüter sein Spiegelbild wahrnahm. Vielleicht sollte man besser Abbild sagen, denn es war keine identische Person, sondern die gleiche Person wie er - abzüglich jener Eigenschaften und Entwicklungen, die ihn eben diesseits des Gesetzes angesiedelt, also von zahlreichen Möglichkeiten ausgeschlossen haben, während der andere jenseits davon war. Als der Petent dies erkannte, versuchte er, sein Abbild zu erstechen. Natürlich hatte er keine Chance. Wieder andere überleben es nicht, in den Abgrund der Zeit zu blicken - ihrer eigenen oder der allgemeinen, von der Natur gesetzten."
"Die Begegnung mit dem Gesetz scheint den Menschen davor stets mehr abzuverlangen, als sie zu vollbringen oder zu erkennen vermögen, eine Prüfung, die sie nicht bestehen können."
"Es gibt auch Türhüter mit pädagogischem Streben und Talent. Von einem habe ich einmal eine Belehrung mitgeteilt bekommen, wie er sie seinen Petenten zuteil werden läßt, wenn er sie der Botschaft für empfänglich und erkenntnisfähig hält. Ich habe sie mir einst aufschreiben lassen, weil hier eine Haltung formuliert wird, die ich meinen Klienten auch beizubringen versuche."
Der Offizier griff in die Innentasche seines Rockes, zog ein weißes Blatt Papier hervor, faltete es auseinander und las vor, den Reisenden dabei durchaus als Person anredend:
Die Wirklichkeit, je mehr du sie wahrnimmst, wird nicht nur immer schmerzhafter für dich, sondern auch wirklicher, und das heißt: wieder erträglicher. Um den Schmerz, den sie dir an jeder Stelle (hin)zufügt, wirst du jeweils reicher. Dein Saldo wird zwar nie positiv, aber das tut er ja bei keinem Menschen. Es genügt, daß dir tatsächlich jeweils die Werkzeuge und Fähigkeiten zuwachsen, welche die an dich wachsend gestellten Anforderungen benötigen. Die Läuse im Pelz des Türhüters zu zählen, führt nicht weiter. Man muß sich das Wildtier vergegenwärtigen, aus dem dieser Pelz einst gefertigt wurde. Am Ende mußt du dich dem Rachen des Löwen stellen, wie es in einer anderen bedeutenden Schrift heißt, und darfst die Haare in dessen Fell zählen. Je ge-

nauer du das Gegenüber oder den Gegenstand betrachtest, desto mehr erfährst du auch über dich selbst und wirst deiner Möglichkeiten inne."
"Dies hört sich fast an wie eine der Schriften zum Gesetz".
"Ja, nicht wahr," pflichtete ihm der Offizier eifrig bei, "solche Klugheit hätte ich dem besagten Türhüter auch nicht zugetraut."
Auf die Tore zum Gesetz zurückkommend fragte L.: "Kann man sagen, daß an diesen Toren Erkenntnis verlangt wird - wie einst von der Sphinx?"
"Dort wird Erkenntnis ausgeübt, ja." bestätigte der Offizier. "Die Tore sind unverschlossen, wie Sie ja wissen. Die Konfrontation mit den Türhütern und ihrem Hinterland ist nur scheinbar. Sie können sich das auch schon optisch vor Augen führen. Wenn der Türhüter den Petenten vor dem Weitergehen warnt, kann er ihn auf einen Punkt stellen, wo er tatsächlich eine scheinbar unendliche Flucht von Toren mit Türhütern sieht. Er kann ihm aber auch eine Perspektive zeigen, in der nur Straßen und Häuser sichtbar werden. Allein der Gedanke an ein Gericht zieht Wächter und Richter und Henker herbei."
"Die Menschen sind einander immer schon Wächter und Richter und Henker."
"M. hätte ebenso gut eintreten und als Gerichtsschreiber Akten schmieren können," meinte der Offizier. "Es wäre niemandem aufgefallen."
L. hegte indes noch immer Vorbehalte. "Das Gericht ist aber doch willkürlich und ungerecht. Wie können Sie eine solche Institution rechtfertigen und empfehlen, dort einzutreten?"
Der in seiner Berufsehre angegriffene Offizier stellte in aller Gelassenheit richtig: "Die Rechtlichkeit des Gerichts besteht darin, daß von seinen Mitgliedern Gerichtlichkeit ausgeübt wird. Das Verfahren ist bereits seine eigene Rechtfertigung. Es gibt und braucht keine andere Rechtfertigung als verfahrensmäßig vorzugehen. Das Leben hat keinen anderen Zweck als gelebt zu werden. Und das Leben ist immer schon ungerecht. Es lebt vom Vorgriff und kennt keine Rücksicht. So groß ist die Ungerechtigkeit, daß *am Ende alle Dinge ihre Schuld bezahlen müssen, nach der Ordnung der Zeit.*"
"Nun sind wir doch wieder bei der Schuld angelangt," meinte der Reisende nachdenklich und ein wenig erschöpft; ihm war, als habe er den Erdkreis durchmessen.
"Der Schuld wird seit alters die Sühne gegenübergestellt," kehrte der Offizier zu der früheren Betrachtung über die Schuld zurück. "Gemachte Schulden müssen bezahlt, Vorgriff und Ermächtigung zu-

rückerstattet werden. Lust hingegen ist in gewisser Weise das Gegenstück zu Schuld und Schulden, nämlich Überschuß, Zugewinn, Bereicherung, und wird deshalb mit Argwohn, Mißtrauen und Mißgunst verfolgt und - obschon ihrer alle bedürfen - als Verschwörung verstanden und organisiert.

Das Gesetz (als strafendes Gesetz) weiß von keiner Lust, und jeder, der dem Gesetz folgt und dem nichts darüber hinaus gesagt worden ist, geht unvermeidlich an ihr vorbei. Das Gesetz ignoriert oder negiert die Lust (nach außen) und muß daher (nach innen) auch die Form liefern, wenn Einzelne, Geschädigte, denen sie vorenthalten blieb, sie wieder zu gewinnen trachten, wie dies bei uns geschieht."

Der Reisende fühlte sich an eine ihm geläufige mythologische Szene erinnert: "Ist das nicht so ähnlich wie in Wagners Parsifal: *der Speer nur heilt die Wunde, die er schlug?*"

"So könnte man allerdings sagen," gab ihm der Offizier recht. "Für unseren Klienten müssen wir die Lust zu einem Bestandteil des Gesetzes machen, damit er an ihr Anteil erhält. Wir müssen sie zur **Notwendig**keit machen, damit sie **möglich** wird. Wir betreiben also Lustvollzug."

"Aber sollte Lust nicht etwas Freiwilliges sei?"

"Ich könnte jetzt zynisch sein und auf jenen Spruch über unserem Lagereingang verweisen: *Lust macht frei.*

Wie Sie sicher wissen, hängt der genau parallele Spruch *Arbeit macht frei* über einer Parallelveranstaltung, und den dortigen Organisatoren hat man das recht übel genommen. Wenn ich mir diese Meinung zu eigen machen wollte, müßte ich darauf verweisen, daß die von uns bereitgestellte oder erzwungene Lust insofern nicht frei ist oder sein kann, als sie nicht von den Betroffenen selbst ausgeübt oder erlangt werden kann. Dieser scheinbare Widerspruch läßt sich aber leicht auflösen, oder vielmehr auf eine altbekannte philosophische Paradoxie zurückführen. Freiheit ist Einsicht in die Notwendigkeit. Wir brauchen tatsächlich Zwang, um unseren Klienten Lust zu ermöglichen, aber diese bedeutet für sich genommen nach allgemeiner Überzeugung das Reich der Freiheit."

"So verstehen Sie sich gewissermaßen in aufklärerischer Tradition?"

"Wir verstehen uns traditionell als Besserungsanstalt, wollen also pädagogisch wirken. Wir wollen die Menschen besserstellen."

Dem Reisenden schien dieser gute Zweck nicht ganz zur Methode zu passen. "Doch wenn ich hier einhaken darf: besteht nicht die Gefahr, daß der doch offenbar ausgeübte Zwang sozusagen auf die

Lustempfindung abfärbt und vielleicht sogar eine abwegige Assoziation geschaffen wird?".
"Sie denken vermutlich an den verehrten Kollegen Prof. Sacher-Masoch. Ja, das ist eine verständliche Frage. Wir können freilich nicht wissen, mit welchen Vorstellungen unsere Klienten ihr Begehren unterfüttern würden, wenn sie es gleichsam naturhaft hätten entwickeln können. Man kann auch nicht zum Voraus von einem Klavierschüler sagen, ob er einst wie Anton Rubinstein oder wie Ferrucio Busoni spielen wird - nachdem er jahrelang wird gelernt haben müssen. Von einem neutralen Standpunkt aus betrachtet ist die anankastische Assoziation sicher unerwünscht, doch müssen wir andererseits sehen, daß es bei uns ja darum geht, überhaupt erst einmal eine Assoziation herzustellen, d.h. eine (vom Ich des Klienten zugelassene) Verknüpfung zwischen Vorstellung und Handlung zu schaffen. Eine wenn auch etwas schiefe Verwirklichung von Lust ist immer noch besser als gar keine. Wie wir durch ausgedehnte Forschungen inzwischen wissen, gibt es in der sog. gesunden Normalbevölkerung eine Spannweite von Erleben und Bedürfnis, die viel weiter reicht, als wir es uns bisher vorzustellen wagten. Vor diesem Hintergrund sind die Handlungselemente und Vorstellungsmotive, die sich bei unserem Verfahren einstellen oder wirksam werden, durchaus unbedenklich.
Aber«, unterbrach sich der Offizier, »ich schwätze, und sein Apparat steht hier vor uns. Er besteht, wie Sie sehen, aus drei Teilen. Es haben sich im Laufe der Zeit für jeden dieser Teile gewissermaßen volkstümliche Bezeichnungen ausgebildet. Der untere heißt der Bohrer, der obere heißt der Vibrator, und hier der mittlere Teil heißt der Stimulator.« »Der Stimulator?« fragte der Reisende. Er hatte nicht ganz aufmerksam zugehört, die Sonne verfing sich allzu stark in dem schattenlosen Tal, man konnte schwer seine Gedanken sammeln. Um so bewundernswerter erschien ihm der Offizier, der im engen, parademäßigen, mit Epauletten beschwerten, mit Schnüren behängten Waffenrock so eifrig seine Sache erklärte und außerdem, während er sprach, mit einem Schraubendreher noch hier und da an einer Schraube sich zu schaffen machte. In ähnlicher Verfassung wie der Reisende schien der Soldat zu sein. Er ließ den Kopf im Genick hinunterhängen und kümmerte sich um nichts. Der Reisende wunderte sich nicht darüber, denn der Offizier sprach französisch, und Französisch verstand gewiß weder der Assistent noch der Klient. Um so auffallender war es allerdings, daß der Klient sich dennoch bemühte, den Erklärungen des Offiziers zu folgen. Mit einer Art schläfriger Beharrlichkeit richtete er die Blicke immer dorthin, wohin der Offizier gerade zeigte, und als dieser

jetzt vom Reisenden mit einer Frage unterbrochen wurde, sah auch er, ebenso wie der Offizier, den Reisenden an.
»Ja, der Stimulator«, sagte der Offizier, »der Name paßt. Der Klient wird in der ersten Phase auf das Bett in sitzender Stellung festgeschnallt, natürlich unbekleidet. Die Beine werden geöffnet, um der Maschine Zugang zu den betreffenden Organen zu verschaffen. Es nähert sich dann der besagte Stimulator, ergreift das Glied von unten und bringt es in eine ausdehnungsgeeignete Lage. Die Versteifung erzielen wir durch ein gepolstertes Stimulatorelement lokal und durch akustische und kinematographische Zuspielungen mental, d.h. über die Vorstellungswelt des Gehirns. Wir haben einen großen Fundus an Handlungsvorlagen, da ja, wie schon erwähnt, das Empfindungsspektrum sehr weit ist."
Der Reisende runzelte die Stirn, als ob er nicht ganz glauben könne, was er hörte.
"Wollen Sie nicht näherkommen und sich das Stimulatorelement ansehen?« sagte der Offizier, schob ein wenig die Mütze zurück und fuhr sich mit der Hand über das heiße Gesicht.
Der Reisende erhob sich langsam, ging hin und beugte sich über den Stimulator.
»Wie Sie sehen, entspricht die Apparatur der Form des Menschen. Ist Ihnen das klar?« Der Offizier umfaßte mit der Hand die zylindrische Hülse und deutete an, wie sie auf dem betreffenden Organ in Betrieb ginge. Als er, um es möglichst anschaulich zu machen, einen Finger hineingesteckt hatte, erhob der Reisende den Kopf und wollte, mit der Hand rückwärts tastend, zu seinem Sessel zurückgehen. Da sah er zu seinem Schrecken, daß auch der Klient gleich ihm der Einladung des Offiziers, sich die Einrichtung des Stimulators aus der Nähe anzusehen, gefolgt war. Man sah, wie er mit unsicheren Augen auch das suchte, was die zwei Herren eben beobachtet hatten, wie es ihm aber, da ihm die Erklärung fehlte, nicht gelingen wollte. Er beugte sich hierhin und dorthin. Immer wieder lief er mit den Augen das Glas ab. Der Reisende wollte ihn zurücktreiben, denn, was er tat, war wahrscheinlich strafbar. Aber der Offizier hielt den Reisenden mit einer Hand fest, nahm mit der anderen eine Erdscholle vom Wall und warf sie nach dem Assistenten. Dieser hob mit einem Ruck die Augen und sah, was der Klient gewagt hatte. Der Reisende beugte sich sogar über den Stimulator hinweg, ohne sich darum zu kümmern, und wollte nur feststellen, was mit dem Klienten geschehe. »Behandle ihn sorgfältig!« schrie der Offizier wieder. Er umlief den Apparat, faßte selbst den Klienten unter den Achseln und stellte ihn, der öfters mit den Füßen ausglitt, mit Hilfe des Assistenten auf.

Dann begab er sich zum Reisenden zurück, schüttelte die kleine Intervention von sich ab und fuhr mit fast unbeeinträchtigter Ruhe in seinen Erläuterungen fort.
"In der zweiten Phase nähert sich dem Bett von unten der Bohrer und bedient den Klienten *a tergo*. Die Sitzunterlage hat für diesen Zweck eine Aussparung, die wir aber kaschiert haben, um den Klienten am Anfang nicht unnötig zu erschrecken. Natürlich wird hier nicht im eigentlichen Sinne gebohrt; sondern lediglich sanft massiert."
"Aber das ist ja eine abscheuliche Zudringlichkeit," erhob der Reisende laut seine Stimme trotz dieser sachlichen Erläuterung, "eine entwürdigende Sodomie!"
"Verehrter Herr, was das Letztere betrifft, können Sie unbesorgt sein," beschwichtigte der Offizier des Reisenden eilfertige und kurzschlüssige Empörung. Maschinen sind moralisch indifferent, können nie und nimmer entwürdigen. Dieses Vorrecht ist dem Menschen und seinesgleichen vorbehalten (wenn ich so sagen darf). Von Zudringlichkeit ließe sich im Wortsinne tatsächlich reden, denn der Maschinenteil dringt in den Körper ein. Das ist indes gewissermaßen die Umkehrung oder Spiegelung des natürlichen Verhaltens. Da unsere Klienten nicht im Stande sind, von sich aus eindringlich zu werden und wir ihnen keine geeigneten Objekte verschaffen können, müssen wir das Eindringen selbst besorgen.
Wir verfolgen übrigens keinerlei sodomitische Absicht, geben damit auch keine Stellungnahme zu den entsprechenden Forschungen der Dres. Ulrichs und M. Hirschfeld ab, die wir zwar rezipieren, von deren ideologischen Aspekten wir uns jedoch freihalten wollen und müssen.
Uns genügt der Rekurs auf allgemein anerkannte Erkenntnisse der Physiologie, wie sie in jedem Lehrbuch zu finden sind und aus denen die Erregungszonen des Menschen ableitbar sind. Es ist also, um zur Konklusion zu kommen, von der Physiologie aus betrachtet, nicht abwegig, unseren Auftrag auch mit einer rektalen, oder um medizinisch ganz genau zu sein, Prostata-Stimulation auszuführen."
"Aber wirkt es nicht höchst befremdlich und peinlich auf normale Menschen, solchermaßen aufgespießt zu werden?" Der Reisende hatte seine Voreiligkeit als unpassend erkannt und brachte seine Fragen nun wieder im Ton angemessen vor.
"Zum einen haben wir es ja nicht mit normalen Menschen zu tun - oder jedenfalls Menschen, die zwar in allen anderen Dingen normal sind, in ihrer Selbst- und Fremdwahrnehmung und der Fähigkeit des Begehrens jedoch von Grund auf gestört und behindert sind. Für sol-

che Menschen wäre auch eine sonst normale libidinöse Betätigung höchst befremdlich und nicht mit ihrem intentionalen Erleben in Einklang zu bringen.
Zum andern sorgen wir natürlich für ein möglichst schonendes Verfahren, das von unseren Ärzten für unbedenklich erklärt wurde."
Dem Reisenden waren weitere Einwände entwunden, und der Offizier schloß die Beschreibung der Maschine ab.
"Zum Dritten bedienen wir auch das sensorische Potenzial der Brust, die zwar beim Manne nur rudimentär vorhanden ist, aber nachweislich zur Erzeugung von Lust eingesetzt werden kann, wie beim Weibe. Ich darf in diesem Zusammenhang daran erinnern, daß beim Manne auch Brustkrebs vorkommen kann, was ja auch besagt, daß das betreffende Organ eben nicht ganz verschwunden ist. Der hierzu verwendete Maschinenteil heißt Vibrator.
So wird der Klient also von drei Seiten und so umfassend wie möglich bedient."
Der Offizier hatte die frühere Gleichgültigkeit des Reisenden kaum bemerkt, wohl aber hatte er für sein jetzt beginnendes Interesse Sinn; er setzte deshalb in seinen Erklärungen aus, um dem Reisenden zur ungestörten Betrachtung Zeit zu lassen. Der Klient ahmte den Reisenden nach; da er die Hand nicht über die Augen legen konnte, blinzelte er mit freien Augen zur Höhe.
Der Offizier sprang auf die Leiter, drehte ein Rad, rief hinunter: »Achtung, treten Sie zur Seite!«, und alles kam in Gang. Hätte das Rad nicht gekreischt, es wäre herrlich gewesen. Als sei der Offizier von diesem störenden Rad überrascht, drohte er ihm mit der Faust, breitete dann, sich entschuldigend, zum Reisenden hin die Arme aus und kletterte eilig hinunter, um den Gang des Apparates von unten zu beobachten. Noch war etwas nicht in Ordnung, das nur er merkte; er kletterte wieder hinauf, griff mit beiden Händen an den bereits vibrierenden Stimulator, glitt dann, um rascher hinunterzukommen, statt die Leiter zu benutzen, an der einen Stange hinunter und schrie nun, um sich im Lärm verständlich zu machen, mit äußerster Anspannung dem Reisenden ins Ohr: »Begreifen Sie den Vorgang?"
Der Reisende hatte das Ohr zum Offizier geneigt und sah, die Hände in den Rocktaschen, der Arbeit der Maschine zu. Auch der Klient sah ihr zu, aber ohne Verständnis. Er bückte sich ein wenig und verfolgte die schwankenden Nadeln, als ihm der Assistent, auf ein Zeichen des Offiziers, mit einem Messer hinten Hemd und Hose durchschnitt, so daß sie von dem Klienten abfielen; er wollte nach dem fallenden Zeug greifen, um seine Blöße zu bedecken, aber der Assistent hob ihn in die Höhe und schüttelte die letzten

Fetzen von ihm ab. Der Offizier stellte die Maschine ein, und in der jetzt eintretenden Stille wurde der Klient vor den Stimulator gesetzt. Und nun schob sich der Stimulator noch ein Stück vor, denn es war ein magerer Mann. Als ihn die Spitzen berührten, ging ein Schauer über seine Haut; er streckte, während der Assistent mit seiner rechten Hand beschäftigt war, die linke aus, ohne zu wissen wohin; es war aber die Richtung, wo der Reisende stand. Der Offizier sah ununterbrochen den Reisenden von der Seite an, als suche er von seinem Gesicht den Eindruck abzulesen, den der Lustvollzug, den er ihm nun wenigstens oberflächlich erklärt hatte, auf ihn mache. Der Riemen, der für das Handgelenk bestimmt war, riß; wahrscheinlich hatte ihn der Assistent zu stark angezogen. Der Offizier sollte helfen, der Assistent zeigte ihm das abgerissene Riemenstück. Der Offizier ging auch zu ihm hinüber und sagte, das Gesicht dem Reisenden zugewendet: »Die Maschine ist sehr zusammengesetzt, es muß hie und da etwas reißen oder brechen; dadurch darf man sich aber im Gesamturteil nicht beirren lassen. Für den Riemen ist übrigens sofort Ersatz geschafft.« Erläuternd fügte er hinzu: »Die Mittel zur Erhaltung der Maschine sind jetzt sehr eingeschränkt. Unter dem früheren Kommandanten war eine mir frei zugängliche Kassa nur für diesen Zweck bestimmt. Es gab hier ein Magazin, in dem alle möglichen Ersatzstücke aufbewahrt wurden. Ich gestehe, ich trieb damit fast Verschwendung, ich meine früher, nicht jetzt, wie der neue Kommandant behauptet, dem alles nur zum Vorwand dient, alte Einrichtungen zu bekämpfen. Jetzt hat er die Maschinenkassa in eigener Verwaltung, und schicke ich um einen neuen Riemen, wird der zerrissene als Beweisstück verlangt, der neue kommt erst in zehn Tagen, ist dann aber von schlechterer Sorte und taugt nicht viel. Wie ich aber in der Zwischenzeit ohne Riemen die Maschine betreiben soll, darum kümmert sich niemand.«
Der Reisende überlegte: Es ist immer bedenklich, in fremde Verhältnisse entscheidend einzugreifen. Er war weder Bürger der Lustkolonie, noch Bürger des Staates, dem sie angehörte. Wenn er den Lustvollzug verurteilen oder gar hintertreiben wollte, konnte man ihm sagen: Du bist ein Fremder, sei still. Darauf hätte er nichts erwidern, sondern nur hinzufügen können, daß er sich in diesem Falle selbst nicht begreife, denn er reise nur mit der Absicht, zu sehen, und keineswegs etwa, um fremde Gerichtsverfassungen zu ändern. Nun lagen aber hier die Dinge allerdings sehr verführerisch. Die Absonderlichkeit des Verfahrens und die Unwürdigkeit des Lustvollzugs war zweifellos. Niemand konnte irgendeine Eigennützigkeit des Reisenden annehmen, denn der Klient war ihm fremd, kein Landsmann und ein zum Mitleid gar nicht aufforderneder Mensch. Der Reisende selbst hatte Empfehlungen hoher Ämter, war hier mit großer Höflichkeit empfangen worden, und daß er zu diesem Lustvollzug eingeladen worden war, schien sogar

darauf hinzudeuten, daß man sein Urteil über dieses Gericht verlangte. Dies war aber um so wahrscheinlicher, als der Kommandant, wie er jetzt überdeutlich gehört hatte, kein Anhänger dieses Verfahrens war und sich gegenüber dem Offizier fast feindselig verhielt.

»Dieses Verfahren und diesen Lustvollzug, den Sie jetzt zu bewundern Gelegenheit haben, hat gegenwärtig in unserer Kolonie keinen offenen Anhänger mehr. Ich bin der einzige Vertreter des Erbes des alten Kommandanten. An einen weiteren Ausbau des Verfahrens kann ich nicht mehr denken, ich verbrauche alle meine Kräfte, um zu erhalten, was vorhanden ist. Als der alte Kommandant lebte, war die Kolonie von seinen Anhängern voll; die Überzeugungskraft des alten Kommandanten habe ich zum Teil, aber seine Macht fehlt mir ganz; infolgedessen haben sich die Anhänger verkrochen, es gibt noch viele, aber keiner gesteht es ein. Wenn Sie heute ins Teehaus gehen und herumhorchen, werden Sie vielleicht nur zweideutige Äußerungen hören. Das sind lauter Anhänger, aber unter dem gegenwärtigen Kommandanten und bei seinen gegenwärtigen Anschauungen für mich ganz unbrauchbar. Und nun frage ich Sie: Soll wegen dieses Kommandanten und seiner Frauen, die ihn beeinflussen, ein solches Lebenswerk« - er zeigte auf die Maschine - »zugrunde gehen? Darf man das zulassen? Selbst wenn man nur als Fremder ein paar Tage auf unserer Insel ist? Es ist aber keine Zeit zu verlieren, man bereitet schon etwas gegen meine Gerichtsbarkeit vor; es finden schon Beratungen in der Kommandantur statt, zu denen ich nicht zugezogen werde; sogar Ihr heutiger Besuch scheint mir für die ganze Lage bezeichnend; man ist feig und schickt Sie, einen Fremden, vor. - Wie war die Lustvollzug anders in früherer Zeit! Das ganze Tal war von Menschen überfüllt; alle kamen nur um zu sehen; früh am Morgen erschien der Kommandant mit seinen Damen; Fanfaren weckten den ganzen Lagerplatz; ich erstattete die Meldung, daß alles vorbereitet sei; die Gesellschaft - kein hoher Beamte durfte fehlen - ordnete sich um die Maschine; dieser Haufen Rohrsessel ist ein armseliges Überbleibsel aus jener Zeit. Die Maschine glänzte frisch geputzt, fast zu jedem Lustvollzug nahm ich neue Ersatzstücke. Vor Hunderten Augen - alle Zuschauer standen auf den Fußspitzen bis dort zu den Anhöhen - wurde der Klient vom Kommandanten selbst unter den Stimulator gelegt. Was heute ein gemeiner Assistent tun darf, war damals meine, des Gerichtspräsidenten, Arbeit und ehrte mich. Und nun begann der Lustvollzug! Kein Mißton störte die Arbeit der Maschine. Manche sahen nun gar nicht mehr zu, sondern lagen mit geschlossenen Augen im Sand; alle wußten: jetzt geschehen Gerechtigkeit, Leiblichkeit, Menschlichkeit. In der Stille hörte man nur das lustvolle Seufzen des Klienten.

Es war unmöglich, allen die Bitte, aus der Nähe zuschauen zu dürfen, zu gewähren. Der Kommandant in seiner Einsicht ordnete an, daß vor allem die Kinder berücksichtigt werden sollten; ich allerdings durfte kraft meines Berufes immer dabeistehen; oft hockte ich dort, zwei kleine Kinder rechts und links in meinen Armen. Wie nahmen wir alle den Ausdruck der Verklärung von dem verzückten Gesicht, wie hielten wir unsere Wangen in den Schein dieser endlich erreichten Gerechtigkeit und Leiblichkeit! Was für Zeiten, mein Kamerad!« Der Offizier hatte offenbar vergessen, wer vor ihm stand; er hatte den Reisenden umarmt und den Kopf auf seine Schulter gelegt. Der Reisende war in großer Verlegenheit, ungeduldig sah er über den Offizier hinweg.

Die Anwandlung von Privatheit, die ihm gerade zuteil wurde, brachte ihn auf eine weitere Frage. "Wie wird denn die Privatsphäre Ihrer Klienten gewahrt, und inwieweit lassen Sie und Ihre Mitarbeiter sich vom Vollzug involvieren? Ist es nicht auch eine Belastung, stets von Neuem mit fast unheilbarem menschlichem Leid konfrontiert zu werden?"

Der Offizier, der sich in aller Ruhe und ohne Beschämung von ihm löste, konnte sogleich wieder sachkundig Auskunft geben. "Das ist es in der Tat, aber wir müssen uns diesem Leiden, diesen schauerlichen Erscheinungsformen des Mangels, stellen. Wir nehmen nach Möglichkeit an den Vollzügen teil, da diese Art interner Öffentlichkeit zu einem der wesentlichen Heilungsfaktoren unseres Verfahrens gehört. Wir müssen gewissermaßen jene allgemeine Menschlichkeit repräsentieren, die die Klienten bislang stets nur als versagend, verleugnend und verhindernd erlebt haben, und wir müssen sie konstruktiv-ermunternd erlebbar machen. Der Vollzug, den wir erreichen müssen, ist ein soziodynamisches Geschehen (wenn Sie mir diese Begriffsbildung erlauben). Der Klient muß erfahren, daß er mit seiner Lust nicht alleine ist und vor allem, daß diese von seiner Umgebung gebilligt wird.

Wenn Sie so wollen, sind wir der Chor in der griechischen Tragödie: wir sehen zu, wenn der Held handelt, bewerten sein Handeln und stellen den Bezugsrahmen dar, in dem er sich zu exponieren hat."

"Sie wissen es aber doch - wenn ich so sagen darf - besser."

"Gewiß, und wir leiden darunter, wenn wir nicht sofort und nicht dauerhaft helfen können. Aber handeln, bzw. erleben muß der Klient schon selbst. Es ist Ihnen vermutlich bekannt, daß die kulturgeschichtliche Bedeutung der griechischen Tragödie gerade darin besteht, ein einzelnes Subjekt aus der Menge heraustreten und dieser gegenüberzutreten zu lassen. An diesem Punkte der Geschichte individuiert sich der menschliche Geist. Gerade deshalb, weil er aus der bisherigen Umgebung heraustritt, braucht er diese - oder vielmehr deren stilisierte Repräsentanten - auch wieder, um sein Handeln und Erleben, kurzum seinen Eigenwert, zu spiegeln oder bestätigt zu bekommen."

Dem Reisenden reichte diese ins Allgemeine zielende Erklärung nicht aus. Er sah im Hintergrund den Klienten warten, von dessen Schicksal und Innenleben er nichts wußte. "Wie stellen Sie denn fest, welche imaginativen Vorlagen Sie einsetzen müssen?"

"Dies könnte eine ziemlich einfache Sache sein, bringt aber doch einige Schwierigkeiten mit sich," gestand der Offizier mit einer leichten Kopfbewegung zum Klienten, und seine sanfte Stimme ließ Wohlwollen und Einfühlung verspüren. "Wir könnten den Klienten natürlich befragen, und das tun wir auch. Um die meist vorhandene Schamschwelle zu überwinden, verwenden wir dazu die schriftliche Form. Allerdings vermögen bei weitem nicht alle Klienten ihre Wünsche und Bedürfnisse zulänglich zur Sprache zu bringen zu bringen, sei es, daß ihnen die Sprache fehlt, sei es, daß ihnen ein Triebziel fehlt."

"Heißt das: der Klient kennt das Ziel seiner Lust nicht?" fragte der Reisende ungläubig.

"Ja, das heißt es. In diesem Falle müssen wir ihm mögliche Ziele vorstellen. Wir wählen also aus unserem Repertoire etwas aus und spielen es ihm vor. Wenn wir dabei mit einem bestimmten Modell Erfolg haben, heißt das aber leider noch nicht, daß wir die wirkliche Intention des Klienten getroffen haben, denn die Vorlagen sind ja, wie künstlerische Werke generell, vielfältigen Ausdeutungen zugänglich. Wir schießen gewissermaßen mit dem Schrotgewehr in den Wald und wissen nicht, was wir wo getroffen haben."

Der Reisende blickte den Offizier fragend an, weil ihm damit wenig gesagt schien, und erhielt ein weitere, allerdings wiederum ins Allgemeine und sogar ins Theoretische führende Erläuterung.

"Neuerdings versuchen wir, die Handlungsvorlagen semantisch zu klassifizieren, und greifen dazu auf die linguistischen Forschungen des schweizer Professors de Saussure zurück. Er selbst nennt seine Methode strukturalistisch und vermag mit ihr vielgliedrige Verhältnisse und wechselseitig von einander abhängige Vorgänge zu analysieren. Wir haben in unseren Handlungsvorlagen jeweils ein Handlungselement verändert und sehen dann, wenn wir die Variationen durchspielen, möglicherweise, welches der auslösende, zentrale Faktor ist."

"Reicht denn das imaginative Verfahren in jedem Falle aus, d.h. gibt sich jeder Klient mit bloßen Abbildern zufrieden?"
Erneut mußte der Offizier einen Mangel einräumen. "Das ist wieder ein heikler Punkt. Wir kommen da an die Grenzen unserer Möglichkeiten. Grundsätzlich verstehen wir uns als Schonraum und (Aus-)Bildungsinstitution, obschon wir innerhalb dieser Grenzen die wirkliche Welt repräsentieren wollen. Es gibt allerdings Fälle, in denen wir tatsächlich eine zweite Realebene aufbauen müssen. Vergleichsweise einfach verläuft das dort, wo ein Klient sehen will, wie ein anderer Klient auf unserer Maschine von der dürren Scheinexistenz zur Lust gebracht wird. Das kann entweder für diesen sichtbar oder unsichtbar gewünscht sein. Der erstgenannte Klient befindet sich zu diesem Zwecke auf einer ähnlichen, aber kleineren, da portablen Maschine. Diese Maschine wird auch eingesetzt, wenn wir eine Exkursion zu jenem Steinbruch unternehmen, in dem, wie Sie vielleicht wissen, die anderen Urteile des Gerichts vollstreckt werden. Die Hinrichtung der dortigen Delinquenten übt auf manche unserer Klienten einen nennenswerten Reiz aus, und da wir uns in gebührender Entfernung aufstellen, können wir uns diesen Vollzug zunutze machen, ohne daß er unsere Kollegen etwas kosten würde."
Der Reisende versuchte das Bild der roten Lache und den Anblick von Beobachtern auf der Anhöhe, die mit anderen Anliegen befaßt waren, zusammen zu denken. Es gelang ihm zunächst nicht, doch mußte er sich dann eingestehen, daß er es mit zwei Grundtatbeständen des menschlichen Lebens zu tun hatte, die scheinbar nichts mit einander zu tun hatten. Einer Eingebung folgend - als ob sein Geist eine Treppe herabgekollert wäre - stellte er eine einfache Frage, die ihn gleichwohl selbst überraschte.
"Was geschieht mit dem gewonnenen Samen?"
Der Offizier fand nichts an der Frage unschicklich. "Den bekommen diejenigen ausgehändigt, denen daran liegt. Ansonsten reichen wir ihn nutzbringend weiter. Es gibt noch ein Parallellager mit weiblichen Insassen, das sog. Amazonenlager. Wenn dort Frauen einen dringenden Kinderwunsch äußern - und das ist bei Frauen nicht selten - erhalten sie, was sie zur Fertilisation benötigen."
Der Reisende war von dieser vergleichsweise natürlichen Praxis angetan, dachte aber noch einen Schritt weiter zur Natur. "Und eine natürliche Begegnung zwischen beiden Lagern findet nicht statt?"
Der Offizier ging nicht auf den leicht verschmitzten Ton und den Anflug von Anzüglichkeit ein, den man in dieser Äußerung hätte wahrnehmen können, sondern antwortete sachlich und mit dem sei-

nem Amt angemessenen Verantwortungsgefühl. "Das hat sich als zu schwierig erwiesen. Es läßt sich nicht organisieren. Daher beschränken wir uns auf das, was wir sinnvoll organisieren können."
Enttäuscht nahm der Reisende diese Auskunft hin, dem die militärische Methodik und die Abwesenheit von Frauen in dieser Kolonie immer mehr als ein Irrweg oder zumindest Umweg erschien. Dem aufmerksamen Blick des Offiziers, der sein Gegenüber prüfend anschaute, entging dieser Vorbehalt nicht, und so setzte er seine Ausführungen - die ja auch Rechtfertigungen waren - in freundlichem, aber bestimmtem Tone fort.
"Sie glauben vermutlich immer noch, daß es genüge, Männer und Frauen zusammen zu bringen, damit jeder Topf seinen Deckel finde. Davon kann jedoch keine Rede sein. Selbst, wenn es geeignete gesellschaftliche Einrichtungen dafür gäbe, sog. Vergnügungslokale, Orte kultureller Partizipation, welche von beiden Geschlechtern aufgesucht werden, Freizeitstätten, Sommerfrischen usw., muß man bei genauerer Analyse doch sagen, daß sich dort nur ein bestimmter, entsprechend disponierter Typus Mann durchsetzt. Unter den Frauen gibt es umgekehrt auch eine bemerkenswerte Adaption auf diesen Typus, die andere Männer systematisch, aber unbewußt ausschließt. Ich würde mir wünschen, daß die Frauen begännen, ihr Schicksal endlich in die eigene Hand zu nehmen und ihre Persönlichkeit unabhängig von Eigenschaften und Angeboten eines zukünftigen oder gegenwärtigen Mannes zu entwickeln."
Der Reisende vernahm diese Wendung des Gesprächs einigermaßen überrascht und blickte den Offizier verwundert an. "Sie reden der Frauenemanzipation das Wort, obwohl doch die Frauen, wenn ich Sie richtig verstehe, letztlich schuld an der Misere Ihrer Klienten sind?"
"Wir sind uns, scheint mir, einig," erwiderte der Offizier in gleichsam behaglichem Tone, als hätte er die Frage lange erwartet, "daß der sog. kleine Unterschied in Wirklichkeit ein ganz großer ist. Ich habe bei meinen Besuchen im Amazonenlager stets einen gänzlichen Umschlag der Atmosphäre, ja selbst schon des Geruches festgestellt, als ob das andere Denken und Empfinden auch durch die Körper ausgedünstet würde. Aber natürlich," setzte er gleichsam in Klammern hinzu, "ist es umgekehrt: die anderen Körper bringen ein anderes Denken hervor."
Der Reisende nickte zustimmend und wartete auf die Fortsetzung des Gedankenganges.

"Im Falle der Frauen ist unsere heutige Psychologie noch nicht sehr weit gekommen. Vielleicht haben sie von jenem Doktor in Wien gehört, welcher als erster das Wesen der weiblichen Hysterie verstanden und dargelegt hat. Er hat gezeigt, wie viele Handlungsmotive den Frauen selbst unbewußt bleiben, und in der Fortsetzung dieser Forschungen - so viel deutet sich bereits an - wird man sehen, daß Frauen in sich widersprüchliche Handlungsimpulse (und damit auch zwischengeschlechtliche Zielvorstellungen) vertreten. Ich wünsche mir einen Fortgang, um nicht zu sagen einen Ausbruch der Emanzipation..."
"wobei Emanzipation eigentlich schon Ausbruch heißt" warf der Reisende geistesgegenwärtig ein.
"...in der Tat ist es nicht nur ein Ausbruch aus einem Gefängnis, sondern auch ein Abschied von Erwartungen," nahm der Offizier, dankbar für die kluge Erläuterung, den Faden wieder auf. "Unsere Klienten leiden oder scheitern an einer im Einzelfall schwer durchschaubaren Kombination von Eigenschaften und Haltungen, welche ihnen die als potenzielle Geliebte oder Lebensgefährtinnen erscheinenden Frauen entgegenbringen. Ich erspare mir hier Beispiele und möchte statt deren noch auf einen gewissermaßen institutionalisierten Widerspruch in unser Kultur hinweisen."
Der Reisende hob, von neuem verwundert, fragend die Augenbrauen, als sei ein Widerspruch innerhalb der Kultur eigentlich unüblich und unerwartet. In dem kurzen Augenblick dieser Sprechpause änderte sich der Tonfall des Offiziers spürbar, so daß der Reisende fast erschrak, als er ihn mit harter, mitleidloser Stimme fortfahren hörte, was freilich Frucht langjähriger und trauriger Erfahrung war.
"In der Jugend - und im Alltag - sind Eros und Sexus verboten, und von einem Augenblick auf den anderen, mit der Eheschließung, sind sie nicht nur erlaubt, sondern Pflicht. Jeder vernunftgeleitete Mensch muß daran zu Grunde gehen."
Betroffen senkte der Reisende den Kopf und wandte sich ein wenig ab. Die Aussage hatte ihn unerwartet angegriffen, und seine Verteidigung konnte er nicht rasch genug mobilisieren. Er wußte genau, wie überlegt und überlegen ihm der Offizier die Vernunftleitung argumentativ auseinandernähme, wenn er daran einhaken wollte. Er spürte auch den versteckten Vorwurf gegen sich selbst, ebenfalls ein Heuchler und Opportunist zu sein, weil er es eben geschafft habe, sich mit seinem privaten Bedürfnishaushalt einigermaßen harmonisch in der Umgebung seiner Mitmenschen einzurichten. Verrückt-

erweise fiel ihm dazu die alte medizinische Maxime *Wer heilt, hat recht* ein, aber nicht, um sie seinem Gegenüber als Berufsethos zuzubilligen, sondern, um unter ihrem unversehens aufscheinenden Gegensinn zu leiden. Wer heilungsbedürftig, also krank ist, hat recht - so oder ähnlich müßte man diesen Gegensinn wohl formulieren, und solchermaßen sah sich der Reisende ins Unrecht gesetzt. So viel Unglück oder Glücklosigkeit, wie ihm hier vorgesetzt wurde, war seinem eigenen Glück, so bescheiden er es für sich nennen wollte, nicht zuträglich. *Wer heult, hat recht,* dachte der Reisende in Erinnerung an einige Zwistigkeiten mit Frauen, mit denen er bislang zu tun gehabt hatte. Tatsächlich war das Leiden des Anderen ein zunächst starkes Argument für diesen, auch wenn es seinen Verlust an Lebensglück nicht aufzuwiegen vermochte. Kein noch so gutes Argument konnte auch nur einen Augenblick Leben hervorrufen oder aufrecht erhalten. Der Reisende verlor geschwächt die Lust an diesem Disput.

Während dieses Gesprächs hatte der Klient eine eigentümliche Körperhaltung eingenommen, die auch dem Offizier aufgefallen war. Der Reisende sah flüchtig auf den Mann hin; er hielt, als der Offizier auf ihn gezeigt hatte, den Kopf gesenkt und schien alle Kraft des Gehörs anzuspannen, um etwas zu erfahren. Aber die Bewegungen seiner wulstig aneinander gedrückten Lippen zeigten offenbar, daß er nichts verstehen konnte. Der Reisende hatte verschiedenes fragen wollen, fragte aber im Anblick des Mannes nur: »Weiß er, was ihn erwartet?« »Nein«, sagte der Offizier und wollte gleich in seinen Erklärungen fortfahren, aber der Reisende unterbrach ihn: »Er weiß nicht, was ihn erwartet?« »Nein«, sagte der Offizier wieder, stockte dann einen Augenblick, als verlange er vom Reisenden eine nähere Begründung seiner Frage, und sagte dann: »Es wäre nutzlos, es ihm zu verkünden. Er erfährt es ja am eigenen Leib.« Der Reisende wollte schon verstummen, da fühlte er, wie der Klient seinen Blick auf ihn richtete; er schien zu fragen, ob er den geschilderten Vorgang billigen könne. Darum beugte sich der Reisende, der sich bereits zurückgelehnt hatte, wieder vor und fragte noch: »Aber daß ihm der Vollzug bevorsteht, das weiß er doch?« »Auch nicht«, sagte der Offizier und lächelte den Reisenden an, als erwarte er nun von ihm noch einige sonderbare Eröffnungen. »Nein«, sagte der Reisende und strich sich über die Stirn hin, »dann weiß also der Mann auch jetzt noch nicht, wie seine Darlegungen zu den Ursachen seines Zustandes aufgenommen wurde?«

"Wir treten darüber in keinen Diskurs ein, weil er unendlich und nutzlos wäre. Wir müssen vielmehr handeln - im Interesse des Klienten."

Der Offizier erkannte, daß er in Gefahr war, in der Erklärung des Apparates für lange Zeit aufgehalten zu werden; er ging daher zum Reisenden, hing sich in seinen Arm, zeigte mit der Hand auf den Klienten, der sich jetzt, da die Aufmerksamkeit so offenbar auf ihn gerichtet war, stramm aufstellte - auch zog der Assistent die Kette an -, und sagte: »Die Sache verhält sich folgendermaßen. Ich bin hier in der Lustkolonie zum Administrator bestellt. Trotz meiner Jugend. Denn ich stand auch dem früheren Kommandanten in allen Entscheidungen zur Seite und kenne auch den Apparat am besten. Der Grundsatz, nach dem ich entscheide, ist: **Die Lust ist immer unbedingt (so, wie es in den anderen Gerichtsinstanzen üblicherweise heißt: Die Schuld ist immer zweifellos).** Der neue Kommandant hat allerdings schon Absicht gezeigt, in mein Gericht sich einzumischen, es ist mir aber bisher gelungen, ihn abzuwehren, und wird mir auch weiter gelingen."
Die Mitteilungen über das Gerichtsverfahren hatten den Reisenden nicht befriedigt. Immerhin mußte er sich sagen, daß es sich hier um eine Lustkolonie handelte, daß hier besondere Maßregeln notwendig waren und daß man bis zum letzten physiozentrisch vorgehen mußte. Außerdem aber setzte er einige Hoffnungen auf den neuen Kommandanten, der offenbar, allerdings langsam, ein neues Verfahren einzuführen beabsichtigte, das dem beschränkten Kopf dieses Offiziers nicht eingehen konnte.
Indes versuchte der Reisende, auch vom Offizier selbst Grenzen des Verfahrens aufgezeigt zu bekommen und zu ermitteln, auf welche Einwände er schon vorbereitet war. "Haben Sie denn auch Fälle erlebt, in denen Ihre Methode versagt hat?"
"Wir haben Klienten erlebt, die als bedauernswerte Würmchen zu uns geschickt worden sind, so daß wir uns gewissermaßen scheuten, Hand an sie zu legen. Aber selbstverständlich verstehen wir unsere Aufgabe hinreichend unpersönlich, um auch mit solchen Fällen fertig zu werden. Bei physiologischen Ausfallserscheinungen, die mit dem normalen Instrumentarium nicht behoben werden können, setzen wir wir eine Saugglocke ein, die durch Unterdruck das entsprechende Organ in einen bearbeitbaren Zustand versetzt."
"Wie sieht denn der Therapieplan für die Klienten aus und welche Erfolge können Sie erzielen?" wollte der Reisende genauer wissen.
"Wir haben aus verständlichen Gründen dauerhafte Erfolge im Auge und müssen daher einen - wenn ich mal so sagen darf - physiologischen Rhythmus, der auch nach der Freilassung anhält, im Körper verankern. Wir setzen am Tag zwei Behandlungen im Abstand zweier Stunden an und wiederholen dies jeden zweiten Tag. Nach etwa vier Wochen hat sich im Allgemeinen ein Zustand stabilisiert, in dem normale physiologische Abläufe gesichert sind. Das jeweils

sicher erreichte Ziel bestärkt die Klienten, später auch aus eigenem Antrieb den Weg vom Anfang zum Ziel zu gehen, weil sie ihn als überschaubar kennen gelernt und das Ziel als erreichbar erfahren haben."
"Haben Sie denn Rückfälle?"
Auf dem Gesicht des Dienststellenleiters zeigten sich Kummerfalten.
"Auch unsere Behörde ist nicht vollkommen. Wir tun unser Möglichstes, den uns übertragenen Auftrag zu erfüllen und den uns überstellten Klienten zu einer hinlänglichen, menschenwürdigen Empfindungs- und Reaktionsfähigkeit zu bringen, haben indes keinen Einfluß auf seine sonstige Lebensumwelt. Man darf ja auch die Anforderungen an ihn nicht unterschätzen. Das, was wir hier mit apparativen Mitteln (und vergleichsweise überschaubarem Aufwand) zu leisten vermögen, muß der Klient nach seiner Entlassung mit wirklichen Menschen fortzuführen suchen, und deren Eigenwillen, d.h. Unwillen, kann unsere besten Ergebnisse recht rasch zunichte machen. Zwar bemüht sich unser Schwester-Institut jenseits des Flusses, die Strafkolonie, die schlimmsten Fälle von Widersetzlichkeit zu ahnden und die Delinquenten gefügig zu machen, doch die dortigen Kapazitäten sind beschränkt, das Gericht arbeitet ebenfalls zu langsam, und vor kurzem hat ein Maschinenschaden die Arbeit unserer Kollegen nachhaltig gestört. Zuweilen fühlen wir uns wie Sisyphus (als Institution): wir sollen den Felsen stets bergauf rollen, oder anders gesagt: das Wasser bergauf fließen lassen. Wir sollen der menschlichen Gerechtigkeit zum Erfolg verhelfen, müssen unsere Klienten aber nach der Entlassung hilflos sich selbst überlassen.
Insofern wird es Sie nicht wundern, zu hören, daß wir tatsächlich Rückfälle haben. Den prozentualen Anteil und die Verteilung über Zeiträume darf ich Ihnen nicht nennen, doch sind die Zahlen nicht marginal. Freilich ist unsere Heilungsquote besser als diejenige mancher psychologischer Therapien, wie sie mittlerweile verschiedentlich von Ärzten entwickelt worden sind und noch werden. Wir verfolgen diese Strömungen ja sehr aufmerksam, weil wir unsererseits von unserer eigenen Arbeit überzeugt sind und bleiben wollen."
Aber der Reisende schwieg. Der Offizier ließ für ein Weilchen von ihm ab; mit auseinandergestellten Beinen, die Hände in den Hüften, stand er still und blickte zu Boden. Dann lächelte er dem Reisenden aufmunternd zu und sagte: »Ich habe gestern von Ihrer Einladung gehört. Ich kenne den Kommandanten. Ich verstand sofort, was er mit der Einladung bezweckte. Trotzdem seine Macht groß genug wäre, um gegen mich einzuschreiten, wagt er es noch nicht, wohl aber will er mich Ihrem, dem Urteil eines ange-

sehenen Fremden aussetzen. Seine Berechnung ist sorgfältig; Sie sind mit der Gegend hier nicht vertraut, Sie kannten den alten Kommandanten und seinen Gedankenkreis nicht, Sie sind in naiv-idealistischen Anschauungen befangen, vielleicht sind Sie ein grundsätzlicher Gegner therapeutischer Eingriffe im allgemeinen und einer derartigen maschinellen Vollzugsart im besonderen, Sie sehen überdies, wie der Vollzug ohne öffentliche Anteilnahme, traurig, auf einer bereits etwas beschädigten Maschine vor sich geht - wäre es nun, alles dieses zusammengenommen (so denkt der Kommandant), nicht sehr leicht möglich, daß Sie mein Verfahren nicht für richtig halten? Und wenn Sie es nicht für richtig halten, werden Sie dies (ich rede noch immer im Sinne des Kommandanten) nicht verschweigen, denn Sie vertrauen doch gewiß Ihren vielerprobten Überzeugungen. Sie haben allerdings viele Eigentümlichkeiten vieler Völker gesehen und achten gelernt, Sie werden daher wahrscheinlich sich nicht mit ganzer Kraft, wie Sie es vielleicht in Ihrer Heimat tun würden, gegen das Verfahren aussprechen. Aber dessen bedarf der Kommandant gar nicht. Ein flüchtiges, ein bloß unvorsichtiges Wort genügt. Es muß gar nicht Ihrer Überzeugung entsprechen, wenn es nur scheinbar seinem Wunsche entgegenkommt. Daß er Sie mit aller Schlauheit ausfragen wird, dessen bin ich gewiß. Und seine Damen werden im Kreis herumsitzen und die Ohren spitzen; Sie werden etwa sagen: 'Bei uns ist das Vollzugsverfahren ein anderes', oder 'Bei uns wird der Klient vor der Therapieentscheidung um Darlegung gebeten', oder 'Bei uns gab es Vollzugsverfahren nur auf Antrag'. Das alles sind Bemerkungen, die ebenso richtig sind, als sie Ihnen selbstverständlich erscheinen, unschuldige Bemerkungen, die mein Verfahren nicht antasten. Aber wie wird sie der Kommandant aufnehmen? Ich sehe ihn, den guten Kommandanten, wie er sofort den Stuhl beiseite schiebt und auf den Balkon eilt, ich sehe seine Damen, wie sie ihm nachströmen, ich höre seine Stimme - die Damen nennen sie eine Donnerstimme -, nun, und er spricht: 'Ein großer Forscher des Abendlandes, dazu bestimmt, das Vollzugsverfahren in allen Ländern zu überprüfen, hat eben gesagt, daß unser Verfahren nach altem Brauch ein unmenschliches ist. Nach diesem Urteil einer solchen Persönlichkeit ist es mir natürlich nicht mehr möglich, dieses Verfahren zu dulden. Mit dem heutigen Tage also ordne ich an - und so weiter.' Sie wollen eingreifen, Sie haben nicht das gesagt, was er verkündet, Sie haben mein Verfahren nicht unwürdig genannt, im Gegenteil, Ihrer tiefen Einsicht entsprechend, halten Sie es für das menschlichste und menschenwürdigste, Sie bewundern auch diese Maschinerie - aber es ist zu spät; Sie kommen gar nicht auf den Balkon, der schon voll Damen ist; Sie wollen sich bemerkbar machen; Sie wollen schreien; aber eine Damenhand hält Ihnen den Mund zu - und ich und das Werk des alten Kommandanten sind verloren.«

Der Reisende mußte ein Lächeln unterdrücken; so leicht war also die Aufgabe, die er für so schwer gehalten hatte. Er sagte ausweichend: »Sie überschätzen meinen Einfluß; der Kommandant hat mein Empfehlungsschreiben gelesen, er weiß, daß ich kein Kenner der gerichtlichen Verfahren bin. Wenn ich eine Meinung aussprechen würde, so wäre es die Meinung eines Privatmannes, um nichts bedeutender als die Meinung eines beliebigen anderen, und jedenfalls viel bedeutungsloser als die Meinung des Kommandanten, der in dieser Lustkolonie, wie ich zu wissen glaube, sehr ausgedehnte Rechte hat. Ist seine Meinung über dieses Verfahren eine so bestimmte, wie Sie glauben, dann, fürchte ich, ist allerdings das Ende dieses Verfahrens gekommen, ohne daß es meiner bescheidenen Mithilfe bedürfte.«

Begriff es schon der Offizier? Nein, er begriff noch nicht. Er schüttelte lebhaft den Kopf, sah kurz nach dem Klienten und dem Assistenten zurück, die zusammenzuckten und vom Reis abließen, ging ganz nahe an den Reisenden heran, blickte ihm nicht ins Gesicht, sondern irgendwohin auf seinen Rock und sagte leiser als früher: »Sie kennen den Kommandanten nicht; Sie stehen ihm und uns allen - verzeihen Sie den Ausdruck - gewissermaßen harmlos gegenüber; Ihr Einfluß, glauben Sie mir, kann nicht hoch genug eingeschätzt werden. Ich war ja glückselig, als ich hörte, daß Sie allein dem Vollzug beiwohnen sollten. Diese Anordnung des Kommandanten sollte mich treffen, nun aber wende ich sie zu meinen Gunsten. Unabgelenkt von falschen Einflüsterungen und verächtlichen Blicken - wie sie bei größerer Teilnahme am Vollzug nicht hätten vermieden werden können - haben Sie meine Erklärungen angehört, die Maschine gesehen und sind nun im Begriffe, den Vollzug zu besichtigen. Ihr Urteil steht gewiß schon fest; sollten noch kleine Unsicherheiten be, so wird sie der Anblick des Vollzugs beseitigen. Und nun stelle ich an Sie die Bitte: helfen Sie mir gegenüber dem Kommandanten!«

Der Reisende ließ ihn nicht weiterreden. »Wie könnte ich denn das«, rief er aus, »das ist ganz unmöglich. Ich kann Ihnen ebensowenig nützen, als ich Ihnen schaden kann.«

»Sie können es«, sagte der Offizier. Mit einiger Befürchtung sah der Reisende, daß der Offizier die Fäuste ballte. »Sie können es«, wiederholte der Offizier noch dringender. »Ich habe einen Plan, der gelingen muß. Sie glauben, Ihr Einfluß genüge nicht. Ich weiß, daß er genügt. Aber zugestanden, daß Sie recht haben, ist es dann nicht notwendig, zur Erhaltung dieses Verfahrens alles, selbst das möglicherweise Unzureichende zu versuchen? Hören Sie also meinen Plan. Zu seiner Ausführung ist es vor allem nötig, daß Sie heute in der Kolonie mit Ihrem Urteil über das Verfahren möglichst zurückhalten. Wenn man Sie nicht geradezu fragt, dürfen Sie sich keinesfalls äußern; Ihre Äußerungen aber müssen kurz und unbestimmt sein; man soll merken, daß es Ichnen schwer wird, darüber zu sprechen, daß Sie verbittert sind, daß Sie, falls Sie offen reden sollten, geradezu in Verwünschungen ausbrechen müßten. Ich verlange nicht, daß Sie lügen sollen; keineswegs; Sie sollen nur kurz antworten, etwa: 'Ja, ich habe den Vollzug gesehen', oder 'Ja, ich habe alle Erklärungen gehört'. Nur das, nichts weiter. Für die Verbitterung, die man Ihnen anmerken soll, ist ja genügend Anlaß, wenn auch nicht im Sinne des Kommandanten. Er natürlich wird es vollständig mißverstehen und in seinem Sinne deuten. Darauf gründet sich mein Plan. Morgen findet in der Kommandantur unter dem Vorsitz des Kommandanten eine große Sitzung aller höheren Verwaltungsbeamten statt. Der Kommandant hat es natürlich verstanden, aus solchen Sitzungen eine Schaustellung zu machen. Es wurde eine Galerie gebaut, die mit Zuschauern immer besetzt ist. Ich bin gezwungen, an den Beratungen teilzunehmen, aber der Widerwille schüttelt mich. Nun werden Sie gewiß auf jeden Fall zu der Sitzung eingeladen werden; wenn Sie sich heute meinem Plane gemäß verhalten, wird die Einladung zu einer dringenden Bitte werden. Sollten Sie aber aus irgendeinem unerfindlichen Grunde doch nicht eingeladen werden, so müßten Sie allerdings die Einladung verlangen; daß Sie sie dann erhalten, ist zweifellos. Nun sitzen Sie also morgen mit den Damen in der Loge des Kommandanten. Er versichert sich öfters durch Blicke nach oben, daß Sie da sind. Nach verschiedenen gleichgültigen, lächerlichen, nur für die Zuhörer berechneten Verhandlungsgegenständen - meistens sind es Hafenbauten, immer wieder Hafenbauten! - kommt auch das Gerichtsverfahren zur Sprache. Sollte es von seiten des Kommandanten nicht oder nicht bald genug geschehen, so werde ich dafür sorgen, daß es geschieht. Ich werde aufstehen und die Meldung vom heutigen Vollzug erstatten. Ganz kurz, nur diese Meldung. Eine solche Meldung ist zwar dort nicht üblich, aber ich tue es doch. Der Kommandant dankt mir, wie immer, mit freundlichem Lächeln, und nun, er kann sich nicht zurückhalten, erfaßt er die gute Gelegenheit. 'Es wurde eben', so oder ähnlich wird er sprechen, 'die Meldung vom Vollzug erstattet. Ich möchte dieser Meldung nur hinzufügen, daß gerade diesem Vollzug der große Forscher beigewohnt hat, von dessen unsere Kolonie so außerordentlich ehrendem Besuch Sie alle wissen. Auch unsere heutige Sitzung ist durch seine Anwesenheit in ihrer Bedeutung erhöht. Wollen wir nun nicht an diesen großen Forscher die Frage richten, wie er den Vollzug nach altem Brauch und das Verfahren, das ihr vorausgeht, beurteilt?' Natürlich überall Beifallklatschen, allgemeine Zustimmung, ich bin der Lauteste. Der Kommandant verbeugt sich vor Ihnen und sagt: 'Dann stelle ich im Namen aller die Frage.' Und nun treten Sie an die Brüstung. Legen Sie die Hände für alle sichtbar hin, sonst fassen sie die Damen und

spielen mit den Fingern. - Und jetzt kommt endlich Ihr Wort. Ich weiß nicht, wie ich die Spannung der Stunden bis dahin ertragen werde. In Ihrer Rede müssen Sie sich keine Schranken setzen, machen Sie mit der Wahrheit Lärm, beugen Sie sich über die Brüstung, brüllen Sie, aber ja, brüllen Sie dem Kommandanten Ihre Meinung, Ihre unerschütterliche Meinung zu. Aber vielleicht wollen Sie das nicht, es entspricht nicht Ihrem Charakter, in Ihrer Heimat verhält man sich vielleicht in solchen Lagen anders, auch das ist richtig, auch das genügt vollkommen, stehen Sie gar nicht auf, sagen Sie nur ein paar Worte, flüstern Sie sie, daß sie gerade noch die Beamten unter Ihnen hören, es genügt, Sie müssen gar nicht selbst von der mangelnden Teilnahme am Vollzug, von dem kreischenden Rad, dem zerrissenen Riemen reden, nein, alles Weitere übernehme ich, und, glauben Sie, wenn meine Rede ihn nicht aus dem Saale jagt, so wird sie ihn auf die Knie zwingen, daß er bekennen muß: Alter Kommandant, vor dir beuge ich mich. - Das ist mein Plan; wollen Sie mir zu seiner Ausführung helfen? Aber natürlich wollen Sie, mehr als das, Sie müssen.« Und der Offizier faßte den Reisenden an beiden Armen und sah ihm schwer atmend ins Gesicht. Die letzten Sätze hatte er so geschrien, daß selbst der Assistent und der Klient aufmerksam geworden waren; trotzdem sie nichts verstehen konnten, hielten sie doch im Essen inne und sahen kauend zum Reisenden hinüber.
Die Antwort, die er zu geben hatte, war für den Reisenden von allem Anfang an zweifellos; er hatte in seinem Leben zu viel erfahren, als daß er hier hätte schwanken können; er war im Grunde ehrlich und hatte keine Furcht. Trotzdem zögerte er jetzt im Anblick des Assistenten und des Klienten einen Atemzug lang. Schließlich aber sagte er, wie er mußte: »Nein.« Der Offizier blinzelte mehrmals mit den Augen, ließ aber keinen Blick von ihm. »Wollen Sie eine Erklärung?« fragte der Reisende. Der Offizier nickte stumm. »Ich bin ein Gegner dieses Verfahrens«, sagte nun der Reisende, »noch ehe Sie mich ins Vertrauen zogen - dieses Vertrauen werde ich natürlich unter keinen Umständen mißbrauchen -, habe ich schon überlegt, ob es mir zustünde, diesem Verfahren meine Billigung zu verweigern, und ob mein Vorbehalt auch nur eine kleine Aussicht auf Erfolg haben könnte. An wen ich mich dabei zuerst wenden müßte, war mir klar: an den Kommandanten natürlich. Sie haben es mir noch klarer gemacht, ohne aber etwa meinen Entschluß erst befestigt zu haben, im Gegenteil, Ihre ehrliche Überzeugung geht mir nahe, wenn sie mich auch nicht beirren kann. Ihr Vorgehen ist doch in dem Sinne inhuman, als es keine zwischenmenschliche Begegnung zum Ziel oder Gegenstand hat, kein Vertrauen, keine Liebe, kein Glück?"
"Wir wissen dies mehr als jeder andere auf dieser Welt, und dies macht weniger unseren Leuten als vor allem mir den Auftrag auch so

qualvoll. Wir können zwar Lustvollzug bewerkstelligen, den geschlechtlichen Vollzug damit aber nur simulieren. Die meisten unserer Dienstleute, die ja als langjährige Berufssoldaten in der Regel verheiratet sind und Familie haben, sind glücklicherweise abgestumpft und mitleidlos geworden, so daß sie das Elend der Klienten nicht richtig wahrzunehmen vermögen. Ich aber habe einst Theologie studiert, weil ich glaubte, Gottes Güte nicht anders ertragen lernen zu können, indem ich ihren Motiven, so weit dies dem menschlichen Geiste möglich ist, nachzuforschen suchte. Nun hat mich das Schicksal an diesen Platz gestellt, den als Vorhölle zu beschreiben noch ein freundlicher Euphemismus wäre."
Der Offizier ächzte bei diesen Worten ein wenig, als habe er täglich eine übermenschliche Last zu schultern.
"Wir sehen jeden Tag, wie schwierig es ist, unseren Klienten auch nur ein zureichendes Selbstgefühl und ein Minimum an physiologischer Reaktion zu entlocken. Selbst wenn wir diesen Zugewinn stabilisieren könnten, ist es immer noch ein unendlich langer Weg, eine fast aussichtslose Aufgabe, ihn zur Grundlage eines wünschbaren harmonischen Liebesverhältnisses und im Falle einer Ehe zu ihrer Weiterführung in eine Familie zu machen. Stellen Sie sich meine täglich neu niederschmetternde Erkenntnis vor, diesen Menschen mit meiner äußersten Anstrengung doch nicht so weit helfen zu können, daß sie noch bei Lebzeiten auch nur in die Nähe einer humanen Existenz gelangen. Ich muß sie für etwas ausbilden, das sie bei realistischer Betrachtung doch nie anzuwenden Gelegenheit haben werden. Ich arbeite unermüdlich an der notwendigen Bedingung, und diese ist bereits so grausam, daß sie alle unsere Kräfte - von uns Betreuern und den Klienten selbst - erschöpft. Bis zur hinreichenden Bedingung ist es noch einmal eine Welt von Arbeit, Mühsal und - ich muß das wirklich so sagen: verbrecherisch glücklichen Zufalls."
"Kommt es nicht einfach darauf an, für das Glück bereit zu sein, damit es sich einstellt - und das tut es dann auch."
Den Offizier schien das Wort *Glück*, das er jetzt zum zweiten Male vernahm, in seinen Eingeweiden zu treffen und seine Gegenwehr hervorzurufen. Der Reisende bemerkte jedenfalls mit wachsendem Entsetzen, daß er ihn zur Weißglut gereizt hatte. "Wenn Sie nicht ein Gast von auswärts, sondern ein Untergebener wären, würde ich Sie jetzt ohrfeigen und drei Tage in die Ausnüchterungszelle stecken - ohne Wasser und Brot versteht sich! Ihnen ist noch immer nicht bewußt, wieviel lebenslange und lebenverzehrende Mühsal es braucht,

um nur den geringsten Hauch an Glück für sich zu gewinnen. Diese Mühsal, gegen den übermächtigen Widerstand der Umgebung zu leisten, ist so groß, daß sie dann auch noch jedes Glück - zeigte es sich denn - nachhaltig vergiftet. Unsere Klienten haben Jahre und Jahrzehnte ihres Lebens verloren mit dem Bereitsein für glückliche Zufälle und günstige Gelegenheiten. Doch was sie auch immer unternommen haben, gewartet, nichts getan, gearbeitet, sich bemüht, sich erniedrigt, sämtliche einander ausschließende Möglichkeiten ergriffen haben - die Bilanz war stets und nachhaltig und grundsätzlich und höhnisch endgültig negativ. Wie können Sie mir etwas von Möglichkeiten erzählen wollen, Sie nichtswürdiger Idiot, der keine Ahnung von der höllischen Perfektion der Unmöglichkeit hat, der keine Ahnung davon hat, wie wir hier seit Bestehen des Lagers und seiner Therapieformen nach allen nur denkbaren Brosamen von Möglichkeiten gefahndet und geforscht haben und längst in unser Verfahren eingebaut haben, was auch nur einen Hauch an Besserung bringen könnte. Steigen Sie täglich in die Tiefe menschlichen Leides hinab und müssen Krüppeln ins Auge sehen, von denen Sie wissen, daß ihnen nur der Selbstmord helfen könnte? Und Sie dürfen ihnen die Erlösung durch den Tod nicht verschaffen, weil es der Terror der kodifizierten Humanität verbietet, die ein verlogenes rationalistisches Menschenbild vor sich her trägt und zur Grundlage hat!" Des Offiziers haßerfüllter Ausbruch erschreckte den Reisenden zutiefst und ließ ihn verstummen. Der Offizier schien selbst auch von seiner Philippika angegriffen und konnte das Gespräch nicht weiterführen. Er wendete sich der Maschine zu, faßte eine der Messingstangen und sah dann, ein wenig zurückgebeugt, zum Stimulator hinauf, als prüfe er, ob alles in Ordnung sei. Der Assistent und der Klient schienen sich miteinander befreundet zu haben; der Klient machte, so schwierig dies bei der festen Einschnallung durchzuführen war, dem Assistenten Zeichen; der Assistent beugte sich zu ihm; der Klient flüsterte ihm etwas zu, und der Assistent nickte. Der Reisende ging dem Offizier nach und sagte: »Sie wissen noch nicht, was ich tun will. Ich werde meine Ansicht über das Verfahren dem Kommandanten zwar sagen, aber nicht in einer Sitzung, sondern unter vier Augen; ich werde auch nicht so lange hier bleiben, daß ich irgendeiner Sitzung beigezogen werden könnte; ich fahre schon morgen früh weg oder schiffe mich wenigstens ein.«
Es sah nicht aus, als ob der Offizier zugehört hätte. »Das Verfahren hat Sie also nicht überzeugt«, sagte er für sich und lächelte, wie ein Alter über den Unsinn eines Kindes lächelt und hinter dem Lächeln sein eigenes wirkliches Nachdenken behält.

»Dann ist es also Zeit«, sagte er schließlich und blickte plötzlich mit hellen Augen, die irgendeine Aufforderung, irgendeinen Aufruf zur Beteiligung enthielten, den Reisenden an. »Wozu ist es Zeit?« fragte der Reisende unruhig, bekam aber keine Antwort.
»Du bist frei«, sagte der Offizier zum Klienten in dessen Sprache. Dieser glaubte es zuerst nicht. »Nun, frei bist du«, sagte der Offizier. Zum erstenmal bekam das Gesicht des Klienten wirkliches Leben. War es Wahrheit? War es nur eine Laune des Offiziers, die vorübergehen konnte? Hatte der fremde Reisende ihm Gnade erwirkt? Was war es? So schien sein Gesicht zu fragen. Aber nicht lange. Was immer es sein mochte, er wollte, wenn er durfte, der Apparatur ledig sein, und er begann sich zu rütteln, soweit es der Stimulator erlaubte.
»Du zerreißt mir die Riemen«, schrie der Offizier, »sei ruhig! Wir öffnen sie schon.« Und er machte sich mit dem Assistenten, dem er ein Zeichen gab, an die Arbeit. Der Klient lachte ohne Worte leise vor sich hin, bald wendete er das Gesicht links zum Offizier, bald rechts zum Assistenten, auch den Reisenden vergaß er nicht.
»Zieh ihn heraus«, befahl der Offizier dem Assistenten. Es mußte hiebei wegen des Stimulators einige Vorsicht angewendet werden.
Der Reisende benützte die unversehens entstandene Pause, sich mit einer Frage an den Offizier zu wenden, die ihn schon auf dem Wege hierher beschäftigt hatte. "Entschuldigen Sie, wenn ich nochmals auf früheres Thema zurückkomme, aber mir geht die Parallelität der beiden Kolonien nicht aus dem Sinn, ganz abgesehen von der Aufteilung in Delinquenten und Klienten, welche Ihnen selbst ja auch undurchsichtig erschien. Ich habe den Bericht eines Reisenden in die I land bekommen - er zirkuliert bei Gericht -, der zufällig die letzte Hinrichtung in der Strafkolonie miterlebt hat. Demnach ist dieses Verfahren zumindest aus technischen Gründen eingestellt worden."
"Ja, das war ein recht unglücklicher Verlauf," gab der Offizier zu. "Wir wissen noch nicht genau, was wir davon halten sollen, und die Verantwortlichen überlegen, was mit den ja auch künftig auftretenden Strafverfahren geschehen soll. Ich verrate nicht zuviel, wenn ich sage, daß die Meinungen vom Wiederaufbau der Maschine bis zur Auflösung der Strafkolonie reichen."
"Und welcher Meinung sind Sie?", fragte der Reisende ungeniert persönlich.
"Ich möchte mich dazu nicht äußern, denn falls es zu einer Neubesetzung jener leitenden Position kommen sollte, wäre ich ein möglicher Kandidat."

"Oh," kommentierte der Reisende überrascht. "Aber das hieße ja, daß Sie Ihre hiesige Arbeit aufgäben?"
"So ist es."
"Wären Sie darüber nicht traurig, zumal Sie dann eine viel grausamere Aufgabe zu übernehmen hätten."
"Darin täuschen Sie sich, werter Herr," bemerkte der Offizier nachsichtig. "Was in der Strafkolonie vor sich geht, mag grausam aussehen, ist aber doch nur eine etwas ornamentale Art einer Hinrichtung. So lange sich unser Souverän als Herr über Leben und Tod versteht, läßt sich gegen Hinrichtungen als Vollzug von Todesstrafen nichts Grundsätzliches einwenden."
Der Reisende verbarg sein Befremden jedoch nicht. "Nun ja, aber den Umweg über so spezielle Geräte wie den Zeichner und eine Egge zu nehmen, wirkt etwas preziös - wenn Sie mir das nicht als zynisch auslegen."
"Diese Einschätzung finde ich durchaus verständlich. Vielleicht leuchtet Ihnen das Verfahren eher ein, wenn Sie sich vorstellen, daß es Ausfluß einer Schriftreligion ist. Die Schrift ist heilig, sie ist das Leben und sie bewirkt auch den Tod, wenn es nötig ist. *Und das Wort ist Tod geworden,* könnte man hier etwas vorwitzig kommentieren."
"Sie halten dem alttestamentarischen, strafenden Gott den Prolog des Johannes-Evangeliums entgegen."
Der Offizier schaute ihn verschmitzt an und lächelte verbindlich. "Der Unterschied ist doch auffällig. Moses erhielt Gesetzestafeln, Maria einen Sohn."
Wieder war der Reisende erstaunt. "Hm, eine überraschende Theologie."
"Ich will mich darüber nicht verbreiten, sondern auf etwas anderes hinaus," lenkte der Offizier von diesem Gedanken, der tröstlich hätte sein können, ab. "Der Tod ist in der Strafkolonie ein sozusagen normales Ereignis und wird ja auch von den Delinquenten als gerechtfertigt und vernünftig verstanden. Er stellt die Ordnung wennschon nicht der Natur, so doch der menschlichen Gesellschaft wieder her. Gewiß mag man von einem humanitären Standpunkt aus der vorangehenden Folter eine depersonalisierende Wirkung zuschreiben."
"Es ist kein schöner Tod." Der Reisende wollte sich den Aspekt der Humanität nicht ganz wegerklären lassen.
"Allerdings. Ich gebe gleichwohl zu bedenken, daß unschöne Tode auch bei vielen anderen Gelegenheiten eintreten. Krebstode können

wesentlich länger dauern und länger schmerzhaft sein. Wir kennen jahrelanges Siechtum bei Querschnittslähmung, im Koma, bei bestimmten degenerativen Krankheiten; wenn Sie einmal eine Zeitlang in einem Krankenhaus hospitiert haben - und ich habe das, neben meiner Ausbildung in der Psychiatrie -, wissen Sie, daß der menschliche Körper die Quelle von beliebig vielem Leid werden kann. Daß jemand als die Person die Welt verläßt, die er zuletzt in Gesundheit geworden ist, müssen wir fast schon als Ausnahme betrachten."
"Sie setzen also den Unterschied zwischen verfügtem und natürlichem Tod für geringer an als denjenigen zwischen human gesundem und pathologisch destruktivem Tod?"
"Früher war ein verfügter Tod kaum vom Verhängnis, also vom Schicksal, zu unterscheiden. Und hier in dieser Kolonie habe ich mit verfügter Körperlichkeit zu tun, die einem verfügten Tod durchaus gleichkommt." Der Offizier war von seinem Auftrag überzeugt. "Ja, ich möchte sagen, daß wir hier die grausameren Aufgaben zu erfüllen haben. In der Strafkolonie ist - oder war - die Sache an einem Nachmittag vorbei. Zu uns aber kommen Klienten, denen meist das ganze Leben zerstört ist und die - aus einem Rest sozialer Verpflichtung oder was auch immer - von einem freiwilligen Lebensende Abstand nehmen, ihren unnützen Leib also nicht zerstören wollen. Was sind ein paar böse Stunden gegen Jahrzehnte verkörperter Bosheit, von der Umwelt verwehrter Körperlichkeit? Ist es nicht eine vollkommene Folter, den Betreffenden stets zu sagen: wir wollen dich nicht, du existierst für uns nicht, und wir tun auch noch so, als ob nichts wäre."
"Man kann aber doch nicht sagen, daß den Darbenden allenthalben Schlechtes gewünscht wird.", wandte der Reisende vorsichtig ein.
"Allgemein kann man leicht reden und den Leuten Liebschaften wünschen, aber konkret ist eben niemand da und niemand bereit. Jeder hat andere Gründe und Ausreden, für sich zumeist auch ehrenwert - angefangen bei dem ehrenwertesten: *ich habe schon einen Partner.* Eben, genau darum geht es. Derlei Wünsche sind also wertlos. Unsere Klienten haben in ihrem Leben gelernt: was (mir) unmöglich ist, ist unerwünscht, d.h. Zuneigung, Liebe, Lust, Bestätigung ihrer selbst."
Der Reisende wußte nichts zu entgegnen.
"Kennen Sie die Zwei-Reiche-Lehre von Martin Luther?" fuhr der Offizier fort.
"Ich habe in der Schule einst ein wenig davon gehört, bin aber selbst nicht protestantisch."

"Das Mißverständnis ist - das kann ich Ihnen versichern - auf beiden Seiten der Religion das Gleiche. Der ehemalige Zölibatär, der *die Woche zwei* Ausflüge in die Leiblichkeit unternahm, kam nicht auf den Gedanken, daß dies die beiden Reiche sind, in denen sich Menschen aufhalten, das Reich sachlicher, vernunftgemäßer und gerechter Verhältnisse sowie erlernbarer Handlungen und das Reich der leiblichen Begierde, in dem gänzlich andere Gesetze gelten und die soziale Hierarchie außer Kraft gesetzt ist. Und trotzdem führte er mit seiner theologischen Verlautbarung völlig in die Irre. Wen interessieren noch die Himmel, wenn er schon auf Erden nicht existiert? Und gar noch die Frage, ob er sich weltlicher oder kirchlicher Obrigkeit unterwürfe. Das sind überflüssige Fragen und lächerliche Luxusbedürfnisse."

Der Offizier zog wieder die kleine Ledermappe hervor, blätterte in ihr, fand schließlich das Blatt, das er suchte, und zeigte es dem Reisenden. »Lesen Sie«, sagte er. »Ich kann nicht«, sagte der Reisende, »ich sagte schon, ich kann diese Blätter nicht lesen.« »Sehen Sie das Blatt doch genau an«, sagte der Offizier und trat neben den Reisenden, um mit ihm zu lesen. Als auch das nichts half, fuhr er mit dem kleinen Finger in großer Höhe, als dürfe das Blatt auf keinen Fall berührt werden, über das Papier hin, um auf diese Weise dem Reisenden das Lesen zu erleichtern. Der Reisende gab sich auch Mühe, um wenigstens darin dem Offizier gefällig sein zu können, aber es war ihm unmöglich. Nun begann der Offizier die Aufschrift zu buchstabieren und dann las er sie noch einmal im Zusammenhang. »Wo finde ich einen gnädigen Menschen? - heißt es«, sagte er, »jetzt können Sie es doch lesen.« Der Reisende beugte sich so tief über das Papier, daß der Offizier aus Angst vor einer Berührung es weiter entfernte; nun sagte der Reisende zwar nichts mehr, aber es war klar, daß er es noch immer nicht hatte lesen können. »Wo finde ich einen gnädigen Menschen? - heißt es«, sagte der Offizier nochmals. »Mag sein«, sagte der Reisende, »ich glaube es, daß es dort steht.« »Nun gut«, sagte der Offizier, "dies ist die Frage, die jeder unserer Klienten im Herzen trägt."

Trotz der offenbaren Eile, mit der er den Uniformrock auszog und sich dann vollständig entkleidete, behandelte er doch jedes Kleidungsstück sehr sorgfältig, über die Silberschnüre an seinem Waffenrock strich er sogar eigens mit den Fingern hin und schüttelte eine Troddel zurecht. Wenig paßte es allerdings zu dieser Sorgfalt, daß er, sobald er mit der Behandlung eines Stückes fertig war, es dann sofort mit einem unwilligen Ruck in die Grube warf. Das letzte, was ihm übrigblieb, war sein kurzer Degen mit dem Tragriemen. Er zog den Degen aus der Scheide, zerbrach ihn, faßte dann

alles zusammen, die Degenstücke, die Scheide und den Riemen, und warf es so heftig weg, daß es unten in der Grube aneinanderklang.
Nun stand er nackt da. Der Reisende biß sich auf die Lippen und sagte nichts. Er wußte zwar, was geschehen würde, aber er hatte kein Recht, den Offizier an irgend etwas zu hindern. War das Verfahren, an dem der Offizier hing, wirklich so nahe daran, behoben zu werden - möglicherweise infolge des Einschreitens des Reisenden, zu dem sich dieser seinerseits verpflichtet fühlte -, dann handelte jetzt der Offizier vollständig richtig; der Reisende hätte an seiner Stelle nicht anders gehandelt.
Der Assistent und der Klient verstanden zuerst nichts, sie sahen anfangs nicht einmal zu. Der Klient war sehr erfreut darüber, die Taschentücher zurückerhalten zu haben, aber er durfte sich nicht lange an ihnen freuen, denn der Assistent nahm sie ihm mit einem raschen, nicht vorherzusehenden Griff. Nun versuchte wieder der Klient, dem Assistenten die Tücher hinter dem Gürtel, hinter dem er sie verwahrt hatte, hervorzuziehen, aber der Assistent war wachsam. So stritten sie in halbem Scherz. Erst als der Offizier vollständig nackt war, wurden sie aufmerksam. Besonders der Klient schien von der Ahnung irgendeines großen Umschwungs getroffen zu sein. Was ihm geschehen war, geschah nun dem Offizier. Vielleicht würde es so bis zum Äußersten gehen. Wahrscheinlich hatte der fremde Reisende den Befehl dazu gegeben. Ein breites lautloses Lachen erschien nun auf seinem Gesicht und verschwand nicht mehr.
Der Offizier aber hatte sich der Maschine zugewendet. Wenn es schon früher deutlich gewesen war, daß er die Maschine gut verstand, so konnte es jetzt einen fast bestürzt machen, wie er mit ihr umging und wie sie gehorchte. Er hatte die Hand dem Stimulator nur genähert, und er schob sich ihm mehrmals entgegen, bis er die richtige Lage erreicht hatte, um ihn zu empfangen; er faßte die Polsterung nur am Rande an, und sie fing schon zu vibrieren an.
Der Assistent beeilte sich, den Offizier anzuschnallen. Dieser hatte schon den einen Fuß ausgestreckt, um in die Kurbel zu stoßen, die den Bohrer in Gang bringen sollte; da sah er, daß die zwei gekommen waren; er zog daher den Fuß zurück und ließ sich anschnallen. Nun konnte er allerdings die Kurbel nicht mehr erreichen; weder der Assistent noch der Klient würden sie auffinden, und der Reisende war entschlossen, sich nicht zu rühren. Es war nicht nötig; kaum waren die Riemen angebracht, fing auch schon die Maschine zu arbeiten an. Der Reisende hatte schon eine Weile hingestarrt, ehe er sich erinnerte, daß ein Rad im Bohrer hätte kreischen sollen; aber alles war still, nicht das geringste Surren war zu hören.

Durch diese stille Arbeit entschwand die Maschine förmlich der Aufmerksamkeit. Der Reisende sah zu dem Assistenten und dem Verurteilten hinüber. Der Klient war der Lebhaftere, alles an der Maschine interessierte ihn, bald beugte er sich nieder, bald streckte er sich, immerfort hatte er den Zeigefinger ausgestreckt, um dem Assistenten etwas zu zeigen. Dem Reisenden war es peinlich. Er war entschlossen, hier bis zum Ende zu bleiben, aber den Anblick der zwei hätte er nicht lange ertragen.

Der Reisende wollte hinüber und die zwei vertreiben. Da hörte er unten im Bohrer ein Geräusch. Er sah hinab. Störte also das Zahnrad doch? Aber es war etwas anderes. Langsam hob sich der Deckel des Bohrers und klappte dann vollständig auf. Die Zacken eines Zahnrades zeigten und hoben sich, bald erschien das ganze Rad, es war, als presse irgendeine große Macht den Bohrer zusammen, so daß für dieses Rad kein Platz mehr übrigblieb, das Rad drehte sich bis zum Rand des Bohrers, fiel hinunter, kollerte aufrecht ein Stück im Sand und blieb dann liegen. Aber schon stieg oben ein anderes auf, ihm folgten viele, große, kleine und kaum zu unterscheidende, mit allen geschah dasselbe, immer glaubte man, nun müsse der Bohrer jedenfalls schon entleert sein, da erschien eine neue, besonders zahlreiche Gruppe, stieg auf, fiel hinunter, kollerte im Sand und legte sich. Über diesem Vorgang vergaß der Klient ganz den Befehl des Reisenden, die Zahnräder entzückten ihn völlig, er wollte immer eines fassen, trieb gleichzeitig den Assistenten an, ihm zu helfen, zog aber erschreckt die Hand zurück, denn es folgte gleich ein anderes Rad, das ihn, wenigstens im ersten Anrollen, erschreckte.

Der Reisende dagegen war sehr beunruhigt; die Maschine ging offenbar in Trümmer; ihr ruhiger Gang war eine Täuschung; er hatte das Gefühl, als müsse er sich jetzt des Offiziers annehmen, da dieser nicht mehr für sich selbst sorgen konnte. Aber während der Fall der Zahnräder seine ganze Aufmerksamkeit beanspruchte, hatte er versäumt, die übrige Maschine zu beaufsichtigen; als er jedoch jetzt, nachdem das letzte Zahnrad den Bohrer verlassen hatte, sich über den Stimulator beugte, hatte er eine neue, noch ärgere Überraschung. **Der Bohrer hatte seinen Winkel und seine Bewegungsart geändert, durchstieß jetzt den Unterleib des angeschnallten Offiziers.** Der Reisende wollte eingreifen, möglicherweise das Ganze zum Stehen bringen, das war ja keine Therapie, wie sie der Offizier erreichen wollte, das war unmittelbarer Mord. Er streckte die Hände aus.
»Helft doch!« schrie der Reisende zum Assistenten und zum Klienten hinüber und faßte selbst die Füße des Offiziers. Er wollte sich hier gegen die Füße drücken, die zwei sollten auf der anderen Seite den Kopf des Offiziers fassen, und so sollte er langsam vom Bohrer gehoben werden. Aber nun

konnten sich die zwei nicht entschließen zu kommen; der Klient drehte sich geradezu um; der Reisende mußte zu ihnen hinübergehen und sie mit Gewalt zu dem Kopf des Offiziers drängen. Hierbei sah er fast gegen Willen das Gesicht der Leiche. Es war, wie es im Leben gewesen war; kein Zeichen der versprochenen Erlösung war zu entdecken; was alle anderen in der Maschine gefunden hatten, der Offizier fand es nicht; die Lippen waren fest zusammengedrückt, die Augen waren offen, hatten den Ausdruck des Lebens, der Blick war ruhig und überzeugt, durch die Bauchdecke ragte der fehlgesteuerte Bohrer.

*

Epilog

Als der Reisende, mit dem Assistenten und dem Klienten hinter sich, zu den ersten Häusern der Kolonie kam, zeigte der Assistent auf eins und sagte: »Hier ist das Teehaus.«
Im Erdgeschoß eines Hauses war ein tiefer, niedriger, höhlenartiger, an den Wänden und an der Decke verräucherter Raum. Gegen die Straße zu war er in seiner ganzen Breite offen. Trotzdem sich das Teehaus von den übrigen Häusern der Kolonie, die bis auf die Palastbauten der Kommandantur alle sehr verkommen waren, wenig unterschied, übte es auf den Reisenden doch den Eindruck einer historischen Erinnerung aus, und er fühlte die Macht der früheren Zeiten. Er trat näher heran, ging, gefolgt von seinen Begleitern, zwischen den unbesetzten Tischen hindurch, die vor dem Teehaus auf der Straße standen, und atmete die kühle, dumpfige Luft ein, die aus dem Innern kam. »Der Alte ist hier begraben«, sagte der Assistent, »ein Platz auf dem Friedhof ist ihm vom Geistlichen verweigert worden. Man war eine Zeitlang unentschlossen, wo man ihn begraben sollte, schließlich hat man ihn hier begraben. Davon hat Ihnen der Offizier gewiß nichts erzählt, denn dessen hat er sich natürlich am meisten geschämt. Er hat sogar einigemal in der Nacht versucht, den Alten auszugraben, er ist aber immer verjagt worden.« »Wo ist das Grab?« fragte der Reisende, der dem Assistenten nicht glauben konnte. Gleich liefen beide, der Assistent wie der Klient, vor ihm her und zeigten mit ausgestreckten Händen dorthin, wo sich das Grab befinden sollte. Sie führten den Reisenden bis zur Rückwand, wo an einigen Tischen Gäste saßen. Es waren wahrscheinlich Hafenarbeiter, starke Männer mit kurzen, glänzend schwarzen Vollbärten. Alle waren ohne Rock, ihre Hemden waren zerrissen, es war armes, gedemütigtes Volk. Als sich der Reisende näherte, erhoben sich einige, drückten sich an die Wand und sahen ihm entgegen. »Es ist ein Fremder«, flüsterte es um den Reisenden herum, »er will das Grab ansehen.« Sie schoben einen der Tische beiseite, unter dem sich wirklich ein Grabstein befand. Es war ein einfacher Stein, niedrig genug, um unter einem Tisch verborgen werden zu können. Er trug eine Aufschrift mit sehr kleinen Buchstaben, der Reisende mußte, um sie zu lesen, niederknien. Sie lautete: 'Hier ruht der alte Kommandant. Seine Anhänger, die jetzt keinen Namen tragen dürfen, haben ihm das Grab gegraben und den Stein gesetzt. Es besteht eine Prophezeiung, daß der Kommandant nach einer bestimmten Anzahl von Jahren auferstehen und aus diesem Hause seine Anhänger zur Wiedereroberung der Kolonie führen wird. Glaubet und wartet!' Als der Reisende das gelesen hatte und sich erhob, sah er rings um sich die Männer stehen und lächeln, als hätten sie mit ihm die

Aufschrift gelesen, sie lächerlich gefunden und forderten ihn auf, sich ihrer Meinung anzuschließen. Der Reisende tat, als merke er das nicht, verteilte einige Münzen unter sie, wartete noch, bis der Tisch über das Grab geschoben war, verließ das Teehaus und ging zum Hafen.

Der Soldat und der Verurteilte hatten im Teehaus Bekannte gefunden, die sie zurückhielten. Sie mußten sich aber bald von ihnen losgerissen haben, denn der Reisende befand sich erst in der Mitte der langen Treppe, die zu den Booten führte, als sie ihm schon nachliefen. Sie wollten wahrscheinlich den Reisenden im letzten Augenblick zwingen, sie mitzunehmen. Während der Reisende unten mit einem Schiffer wegen der Überfahrt zum Dampfer unterhandelte, rasten die zwei die Treppe hinab, schweigend, denn zu schreien wagten sie nicht. Aber als sie unten ankamen, war der Reisende schon im Boot, und der Schiffer löste es gerade vom Ufer. Sie hätten noch ins Boot springen können, aber der Reisende hob ein schweres, geknotetes Tau vom Boden, drohte ihnen damit und hielt sie dadurch von dem Sprunge ab.

Mit wachsamen Augen sah noch L., wie die Herren seine wachsende Entfernung beobachteten. »Damit die Unglücklichen unter sich bleiben!« sagte er, es war, als sollte die Schmach ihrer Entbehrung sie überleben.

FINIS

Philologische Hinweise

Entstehungs-/Abschlußdaten:

Ein anderes Andersen-Märchen
November 2004/August 2010

Das Bildnis des Dorian Gray
März 2009

Der Rabe vom See
März 2008

In der Lustkolonie
März 2009

In den collagierten Texten bedeutet die typographische Differenzierung:
Arial für eigene Textanteile
Times Roman für fremden Text
Motti, Zitate u.ä. erscheinen in Garamond

Semiotische Hinweise

In meiner Literatur mögen gewisse formale Eigentümlichkeiten als schwierig oder erschwerend empfunden werden. Sie stammen letztlich aus meinem musikalischen Erfahrungshorizont. In der Musik, d.h. in der Lektüre von Partituren, werden stets zwei Dimensionen gleichzeitig beachtet, der horizontale Verlauf, die Zeit, und die vertikale Schichtung, die harmonische Dimension und der Klangraum. Daß die Literatur nur eine Dimension, nämlich die lineare Abfolge kennen sollte, hat mich von Anfang an gestört, und ich habe daher, mich darüber hinwegsetzend, gerne auch dort die zweite Dimension (die x-Achse rechtwinklig zur y-Achse) eingebaut. Sogar eine dritte Dimension wäre möglich, wenn es dafür schon ein Darstellungswerkzeug gäbe. Die Literatur, die ich mache, ist sozusagen für Leute gedacht, die Partituren lesen können. Auch das Kontrafaktionsverfahren, das bei vielen meiner Texte auffällt, verdankt sich musikalischer Bearbeitungspraxis.

Die Topologie oder Architektur meiner Texte wiederzugeben, erfordert idealerweise eine dreidimensionale Darstellung, wie sie eine entsprechende Software leisten sollte. Auf Papier müßten die Verbindungslinien als Verweise kenntlich gemacht werden. Als gleichermaßen philosophischer wie naturhaft-biologischer Begriff zur Charakterisierung bot sich *Rhizom* an.

Wie sich gezeigt hat, darf man sich die Makrostruktur des Universums, nämlich die Draufsicht auf das Geflecht der durch Dunkle Materie zusammengehängten Filamente, der in Haufen von Haufen von Galaxien zusammengefaßten Aggregationen, ebenfalls als schwammartiges Rhizom vorstellen, und mit nur wenig Ironie kann auch dieses Universum diesen Titel tragen: ein letales Rhizom.

Eine gewisse inhaltliche Fokussierung in jener Lebens- und Produktionsphase, die Konzentration auf eine bestimmte soziale, anthropologische Perspektive, bedauere ich selbst, ohne mich über diese Notwendigkeit/Nötigung legitim hinwegsetzen zu können. Etwa so wird man in der Literaturwissenschaft wohl mit der DDR-Literatur insgesamt verfahren: ihren allzu beschränkten Horizont bedauern, doch zugleich innerhalb dessen einen sinnvollen Maßstab anwenden müssen. Im Westen konnte man zu gleicher Zeit stets der Meinung sein, die DDR-Autoren arbeiteten sich an unnützen, überflüssigen, nur vom politischen Oktroi auferlegten Problemen ab. Wie aber hätten sie andererseits über die Probleme der westlichen Gesellschaft schreiben sollen, die ihnen unerreichbar waren und sie auch nichts angingen? Eine solche historische (und mutatis mutandis individuelle) Konstellation (der Dyschronie, um nicht irreführend von Anachronismus zu reden) hätte man einstmals schlicht Verhängnis genannt, und ich stehe nicht an, sie auch weiterhin so zu nennen.

Ohne eine kräftige Dosis Grausamkeit könnte man keinen einzigen Gedanken zu Ende führen. E. M. Cioran: Vom Nachteil, geboren zu sein

März 2009

Übersicht der geplanten weiteren Bände

Band II
Epitaphe und Meßmers Nachtgedanken 1-14

Band III
Kleine Prosa:
Miniaturen, Reise 1-6, Der Zug 1-4, Brief an den Doktorvater, Aphorismen u.a.

Band IV (op. posth.)

Band V

Lyrik

                     Das vitale Rhizom
Band VI Dissertation

Die mediale Revolution - Anthropologische Überlegungen zu einer Ethik der Kommunikationstechnik.

Band VII Essays

Mein Computer und Ich.
Farbe aus dem Computer.
Das Ende der Morphologie oder Die Digitalisierung der wahrnehmbaren Welt
Der Organist
Mozart-Metamorphosen I+II - Zu J.N. Hummels Bearbeitungen Mozart'scher Klavierkonzerte.
Repräsentativ und provokant - Mozarts Opern
Paris
Die Erfüllung der Träume
Zu Patanjalis Yogasutra
Der Kult des Authentischen
Deutsch und Neudeutsch - Unnötiges doch Unaufhaltsames aus der deutschen Sprache (Zur Semantik und Pragmatik neuerer Fremdwörter)
Filmsynchronisation.
Verkehrstrilogie

USA aus deutscher Sicht - was kann der Frosch vom Wal lernen? Transatlantische Schwimmübungen

Band VIII Filmkritiken (Auswahl)